리버

2

리버

2

오쿠다 히데오 장편소설 | 송태욱 옮김

은행나무

차례

등장인물

| 군마현 |

경찰본부

형사부장 **다케다**
수사1과장 **호리베**
관리관 **니시무라**
수사1과 3계장 **우치다**
수사1과 경위 **사이토 가즈마**
공보관 **호시노**

기류 남부 경찰서

경사 **이토**

오타 동부 경찰서

계장 **후지카와**

| 도치기현 |

경찰본부

형사부장 **나카무라**
수사1과장 **히로카와**
수사1과 경위 **히라노**
수사1과 전(前) 형사
다키모토 세이지

아시카가 북부 경찰서

경사 **노지마 마사히로**

| 용의자 |

이케다 기요시
히라쓰카 겐타로
가리야 후미히코

| 기타 주요 인물 |

〈주오신문〉 기자 **지노 교코**
범죄심리학자 **시노다**
10년 전 피해자의 아버지 **마쓰오카 요시쿠니**

| 일러두기 |

본문의 주는 모두 옮긴이의 것으로, 괄호 안에 글씨 크기를 줄여 표기했습니다.

6장

결단

8월에 접어든 간토 북부 지방은 연일 맹렬한 더위에 휩싸였다. 건물에서 한 발짝만 나가면 바깥은 사우나 같아서, 따가운 햇빛보다 먼저 숨이 막힐 지경이다. 사이토 가즈마는 매년 여름이 되면 지구온난화를 염려하고 아이들의 미래를 걱정했다. 살인범을 쫓기보다 지구 살해범을 쫓아야 하는 게 아닐까. 그러지 않으면 인류는 멸망할 것이다. 용서 없는 자연의 변동을 생각하면 형사 일 따위는 너무나도 무력한 행위 같아 사이토는 허무해졌다. 자연재해로 백만 단위의 사람이 죽는 시대가 오면 살인 사건 수사는 무슨 의미를 가질까. 일단 무엇보다도 무더위는 형사를 잠깐 철학자로 만드는 모양이다.

"그런데 군마의 여름은 덥네요. 오늘 최고기온이 37도라면

9

서요?"

경찰청의 가와세 1과장 보좌가 늘 하는 대사와 함께 회의실에 들어섰다.

"도치기든 사이타마든 더운 건 어느 지역이나 똑같아요. 우리만 범인 취급하지 말아주세요."

다케다 형사부장이 반은 농담조로 응수한다. 건물 내부도 덥기 때문에 다케다는 부채로 얼굴을 부치고 있었다.

"그럼 간토 북부의 여름철 에어컨 설정 온도를 재검토하도록 경찰청에 건의합시다. 28도로 맞추라니 사막에서 선풍기를 돌리라는 것이나 마찬가지지요."

"꼭 그렇게 해주세요. 경찰서 안에서 가장 시원한 곳이 유치장이라는 것은 역으로 인권 문제입니다."

간부 두 명이 아무렇게나 던지는 대화를 수사관들은 씁쓸하게 웃으며 듣고 있었다. 밤의 회의실은 낮에 이곳을 드나든 남자들의 땀 냄새로 가득 찼다. 마치 대학 운동부의 탈의실 같다. 사이토는 젊은 사람을 시켜 잠깐 창을 열어두게 했다. 환기를 하지 않으면 남자들의 체취로 질식할지도 모른다.

저녁 7시 정각, 호리베 1과장과 히로카와 1과장이 나란히 회의실에 나타났다.

"전원 일어섯! 경례!"

니시무라 관리관이 구령을 하자 회의실의 공기는 순식간에 긴장되었다.

10

"지금부터 수사 회의를 시작하겠다. 먼저 술집 '리오'에서 5월에 발생한 폭행 사건에 대해서다. 이것은 오타 동부 경찰서의 후지카와 계장이 보고하겠다. 후지카와, 부탁하네."

"오타 동부 경찰서의 후지카와입니다. 저번에 이야기한 술집 사건에 진전이 있어서 보고하겠습니다."

수사본부에 가세한 지 아직 얼마 되지 않은 중년의 형사가 일어나 보고를 시작했다.

"순서대로 이야기하겠습니다. 오타시 이다초의 술집 '리오'에서 문제가 된 싸움이 일어난 것은 올 5월 16일 밤 10시 전후의 일입니다. 처음에는 오타시의 공장에 근무하는 일본계 브라질인 직원들끼리 호스티스 지명을 둘러싸고 어느 쪽이 먼저였는지 말다툼을 하다 서로 치고받는 싸움으로 발전했습니다. 가게 안이 떠들썩해지는 가운데 한 일본인 손님이 싸움에 끼어들어 그 중심에 있던 일본계 브라질인 시우바 야마구치 로베르토(34세)의 팔을 잡아 비틀어 올리고 바닥에 깔고 앉아 폭행을 가했다는 것입니다. 시우바 씨는 오른팔 관절이 삐어 다음 날 일을 쉬었습니다. 그러므로 폭행죄뿐 아니라 상해죄에도 해당하는 게 아니냐는 것이 현재의 판단입니다."

"그래서 피해 신고서는 받았나?" 니시무라가 물었다.

"지시를 내리시면 내일이라도 받아 오겠습니다. 본인은 당초 자기가 잘못했기 때문에 가리야에게 원한은 없고, 애초에 동료들 사이의 사소한 싸움이니 경찰과는 관계없다며 이리저리 도망쳐 다녔습니다. 하지만 시간을 들여 설득한 결과 본인의 승낙을 얻어냈습니다."

"잘했네. 그럼 가리야는 언제든지 잡아 올 수 있겠군."

니시무라가 들뜬 목소리로 말했다. 일단 일 보 진전이다.

후지카와는 설득이라고 했지만, 절반은 압박이었을 게 분명하다. 너희들, 경찰의 부탁을 들어줄 수 없다는 거야, 하고 말이다. 사이토도 불량배를 상대로 자주 쓰는 수법이다.

"발설 금지라는 것은 알아듣게 잘 말했겠지?"

"물론입니다. 시우바 씨한테는 '리오'에 당분간 가지 말라고 부탁했고 본인도 승낙했습니다. 일본계 브라질인 그룹의 리더가 우리 지역과장과 안면이 있으니까 그 리더를 통해서도 거듭 다짐을 받아두겠습니다. 그들은 작은 커뮤니티 안에서 살고 있고, 동료들 사이의 약속은 무조건 지킵니다."

"알았네. 수고했어."

일본계 브라질인이 제출할 피해 신고서에 대해서는 뒷받침이 될 목격 증언도 필요하기 때문에 그것 또한 준비해두라는 지시가 간부로부터 내려왔다. 그때 싸움을 목격한 손님을 이미 여러 명 찾아두었기 때문에 그다지 어려운 일은 아니다.

"그럼 다음은 감식반이다. 제너럴중기에서 협조받은 트럭 짐칸에 대한 감식 결과가 나온 것 같으니 그 보고를 해주게."

니시무라의 지명을 받은 감식반 계장이 일어났다.

"보고하겠습니다. 지난 일주일간 제너럴중기의 순회 트럭을 한 대씩 조사해왔습니다. 감식 작업이 끝났으므로 보고하겠습니다. 결론부터 말하자면 피해자 것으로 보이는 유류물은 발견되지 않았습니다. 인간의 체액이라면 미량이라도 놓치지 않으려 조사했습니다. 그런데 몇 가지가 검출되긴 했지만, DNA 감정을 실시할 정도의 가치가 있을지 판단이 서지 않아서 수사본부의 지시를 요청하고 싶습니다."

"그게 무슨 뜻이지?"

호리베가 즉각 물었다.

"가령 사람의 땀이라면 직원이 짐을 운반하며 흘린 땀일 가능성이 더 클 텐데, 이것들을 일일이 조사하게 되면 엄청난 시간과 비용이 들 겁니다. 감식반에서 단독으로 판단할 수 없어서……."

"아, 그렇군. 난감하군……."

간부들끼리 서로 얼굴을 마주 보며 어떻게 할 것인지 작게 이야기를 나눈다. 계장이 개의치 않고 보고를 이어갔다.

"그보다 한 가지 마음에 걸리는 일이 있었습니다. 그것은 다섯 대 중 한 대에 짐칸을 세척한 흔적이 있다는 사실입니다. 그 트럭의 번호는 '군마 100 아 215×'입니다. 가리야가 평소에 모는 트럭입니다."

"그게 사실인가?" 호리베가 먼저 말했다.

"사실입니다. 트럭 짐칸에는 항상 어느 정도 기계유가 묻어 있습니다. 그런데 그 한 대에만 그게 없었습니다. 솔로 문지른 흔적과 액체 세제가 굳은 파편도 보이기 때문에 액체 세제를 써서 세척한 것으로 보는 것이 타당한 것 같습니다."

"세척한 시기는 알 수 있나?"

"특정할 수는 없습니다만, 현재 오염 상태로 보아 지난 두세 달이 아닐까 싶습니다……."

"이봐, 이치우마. 가리야가 직접 트럭을 세척한 것으로 봐도 되겠나? 의견을 말해보게."

호리베가 사이토에게 물었다.

"공장의 세차 규정에 대해서는 모릅니다만, 트럭 주유를 운전사에게 맡기고 있다는 걸 고려하면 아마 세차도 마찬가지일 겁니다. 일반 주유소의 자동 세차장은 지날 수가 없고, 세차를 업자에게 맡길 리도 없기 때문에 운전사 각자가 빈 시간에 세차하는 것이지 않을까 싶습니다. 내일이라도 당장 문의해보겠습니다만……."

사이토가 대답한다. 일반적으로 생각하면 공장 내에 세차를 하는 장소가 있고 거기서 하고 있을 것이다.

"이건 중요한 정보로군. 사체를 옮긴 트럭의 짐칸이었다면 범인이 흔적을 지우기 위해 짐칸 세척을 하는 건 앞뒤가 맞는 이야기지."

호리베가 험상궂은 얼굴로 말했다.

"보통 짐칸 세척은 따로 하지 않을 겁니다. 먼지는 빗자루로 쓸어내는 정도로 충분하고, 기름으로 더러워져도 어지간하지

14

않는 한 내버려두는 법입니다."

니시무라도 동조했다. 이제 남은 일은 가리야가 실제로 짐칸의 세척을 했는지 확인하는 것이다.

"호리베 1과장님. 제안입니다만, 오타 시내의 셀프 세차장을 조사해보는 것은 어떨까요?"

사이토가 문득 생각이 떠올라 제안했다.

"무슨 뜻이야?"

"트럭 짐칸을 공들여 닦는 것은 부자연스럽고 눈에 띄는 행위입니다. 사람들 눈에 띄고 싶지 않다면 공장 안이 아닌 다른 장소에서 하지 않았을까 싶어서요."

"트럭도 세차장에서 할 수 있나?"

"4톤 트럭 정도라면 괜찮을 겁니다. 어디나 직접 세차하는 부스가 있어서 고급 차나 자영업 트럭은 흔히 그곳을 이용합니다. 그래서 트럭이라도 특별히 눈에 띄지 않습니다. 무엇보다 대부분은 기계에 동전을 넣고 그 시간만큼 물을 쓰는 현금 정산 방식이기 때문에 무인 가게입니다."

"그렇군. 일리가 있어. 오타 시내에 셀프 세차장이 몇 군데나되나? 누가 스마트폰으로 알아봐."

호리베의 지시에 몇몇 젊은 사람이 스마트폰으로 검색했다.

"공식 전화번호부에 검색해보니 아홉 곳으로 나옵니다."

이토가 가장 먼저 말했다.

"꽤 있군. 다들 그렇게 세차를 좋아하나? 그럼 기류시와 아시카가시도 검색해보게."

베테랑 형사들은 젊은이에게 검색을 맡긴 채 각자 가까이 있는 젊은이의 스마트폰을 엿보고 있다.

"아시카가시에 네 곳, 기류시에 다섯 곳입니다."

이번에도 이토가 대답했다.

"그럼 다 해서 열여덟 곳이군. 좋아. 이치우마의 제안을 채택하도록 하지. 반을 편성해서 내일 아침 일찍부터 모든 셀프 세차장을 조사해보자고. 아마 세차장 어디든 CCTV가 설치되어 있을 거야. 두 번째 사체 유기 날짜가 5월 13일, 범행은 그 전날로 파악하고 있으니 짐칸 세척은 5월 12일 이후다. 그러니까 모든 셀프 세차장을 돌며 5월 12일부터 일단 2주분 CCTV 영상 제공을 요청한다. 다만 문제는 과연 두 달 반이 지난 지금 그때 영상이 남아 있는지다. 대개 한 달 주기로 데이터 덮어쓰기가 되지 않나?"

호리베가 걱정을 입에 담았다.

"민간 주차장은 대체로 한 달 주기지요. 전에 다른 사건 수사로 영상을 수집한 일이 있었는데 대부분 한 달이었습니다."

니시무라가 답한다.

"하지만 최근 CCTV는 장기간 보존이 주류입니다. 정기 검사 때 더 큰 하드디스크를 권하는 업자도 많아서 공장이나 창고 같은 곳이라면 흔히 1년은 보존합니다. 경영자가 인색하게 굴지 않는 한 장기간 보존을 도입하겠지요. 게다가 요즘은 24시간 영업하는 가게도 많으니, 말하자면 빨래방과 비슷하게 관리되지 않을까 싶습니다. 다시 말해 범죄 방지에는 나름대로 신경을 쓰고 있다는 것입니다. CCTV도 한 대가 아니겠지요."

사이토가 발언했다.

"알겠네. 아무튼 영상을 확보하세. 아직 석 달도 지나지 않았어. 기대는 할 수 있지. 그 기간 중에 우리가 감시하는 트럭이 이용했다는 것이 확인되면 거기서 짐칸을 세척했을 가능성이 크네. 애초에 제너럴중기의 순회 트럭이 공장 밖의 세차장에서 트럭을 세차하는 것 자체가 아주 부자연스러우니까. 상황증거라고 해도 상당히 유력하지. 다들 놓치는 일이 없도록 정신 바짝 차리고 임해주게."

호리베는 이야기하는 중에 자신도 기대가 높아졌는지 마지막에는 기세 당당하게 말했다. 사이토도 처음에는 문득 떠올라 한 제안이었지만 서서히 확신이 차올랐다. 애초에 다섯 대의 트럭 중 한 대만 짐칸을 세척한 흔적이 있다는 걸 알아낸 것만해도 큰 수확이다.

곧바로 정면의 화이트보드에 셀프 세차장의 가게명과 주소, 전화번호 리스트가 적혔다. 수사관은 마흔 명을 투입한다. 호리베의 말 한마디로 정해졌다. 그만큼의 인원을 움직이면 하루만에 영상은 다 확보된다. 사이토는 영상 분석반으로서 수사인력에 투입됐다. 말을 꺼낸 사람으로서 조정하는 역할을 하라는 뜻일 것이다.

사이토는 증거가 나오기를 기대했다. 지금은 그것밖에 방법이 없다.

다음 날 오후 1시, 데이터가 도착하는 대로 CCTV 영상의 분석 작업을 시작했다. 보조 담당자를 지명해도 좋다고 해서 기류 남부 경찰서의 이토와 도치기현 경찰인 노지마에게 요청했다. 두 명 모두 의욕이 넘쳤다.

회의실 작업대에 컴퓨터를 늘어놓고 칸막이를 쳐서 공간을 만들었다. 군마현 동부와 도치기현 서부의 백지도를 화이트보드에 붙이고 트럭의 순회 루트를 빨간색 매직으로 덧그렸다. 그리고 셀프 세차장 열여덟 곳의 위치를 컬러 자석으로 표시했다. 준비를 마치자 기분이 설렜다. 목표가 분명해지면 형사의 사기는 올라간다.

영상의 보존 기간이 한 달이어서 데이터가 덧쓰인 가게들도 있다. 그 점엔 낙담했지만 그래도 세 달 전의 CCTV 영상이 남아 있는 가게가 더 많다는 보고가 조사 중인 수사관으로부터 전화로 들어와 희망을 가질 수 있었다. 한 가게라도 가리야가 운전하는 트럭이 이용한 영상이 있으면 그것은 확실한 증거가 될 것이다.

그중에는 트럭 이용이 불가능한 세차장도 몇 군데 있었다. 그런 곳은 처음부터 제외하기로 했다. 세차장 문에 높이 제한이 있어서 억지로 들어갈 수도 없었을 터다.

또한 노지마가 제너럴중기에 문의한 결과, 트럭 세차는 공장 안의 주차장에서 운전사 스스로 한다는 것이었다. 따라서 민간 셀프 세차장을 이용할 이유는 없다.

"우선은 각 가게의 출입구를 찍은 영상만을 체크한다. 보고에 따르면 가게들 전부 출입구는 한 곳뿐이야. 트럭은 한눈에 알 수 있고 수도 적기 때문에 영상을 상당히 빨리 재생해도 돼. 다만 일몰 후에는 전조등 탓에 화면이 부예지기 때문에 알아보기 힘들어지니까 주의할 것. 우선은 이 정도다."

사이토가 지시를 하자 각자 컴퓨터에 달라붙었다. 막 도착한 DVD를 순서대로 재생해간다. 작업에는 니시무라가 함께했다. 하루 종일 이곳에 있기로 한 것인지 소탈한 티셔츠를 입은 모습이다.

먼저 사체 유기 현장이 된 하천부지의 두 지점에서 가까운 세차장부터 체크해간다. 네 가게의 영상을 조사했지만 트럭은 한 대도 발견되지 않았다.

"그리 쉽게 되지는 않겠지." 사이토가 스스로를 다독였다.

이어서 오타 공장 주변에 흩어져 있는 세차장의 CCTV 영상이 준비되어 한 가게씩 체크했다. 트럭이 들어가는 모습을 몇 차례 발견할 때마다 몸을 앞으로 내밀어 영상을 응시했으나 해당 차량은 없었다.

이런 작업이 세 시간쯤 이어지자 눈이 피곤해졌으므로 아무런 성과 없이 밖으로 나와 근처 카페에서 아이스커피를 주문해

잠시 쉬었다.

"이치우마. 자네는 가리야가 진범이라고 생각하나?"

니시무라가 아이스커피에 껌 시럽과 우유를 전부 넣어 휘저으며 물었다.

"그렇다고 생각합니다. 중요 참고인 세 명 중에서는 가장 가능성이 크겠지요. 이케다 기요시도, 히라쓰카 겐타로도 혐의가 있을 뿐 결정적인 근거가 될 만한 증거는 나오지 않았습니다. 범인은 가리야입니다."

사이토가 아무것도 넣지 않은 커피를 그대로 빨대로 마시며 대답한다.

"그런가. 나도 그렇게 생각하네. 하지만 문제는 어떻게 주변에서부터 좁혀가느냐 하는 거지. 네 명을 죽여놓고 자백할 리는 없어. 자백하면 끝, 사형이 뻔하니까. 어젯밤 수사 지휘 회의가 끝나고 우리와 도치기현 경찰본부의 간부가 마에바시 지검에 가서 그쪽 부장님과 면담을 했는데, 지검의 견해는 현 상황에서는 별건체포도 임의동행도 일단 하지 말고 기다리라는 것이었어. 그야 그렇겠지. 시치미를 떼면 방법이 없으니까."

"목격자라도 나오면 좋을 텐데요."

"정말 그렇지. 아니면 유류물이 나오든가 말이야. 난 임의로라도 잡아 와서 가택수색을 해야 한다고 생각하지만."

"호리베 1과장님께는 말씀해보셨습니까?"

"몇 번이나 얘기했지. 1과장님은 그러자는 생각이지만, 다케다 부장님은 신중한 자세야. 그리고 무타 본부장님은 찬성파지. 가와세 1과장 보좌도 조심스럽고. 도치기현 경찰본부도 마찬가지로 매파와 비둘기파가 반반이야."

"그렇군요. 그건 저도 느꼈습니다." 노지마가 옆에서 말했다. "우리는 범인이 이케다일 가능성도 포기하지 않았으니까 태도가 애매하지만……."

"도치기현 경찰본부의 의견은 충분히 존중해요. 일단 별건으로 체포할 증거를 찾아서 들이대면 어떨까요? 탈탈 털면 뭐든 안 나오겠어요? 아아, 맞다. 산업폐기물 처리업자의 행방불명건은 어떻게 된 거죠?"

"본부의 수사1과가 다른 반을 편성해서 조사하기로 했습니다. 우리 쪽 히라노 주임은 겸임입니다."

"그런가? 히라노도 힘들겠군."

니시무라가 쓸쓸하게 웃으며 말했다. 그리고 "자네는 안 넣나?" 하며 사이토의 껌 시럽과 우유를 가리켰다.

"넣으세요."

사이토가 내민다.

니시무라는 받아 들어 자신의 아이스커피에 한 번 더 넣었다. 거의 어린이용 커피 우유가 된 음료를 빨대로 쭉쭉 빨아 마신다. 이래 봬도 술을 마실 땐 말술 타입이라서 사람은 참 알 수 없는 것이다.

그 후에도 작업은 묵묵히 계속되었다. 어느 영상에도 트럭이 찍히지 않아 할 말이 없다. 니시무라는 무료한 것인지 책상에 팔을 괴고 수사 기록을 다시 펼쳐 읽고 있었다. 쥐 죽은 듯 조용해진 회의실에는 딸각딸각 마우스를 클릭하는 소리밖에 들리지 않는다.

사이토는 눈을 쉬게 하기 위해 휴식을 취하며 창밖을 바라보았다. 슬슬 날이 저물기 시작한 하늘에는 멋진 뭉게구름이 하늘을 향해 뻗어 있었다. 일기예보에서는 저녁에 한차례 비가 온다고 했다. 소나기라도 내리면 기온도 조금은 떨어질 것이다. 저녁 뉴스는 늘 오늘의 최고기온 이야기로 시작한다.

"찾았습니다! 오타시 아라이초의 '아라이 셀프 세차장'입니다!"

그때 이토가 크게 소리쳤다.

"5월 15일 12시 16분. 컨테이너형 4톤 트럭. 운전사 한 명. 차량 번호도 읽을 수 있습니다. '215×'. 이건 제너럴중기의 트럭이겠지요."

사이토는 발길을 돌려 이토의 등 뒤로 달려갔다. 노지마도, 니시무라도 의자를 떠나 다가가서는 컴퓨터 화면을 들여다보았다. 거기에는 확실히 찾고 있던 것과 같은 형태의 트럭의 모습이 있다.

"오오—."

예기치 않게 남자들이 다 같이 소리를 질렀다.

"번호판을 확대해봐."

니시무라가 말했다. 이토가 컴퓨터를 조작하자 화면 오른쪽 위 4분의 1에 확대 화면이 비쳤다. 다만 숫자 외에는 판별할 수 없다.

"과학수사연구소가 나서야 할 차례로군. 그럭저럭 보정할 수 있을 거야."

"이 가게에는 다른 데도 CCTV가 있나?" 사이토가 물었다.

"있습니다. 건물의 네 귀퉁이와 출입구, 자판기 대각선으로 위쪽, 도합 여섯 대입니다."

"통이 크군. 경영자한테 감사장이라도 줘야 하나?" 니시무라가 기세 좋게 농담을 날린다.

"그럼 같은 시각의 다른 영상도 보자. 빨리, 빨리."

사이토가 재촉하자 이토가 다른 DVD를 넣었다.

다음 영상은 가게 귀퉁이에서 찍힌 것으로, 트럭이 비닐 칸막이 부스로 후진하여 들어가는 모습까지 다 나와 있었다.

"내려봐. 얼굴을 확인해봐."

트럭의 문이 열리고 운전사가 내려왔다.

"가리야다!" 사이토가 무심코 소리쳤다.

큰 덩치의 남자가 트럭 앞으로 돌아가 반 바퀴 걸어서 고압 세척기 앞에 선다. 동전을 투입하고 스프레이식 호스를 손으로 잡는다. 가리야가 틀림없다. 계속 쫓아왔기 때문에 인상착의가 눈에 익었다.

"해냈군. 이치우마의 공적이야."

니시무라가 흥분한 얼굴로 사이토의 등을 두드렸다. 내친김이라는 듯이 이토의 가지런한 머리를 두 손으로 헝클어놓는다.

네 명이서 영상의 그다음을 봤다. 가리야는 짐칸의 양쪽 여닫이문을 열고 그 뒤로 모습을 감췄다.

"짐칸에 올라간 모양이군. 컨테이너 안을 세척하고 있어." 니시무라가 말했다.

"사이토 씨가 예상한 대로네요. 탄복했습니다." 노지마가 말했다.

사이토는 소름이 끼쳤다. 기대는 하고 있었지만 실제로 추리가 적중하자 뭐라 말할 수 없는 황홀경이 몸을 관통한다.

"좋아. 1과장님께 보고한다."

니시무라가 주먹을 꽉 쥐고 크게 환호했다. 남자 넷은 하이파이브를 되풀이하다 마지막에는 서로 얼싸안고 기뻐했다.

*

그날 밤 수사 회의에서는 가리야의 모습이 셀프 세차장의 CCTV 영상에 기록된 건이 보고되어 가장 중요한 의제로 떠올랐다. 수사에서 성과를 낸 노지마 마사히로는 드디어 거대한 기계의 톱니바퀴 하나가 된 것 같아 한층 마음이 긴장되었다. 아시카가 북부 경찰서 형사과의 상사인 도이 과장은 "잘했어"

라며 어깨를 세게 두드려주었고, 야마시타 주임은 조용히 헤드 록을 걸어왔다. 그만의 애정 표현이다.

회의에서는 지금까지 수집한 가리야의 상황증거에 대한 정리가 이루어졌다. 두 현 경찰본부의 형사부장과 경찰청의 가와세 1과장 보좌는 불참했다. 지검에 불려 가 협의 중이라고 했다. 진행을 맡은 사람은 여느 때와 마찬가지로 군마현 경찰본부의 니시무라 관리관이다.

"그럼 지금부터 회의를 시작하겠다. 가리야의 행적과 CCTV에 찍힌 트럭의 운행 이력, 그리고 과거 이력과 성격을 다시 한번 정리하고, 여러분의 의견을 듣고 싶다. 먼저 가리야의 행적이다. 현재 근무지인 제너럴중기 오타 공장에 계절노동자로 채용되어 기숙사에 살기 시작한 것은 올 3월 31일부터다. 채용 직종은 운전사. 수사선상에 오른 최초의 계기는 마쓰오카 사진관의 주인 마쓰오카 씨로부터 제공받은 하천부지 사진이다. 시간 순으로 말하자면 첫 번째는 4월 20일 정오 무렵, 두 번째는 4월 29일 오후 3시경, 같은 번호판의 4톤 트럭이 기류 측 사체 유기 현장인 와타라세강 하천부지로 들어가는 모습이 마쓰오카 씨가 찍어둔 사진들에서 발견되었다. 마쓰오카 씨의 증언에 따르면 첫 번째는 미니 골프장의 주차장에 트럭을 세우고 부근을 걸었다. 두 번째는 주차장을 지나 막다른 길 안쪽까지 갔다가 되돌아 나왔다. 이 수상한 행동을 근거로 운전사에 대해 제너럴중기에 문의했더니 해당 인물이 가리야 후미히코라는 계절노동자이고, 게다가 10년 전에도 같은 공장에서 운전사로 3년간 일했다는 것이 밝혀졌다. 그에 따라 가리야는 중요 참고인으로 떠올랐고 감시 대상이 되었다."

여기서 니시무라가 한 박자 쉬고 회의실을 둘러보며 말했다.

"그런데 도중에 수사본부에 들어온 오타 동부 경찰서 여러분은 마쓰오카 씨가 어떤 인물인지는 다 알지?"

"물론입니다. 설명은 불필요합니다."

후지카와 계장이 대표로 대답했다.

"그럼 이야기를 계속하겠다. 수사본부는 가리야의 감시와 함께 그가 운전하는 트럭의 주행 기록을 조사했다. 그랬더니 살인이 일어난 것으로 추정되는 양일 모두 와타라세강 부근의 N 시스템에 기록이 남았다는 것을 알 수 있었다. 더욱이 거리의 CCTV에도 차량 번호는 확인할 수 없지만 같은 것으로 보이는 트럭이 찍혔다. 특히 5월 3일 심야, 기류시 미요시초의 치과 주차장의 CCTV에 찍힌, 컨테이너형 트럭이 제방을 향해 빠져나간 다음 약 20분 후 되돌아 나가는 영상은 시간대상 너무나 부자연스러워 유력한 증거가 될 수 있을 것으로 보였다. 다만 유감스럽게도 영상이 어두워 차종을 특정할 수 없고 컨테이너형 트럭이라는 것밖에 확인할 수 없다. 과학수사연구소가 시간을 들여 보정을 시도했지만 어려웠다. 이 영상을 앞으로 어떻게 취급할지는 불투명하다."

여기서 니시무라가 일어나 화이트보드에 붙인 지도 앞에 섰다. 지도는 오타시, 기류시, 아시카가시 지역을 합친 것으로 수사본부에서 직접 만든 것이다.

"가리야의 행동에서 해명되지 않는 것은 살해 당일로 추정되는 날 어떻게 피해자와 만났는가 하는 점이다. 피해자 두 명의 마지막 행적은 모두 기류역과 아시카가역 주변이니, 거기서 범인에게 습격당해 트럭에 태워져 살해당한 것으로 보는 것이 타당한 추리일 것이다. 그렇다면 어떤 시점에 노렸는지가 문제다. 우연히 지나가던 젊은 여성을 희생물로 삼았다고 하기에는 두 명에게 공통점이 너무 많다. 이른바 원조교제를 하고 있던 여성이고, 러브호텔에서 돌아오던 길이었다. 잠복하고 있었다고 생각하는 것이 타당하지만, 그렇다면 어디서 피해자를 점찍었는가 하는 의문이 생긴다. 과학수사연구소에서는 범인이 스마트폰을 해킹해 매칭 앱에서 나눈 대화를 들여다본 것이 아니냐는 의견도 있지만, 상당한 지식이 없으면 어렵다는 점에서 보류한 채다. 수사본부에서는 이에 대해 이미 몇 차례 논의를 거듭했지만 평소에 희생물을 물색해두었다는 추리가 지금은 가장 유력하다. 실제로 4월 중순경부터 역 주변에서 서성거리는 작업복 차림의 덩치 큰 남자가 목격되었고, 얼굴은 확인할 수 없지만 몇몇 CCTV 영상에도 남아 있다. 게다가 역 앞 주차장과 쇼핑몰 주차장이 매칭 앱 이용자가 만나는 장소였는데, 범인이 그것을 알고 있었을 가능성도 있다. 10년 전 사건과의 연속성을 생각하면 그렇다고 보는 게 마땅하다."

니시무라는 이야기를 하며 지도에 컬러 자석을 붙여갔다. 사체 유기 현장 두 곳, 피해자의 마지막 행적이 된 역 앞 주차장, 그리고 가리야가 순회하는 세 공장―.

"지금부터는 오늘 알아낸 트럭의 주행 기록이다. 가리야가 운전하는 트럭 짐칸에 세척한 흔적이 있다는 것은 어제 이야기 했는데, 그 작업을 한 셀프 세차장을 알아냈다. 이치우마, 앞으로 나와 자네가 이야기하게."

니시무라의 지명을 받고 사이토가 일어선다. 그가 뒤를 돌아보며 턱을 치켜올리자 노지마와 이토도 자리에서 일어나 세 명이 함께 앞으로 걸어갔다. 사이토가 화이트보드 앞에 서고 마이크를 쥔다.

"사이토입니다. 어제 수사 회의에서 범인이 셀프 세차장에서 짐칸을 청소한 것이 아니냐는 추리를 말했습니다만, 오늘 노지마, 이토, 저, 이렇게 셋이서 셀프 세차장의 CCTV 영상을 체크했더니 예상대로…… 나왔습니다."

사이토가 마지막에 목소리 톤을 높였다.

"와아―."

수사관들 사이에서 함성이 터져 나온다. 회의실에 미소가 퍼지고 박수를 치는 사람도 있었다.

"장소는 오타시 아라이초의 '아라이 셀프 세차장'입니다. 일시는 5월 15일 12시 16분입니다. 가리야가 운전하는 컨테이너형 4톤 트럭이 들어오고 세차 부스로 들어가 직접 짐칸을 세척했습니다. 그럼 바로 그 영상을 보시겠습니다."

사이토의 지시로 노지마가 DVD 장치에 디스크를 넣는다. 이토는 동영상 캡처 화면을 프린트한 종이를 앞줄 수사관들에게 배포했다.

정면 옆의 대형 모니터에 영상이 나오기 시작한다. 모두 집어삼킬 듯한 눈으로 응시했다.

"가리야로군. 틀림없어."

"드디어 꼬리를 드러낸 건가."

수사관들 사이에서 이런 목소리가 들린다.

"보신 대로입니다. 가리야는 일부러 공장이 아닌 외부의 셀프 세차장에서 짐칸을 세척했습니다. 이것은 곧 피해 여성을 컨테이너 안에서 살해하고 와타라세강 하천부지까지 운반했다는 증거겠지요. 마지막까지 보시면 알 수 있습니다만, 가리야는 컨테이너 안을 세척합니다. 하지만 차체는 전혀 씻지 않습니다. 이것은 아주 부자연스러운 행동으로, 충분히 증거가 될 수 있다고 생각합니다."

"세척은 한 번뿐인가?"

호리베가 물었다.

"지금으로서는 그렇습니다. 다른 곳에서는 발견되지 않았습니다. 다만 첫 번째 범행이 5월 3일이기 때문에 3일 이후의 영상도 받아서 검증해볼 생각입니다."

사이토가 대답한다.

"원래 공장 밖에서 세차하기도 하는 건가?"

"그것에 대해서는 도치기현 경찰본부의 노지마 형사가……
이봐, 노지마."

지명을 받은 노지마가 보고했다.

"오늘 오후 제너럴중기 오타 공장에 문의한 결과 트럭 세차
는 운전사의 일로, 한 달에 한 번은 빈 시간에 세차하는 것이 규
정이라고 합니다. 주차장 바로 옆에 세차용 공간과 수도가 있
어 보통은 거기서 운전사가 세차를 한다고 합니다. 따라서 외
부의 셀프 세차장을 사용했다는 이야기는 들어본 적이 없다
고……."

"그렇다면 그것만으로도 이미 수상한 행동을 한 거로군."

"그렇습니다."

노지마의 대답에 호리베가 험상궂은 표정으로 고개를 끄덕
이자 회의실의 분위기는 팽팽히 긴장되었다.

"그럼, 다음으로 가리야의 경력과 성격에 대해서도 새로운
정보가 있으면 알려주게."

니시무라의 재촉을 받고 사이토가 다시 마이크를 잡는다.

"고향인 마쓰모토에서의 성장 과정과 평판은 전에 말씀드린
대로입니다. 가리야의 모친은 마약 상습 복용자로 전과는 헤아
릴 수 없이 많습니다. 가리야의 인격 형성에 큰 영향을 주었던
것은 틀림없습니다. 그리고 가리야가 소년기에 맡겨졌던 아동
복지시설에 대해서는 당시 가리야를 아는 사람이 없어 보류해

두고 있습니다."

"그건 나중에 시간이 있을 때 해도 좋네. 어차피 물증은 되지 않으니까."

호리베가 말했다.

"알겠습니다. 또 한 가지, 가리야가 2015년부터 2018년에 걸쳐 하마마쓰의 오토바이 공장에서 일했던 기간에 그 주변에서 미제로 남은 무차별 살인 사건이 일어나지 않았는지 조사했습니다만 없었습니다. 젊은 여성을 쫓아다니면서 벌어진 미수 사건이라면 모르겠습니다만."

"알았네. 그것도 지금은 됐어."

사이토의 보고가 끝나고 세 명 모두 자리로 돌아왔다.

"잡아 와도 되는 게 아닐까?"

호리베가 히로카와 쪽을 보고 말했다.

"나도 그렇게 생각해. 다만 경찰청과 지검이 어떻게 판단할지……."

히로카와가 언짢은 얼굴로 대답했다.

"멍청하니 있다가는 도주할 가능성이 있어."

"그렇지. 그놈도 슬슬 수사의 손이 뻗치고 있다는 것을 눈치챘을지도 모르고……."

"말씀 좀 드려도 되겠습니까?" 노지마가 끼어들어 발언했다. "제너럴중기는 8월 14일, 15일, 16일 공장 전체가 휴가에 들어갑니다. 이는 유지 보수를 위해 연례적으로 하는 일인 것 같습니다. 그리고 일전에 면회한 담당 과장에게 비밀리에 조사하게 했더니 가리야는 공장 휴가와는 별도로 17일부터 사흘간 여름 휴가를 신청했다고 합니다."

"휴가 중의 행선지에 대해서는 알고 있나?" 호리베가 물었다.

"특별히 신고서를 낼 의무가 없어 거기까지는 알지 못합니다. 다만 고향인 마쓰모토에 갈 가능성이 큰 듯합니다. 이미 몇 번 언급했던 현지의 수사 협력자 야기 씨에 따르면 지난달은 여동생이 있는 보호시설을 방문하지 않았기 때문에 이제 슬슬 여동생을 만나러 가는 게 아닐까……."

"그럼 여름휴가 전에 잡아 올까, 아니면 휴가가 끝나고 할까?"

"그러니까 그건 여기서 결정할 수 없어. 우선 윗선을 설득해야지." 히로카와가 말했다.

"잡아 오지요. 도주할 경우 실종될 가능성이 큽니다. 돌아갈 집도 없는 사람이니까요."

군마현 경찰본부의 우치다 계장이 강하게 덧붙였다.

"저도 잡아 오는 데 찬성합니다. 잡아 오면 가택수색을 할 수 있습니다. 스마트폰도 압수할 수 있고, 뭔가 나오겠지요."

지금까지 잠자코 있던 도치기현 경찰본부의 미야타 관리관도 발언했다.

"다른 의견도 들어보지. 히라노, 자네는 어떻게 생각하나?"

히로카와가 같은 수사1과의 부하에게 질문을 돌렸다.

"저도 잡아 와야 한다고 생각합니다."

히라노가 곧바로 대답한다.

"이케다는 어떻게 되었나? 나는 그쪽도 마음에 걸려 견딜 수가 없는데 말이야."

"여전히 행방불명 상태입니다. 산업폐기물 처리업자 후쿠다 사장도 마찬가지입니다."

"내버려둬도 되는 건가?"

"내버려두는 건 아닙니다. 실은 얼마 전 마에바시역 근처에서 후쿠다로 보이는 사람이 차에 타는 CCTV 영상이 나온 참입니다."

"그게 사실인가? 왜 잠자코 있었지?"

히로카와가 쏘아보며 물었다.

"본 사안과 너무 관련성이 없어 이걸로 수사본부를 혼란시키면 안 되겠다 싶어서……."

"괜찮으니 보고해."

"알겠습니다……. 7월 7일 저녁 9시경, 마에바시역 북쪽 출입구로 이어지는 도로변에 있는 편의점 주차장의 CCTV에 후쿠다 사장으로 보이는 남자가 혼자 역을 향해 걸어가는 모습이 찍혔습니다. 그러나 그 100미터쯤 앞의 택시 승강장 CCTV 영상을 조사하니 거기에는 모습이 찍히지 않았습니다. 따라서 200미터 사이에 뭔가 있었던 게 아닐까 싶어 길 반대쪽에 있는 핸드폰 가게 안에서 입구를 비추는 CCTV 영상을 제공받았는데, 왜건 한 대가 후쿠다 사장으로 보이는 사람 옆에 정차하고 몇 초 후에 떠났을 때는 그 사람은 사라지고 없었습니다. 뒤에서 찍힌 거라 납치된 것인지 아니면 스스로 탄 것인지는 알 수가 없습니다. 다만 그 시각에 적긴 해도 통행자가 있었기 때문에 납치라면 소동이 벌어졌을 것이고 110에 신고가 들어와도 이상하지 않았을 것입니다. 그래서 지금은 신고 상황을 확인하는 중입니다."

히라노가 수첩을 보며 담담하게 보고했다.

"중요한 정보잖아. 이 바보 같은 놈."

히로카와가 노기를 띤 목소리로 말했다.

"하지만 군마현 경찰의 관할 지역이고 무리하게 사건을 파고드는 것도 실례가 아닐까 싶어서……."

"괜찮네. 히라노 주임, 신경 쓰지 말게. 그 건은 우리도 담당자를 붙이지. 그러니 확실히 조사해주게."

호리베가 수습하듯 끼어들었다.

"달리 알게 된 것은?" 히로카와가 물었다.

"이케다는 친구가 하나도 없는 고독한 남자입니다. 하지만 중남미의 마약 밀매 그룹과 늘 교류가 있기 때문에 그들한테 납치를 도와달라고 했을 가능성도 생각하고 있습니다. 이케다의 스페인어는 상당한 수준입니다. 어쩌면 밀매 그룹을 위협해서 시켰을지도……. 그래서 그쪽 선에서도 관계자를 조사하는 중입니다."

"알겠네. 하나하나 자세히 보고하게."

"알겠습니다."

히라노가 얌전한 얼굴로 말했다. 군마현 경찰본부의 형사들은 그쪽도 힘들겠다며 동정의 시선을 보냈다.

회의가 끝나자 히라노는 노지마를 손짓으로 불렀다.

"자네, 다키모토 씨와는 연락하고 있나?"

얼굴을 가까이 대고 작은 목소리로 말한다.

"아뇨, 그렇지 않습니다만."

"그래? 실은 어제 고도회 관계자한테서 밀고가 들어왔거든. 이케다의 소재는 전 형사인 다키모토가 알고 있다는 거야. 무슨 뜻이냐고 물었더니 그 이상은 말할 수 없다며 전화를 끊더라고……. 나는 어떻게 된 건가 해서 말이지. 다키모토 씨는 이케다와 관련된 일이라면 제정신을 잃는 면이 있잖아."

"예, 확실히 그렇지요……."

노지마도 소리를 죽여 대답했다.

"내가 다키모토 씨한테 물어봐도 되는데 아무래도 불길한 예감이 들어서 말이야. 섣불리 알게 되면 우리도 내버려둘 수 없는 입장이고……."

"예에……."

노지마도 불길한 예감이 들었다.

"아무튼 유념해두게. 다키모토 씨는 고마운 게 많은 전 상사이고, 일이 잘못되게 하고 싶지 않아."

"알겠습니다."

노지마가 고개를 끄덕인다. 히라노를 비롯한 전 부하들의 걱정은 지금의 다키모토가 민간인 신분을 이용하여 비합법 수사도 마다하지 않는 태세라는 것이다.

*

다키모토 세이지에게 도치기현 경찰본부 수사1과의 히라노로부터 유력한 정보가 들어왔다. 산업폐기물 처리업자 후쿠다의 마지막 행적이 된 마에바시역 부근에서 후쿠다로 보이는 사람이 왜건을 타고 사라졌다는 것이다. CCTV 영상에서 발견한 것인데 사각지대였기 때문에 스스로 탄 것인지 억지로 태워진 건지 판단할 수 없다. 그렇다고 홀연히 사라진 것도 아니다. 야간에 찍힌 것이라서 차종조차 알아낼 수 없지만, 유력한 실마리인 것은 분명하다. 다키모토는 자신의 예상이 틀리지 않았음을 확신했다.

"군마현 경찰의 협조를 얻어 부근의 CCTV를 좀 더 조사해보려고 합니다. 달리 지시할 것이 있으면 말씀하십시오."

바쁜 히라노가 일부러 호텔까지 찾아와 스스로 협력하겠다고 했다.

"고맙네. 하지만 그렇게까지 할 필요는 없어. 자네들을 귀찮게 하기 싫네. 그 정보만으로 충분해. 후쿠다 사장은 아마 이케다가 납치했을 거야. 차를 운전했던 사람은 이케다 수하의 판매인이겠지. 중남미계의 불량 그룹이야. 짐작 가는 것이 있네."

다키모토는 후의에 감사하면서도 협력은 거절했다. 더는 형사가 아닌 자신이 멋대로 하기 시작한 일이다.

"선배님, 무리는 하지 마세요. 이 사안은 아직 공식적인 사건이 되지 않았지만, 경찰도 중대한 관심을 갖고 있습니다. 후쿠다가 행방불명이 된 것은 사실이니까요. 히로카와 1과장님은 자세히 알아본 뒤 보고하라는 명령을 내렸습니다."

"그런가? 그럼 앞으로 내가 얻은 정보는 전부 자네한테 알려주겠네."

"그런데 선배님."

히라노가 뭔가 말하기 힘든 이야기를 꺼내려는지 격식을 차린 태도로 입을 열었다.

"묘한 소문이 있어서 선배님께도 알려드리겠습니다. 이케다의 소재를 선배님이 이미 파악하고 있다는 그런 소문입니다."

"출처는 어딘가?"

다키모토는 시치미를 떼고 물었다. 내심 간담이 서늘했다.

"그건 말할 수 없습니다. 이해해주십시오."

히라노가 테이블에 손을 짚고 머리를 숙인다.

"간부들 귀에도 들어갔나?"

"아뇨. 저뿐입니다. 그러니 그 점은 안심하십시오."

다키모토는 히라노를 응시했다. 과연 어디까지 알고 있는 것일까. 휘말리게 하고 싶지 않으므로 더 물어볼 수는 없다.

"묘한 소문이군. 뜬금없어. 무엇보다 나는 지금 이케다를 찾고 있거든."

"그렇지요. 그럼 무시하겠습니다."

히라노가 입만 웃으며 말을 이었다.

"선배님, 제발 무리는 하지 마세요. 제가 필요할 때는 24시간 언제든지 전화하세요. 저는 지금도 제 보스는 선배님이라고 생각하고 있으니까요."

"바보 같은 말 하지 말게. 난 진작에 퇴직한 몸이야."

"상관없습니다. 충신은 두 임금을 모시지 않는다고 하잖아요."

"자넨 하나도 안 변했군."

다키모토가 씁쓸하게 웃는다. 한편 올곧은 성격의 전 부하를 자랑스럽게 생각했다.

경찰을 퇴직할 때 재임용을 제안받았지만, 나처럼 융통성 없는 사람이 조직에 남아서는 후배들이 일하기 힘들 거라며 거절했다. 히라노를 포함한 몇몇 부하들은 다시 생각해보라며 설득했지만 뜻을 굽히지 않았다. 지금은 그러길 잘했다고 생각한다. 민간인 신분이어서 비합법적 수단도 마다하지 않을 수 있으니 말이다.

돌아갈 때 히라노가 "같이 모은 돈입니다" 하며 봉투를 내밀었다.

"이보게, 이건 받을 수 없네."

"경찰본부가 아니라 경우회에서 모은 겁니다. 얼마 전 우연히 이사인 사토 씨를 만났을 때 선배님 안부를 물어서, 실은 이번 사건이 일어나 책임감을 느낀 선배님이 퇴직하셨으면서도 자비로 수사를 하고 있다고 했더니 그거 대단하다면서 회원들에게 알려서 모았습니다―. 퇴직한 선배분들의 후의이니 받으셔도 되지 아닐까요?"

히라노가 말한다. 분명 지어낸 이야기일 거라고 생각했다. 히라노가 경우회와 교섭하여 다키모토 세이지를 도와줄 수 없겠느냐고 부탁했을 것이다.

손으로 받아 드니 10만 엔은 들어 있는 것 같았다.

"그런가? 그럼 사토 씨한테 감사 인사를 해야겠군."

다키모토는 받기로 했다. 다키모토도 퇴직한 경찰들이 모이는 단체인 경우회의 회원이다. 언젠가 다른 기회에 은혜를 갚으면 된다.

사람의 정이 뼈저리게 느껴졌다. 다키모토는 반드시 이케다를 잡겠다고 새삼 결심했다.

히라노에게서 얻은 정보에 따라 다키모토는 아시카가 시내의 식품점을 방문했다. 남미 요리 식자재 전문점으로, 경영자는 일본에 온 지 20년이 넘은 일본계 브라질인이다. 손님 대부분은 중남미계 이주 노동자로 커뮤니티가 형성되어 있다.

가게로 들어가 매장을 통과하여 안쪽 사무실을 유리창 너머로 들여다보니 낯익은 뚱뚱한 점장이 다키모토를 발견하고 과장되게 두 팔을 벌렸다.

"다키모토 씨, 오랜만입니다. 오늘은 어쩐 일로?"

밝은 목소리로 맞으며 안으로 불러들인다. 에어컨은 별로 시원하지 않고 선풍기가 돌고 있었다.

"쇼핑? 싸게 줄게요."

"그게 아니네. 사람을 찾고 있는데 말이야. 이 가게에서 몇 년 전에 일했던 베네수엘라 사람하고 콜롬비아 사람 그룹이 있었잖아."

다키모토가 손수건으로 목덜미의 땀을 훔치며 말하자 사장의 얼굴이 어두워졌다.

"그 애들이 또 무슨 일을 저지른 건가요?"

"아니, 아직 몰라. 한때 이케다 수하에 있었던 적이 있잖아. 그 애들, 아직도 이케다와 어울리나?"

이케다라는 말을 듣자 점장의 표정은 더욱 어두워졌다.

"모르지요. 가끔 물건 사러 오긴 하지만 인사 정도만 하고 이야기는 안 해요. 걔네도 창피하지 않겠어요? 많이 도와줬는데 일본 야쿠자와 어울려서 마약 밀매까지 하고."

"지금은 뭘 하고 있지?"

"건설 현장에서 일하거나 파친코에 드나들겠지요."

"알았네. 사는 데는 아나?"

"누구한테 물어보면 알 수 있을 겁니다. 라티노 커뮤니티 안에서만 살아갈 수 있으니까."

"그럼 알게 되면 알려주게."

"오케이. 하지만 다키모토 씨, 은퇴한 거 아니었어요?"

"했지. 지금은 전 형사야. 하지만 와타라세강에서 또 사건이 일어났잖아? 10년 전에 범인을 놓친 데 대한 속죄로 이번에도 쫓기로 했지."

다키모토가 털어놓자 점장은 얼굴을 찌푸리며 "그거 역시 이케다인 겁니까?" 하고 물었다.

"난 그렇게 믿고 있어. 이번에야말로 감방에 처넣어야지."

"그래요, 그럼 저도 협조할게요. 우리는 모두 다키모토 씨를 좋아하니까."

"눈물 나게 하는군."

예전에 외국인 노동자 그룹들 사이에서 싸움이 일어났을 때 다키모토가 중간에서 수습한 일이 있었다. 그들은 그 이후 다키모토를 믿게 되었다. 은퇴해도 그리워해주는 것은 형사이기 때문에 맛볼 수 있는 만족감이다.

가게를 나와 차에 올라탄다. 에어컨을 세게 틀어 잠시 시원한 바람을 쐰 후에 간토 북부 흥업에 전화를 했다. 감금 중인 이케다의 상태를 묻는다. 하루에 한 번 정시 연락을 한다.

전화를 받은 사람은 사무소를 지키는 사원이고 이케다에게

별일은 없다고 한다.

"식사는 제대로 하고 있습니다. 아니, 약이 끊겨 움직일 생각조차 들지 않는 것 같습니다."

"그래, 알았네."

이상이 없다는 것을 확인하고 전화를 끊었다. 고도회도 이케다 상대로는 협박이 통하지 않는다는 것을 알았을 것이다. 그렇다고 해서 처리해버릴 수도 없어 다루는 데 어려움을 겪고 있을 것이다.

차를 출발시키려고 할 때 고도회 회장이 다키모토의 스마트폰으로 전화를 해 왔다.

"이야, 회장. 방금 회사로 전화해서 이케다의 상태를 물었던 참이오."

"알고 있소. 지키는 사원이 보고해서 당신한테 전화한 거요."

회장이 시무룩한 목소리로 말했다.

"저기, 다키모토 씨. 이케다 말인데, 언제까지 맡고 있어야 하는 거요?"

"앞으로 조금만 더요. 후쿠다 사장을 납치한 증거를 잡기만 하면 나머지는 경찰에 넘길 거니까."

"그런데 그거 확실한 이야기인 거요? 증거가 안 나오면 앞으로 쭉 이케다를 감금하고 있어야 한단 말이오?"

"쭉은 아니고…… 뭐요, 싫은 거요?"

"다키모토 씨의 부탁이니까 들어주고 있지만, 세상에 알려지면 동생 회사가 어떻게 될지 걱정돼서 말이오. 몇 번이나 말하지만 동생은 건실한 사람이오."

"괜찮소. 감금은 내가 뭉갤 것이고, 수사1과에 교섭도 해놓을 테니까. 이케다가 뭐라고 호소하든 경찰은 전혀 상대해주지 않을 거요."

"하지만 이케다한테 변호사가 붙으면 그것도 곤란한 거 아니오? 그놈이 울며 겨자 먹기로 단념할 거라고는 도저히 생각되지 않소."

"뭐야, 회장답지 않게 말이지." 다키모토는 쓴웃음 지었다. "안심하시오. 가령 당신 동생 회사에 수사가 들어와도 그냥 형식적인 걸 거요. 나를 믿으시오. 나쁘게 굴러가게 두지 않을 테니까."

"뭐, 믿기야 하겠지만, 다키모토 씨, 당신은 괜찮은 거요? 꽤나 위험한 다리를 건넌 거요. 얼핏 들었지만 와타라세강 사건에서는 경찰청에서도 사람을 파견했지 않소? 경찰도 커리어 관료 같은 자들은 지방의 사정 같은 건 아랑곳하지 않으니까."

"알았소. 그럼 기한을 정하지. 앞으로 일주일만 견뎌주시오. 그때까지는 후쿠다 사장을 납치한 증거를 찾아서 경찰에 넘길 테니. 그렇게 안 되면 풀어주시오. 이러면 어떻겠소?"

"……아아, 알았소. 다키모토 씨가 그렇게까지 말한다면 따르겠소."

회장이 마지못해 받아들인다.

"미안하오. 난 상대가 누구든 배신은 하지 않소. 믿어주시오. 만약 그 후에 이케다가 행방불명이 된다고 해도 난 절대 당신들 이름은 대지 않을 거요. 약속하지."

"그게 무슨 뜻이오?"

"전에도 말했잖소. 나는 간토 북부 흥업에는 가지 않았고, 아무것도 못 봤다. 그런 뜻이오."

다키모토가 이렇게 말하자 회장은 잠시 입을 다물었다가 한숨 쉬듯 웃었다.

"나는 지금 다키모토 씨가 제일 두렵소."

"회장이 두려워하다니 영광인걸."

전화를 끊자 다키모토는 무심코 흥분으로 몸이 떨렸다. 야쿠자가 걱정할 만큼 나는 길을 벗어난 것 같다. 그러나 후회는 없었다. 이케다를 들판에 풀어놓아서는 안 된다.

다키모토는 천천히 차를 출발시켰다.

*

합동수사본부가 가리야를 잡아 올 것 같다는 정보가 날아든 것은 추석 연휴를 앞둔 8월 13일 아침이었다. 지노 교코는 출근하자마자 그 소식을 상사인 고사카에게 들었다.

"내일부터 제너럴중기는 사흘간 모든 공장이 폐쇄된다. 추석 연휴 동안 K는 나가노현 마쓰모토시로 향할 가능성이 크기 때문에 수사본부가 K를 체포하기로 했다면 그 전, 즉 오늘이나 내일이야."

"수사본부의 누가 말해준 겁니까?"

"야, 이 바보야. 그런 걸 술술 말하는 놈이 있다면 형사 실격이지. 어제 경찰청 간부가 군마현 경찰본부로 왔던 모양이야. 다케다 형사부장이 현관에서 맞이하는 것을 본 사람이 있어서 누군지 알아봤더니 형사국의 수사1과장이었대. 뭔가 있는 게 뻔하잖아."

고사카가 의기양양하게 말했다. 경찰청의 수사1과장이란 현재 수사본부에 파견되어 있는 가와세 1과장 보좌의 상사다. 어지간한 일이 아닌 한 현장에 나오는 일은 없다.

"알겠습니다. 저는 호시노 공보관을 만나보겠습니다."

교코는 마음이 설렜다. 제대로 대답해줄 것 같지는 않지만, 반응을 살피는 것만이라도 시도할 가치는 있다.

오전 9시, 지노 교코는 현 경찰본부로 가서 기자실에 들어섰다. 특별히 달라진 모습은 없고, 다른 언론사 기자들은 각자의 데스크에서 컴퓨터를 하고 있거나 신문을 펼치고 있었다. 인사만 끝내고 1층 안쪽의 공보과로 갔다. 안에는 들어가지 않고 복도에서 대기한다. 복도에서 다가가 말을 건네는 밀착 취재는 신입 기자의 관례 같은 것이다. 지나가는 직원에게 "호시노 씨 계십니까?"라고 물었더니 고개를 끄덕였다. 그렇다면 한 시간이고 두 시간이고 기다릴 것이다.

호시노는 30분쯤 지나 공보과에서 나왔다. 복도에서 교코의 모습을 보고 순간적으로 발을 멈췄다. 곧바로 아무렇지 않은 듯이 "안녕하세요. 어쩐 일이죠?"라고 환하게 말을 걸고 잰걸음으로 걷기 시작했다.

"경찰청 수사1과장님이 왔다고 하는데, 무슨 일인가요?"

교코가 따라가며 질문한다.

"이야, 알고 있어요? 역시 〈주오신문〉이야. 소식이 참 빠르다니까."

호시노가 앞만 바라보며 말했다.

"뭔가 큰 움직임이 있었나요?"

"아무것도 없어요. 단순한 시찰이죠. 리버 사안은 경찰청 사건이니까요."

"리버 사안요?"

"와타라세강 연쇄 살인 사건 말이에요. 10년 전 사건도 포함해서 내부에서 얘기할 때는 그렇게 불러요."

"우리는 드디어 계절노동자 가리야라는 인물을 연행하는 게 아닐까 예상하고 있는데요."

"그게 무슨 얘기죠? 난 모르겠는데."

엘리베이터를 타는 곳으로 가자 문이 닫히려는 참이었다.

"위로 가요? 잠깐, 잠깐만요."

호시노가 큰 소리로 말하며 달려갔다. 교코도 따라간다. 발차 직전의 열차에 올라타듯이 둘이서 엘리베이터에 탔다. 먼저 타고 있는 중년의 여성 직원에게 호시노가 "오늘도 덥네요"라고 날씨 이야기를 꺼낸다.

"무더위 수당이라도 있으면 좋겠어요. 출퇴근하는 것만으로 땀범벅이니."

"호시노 씨, 자가용으로 통근하는 거 아니에요?"

"주차장 할당에서 떨어졌어요. 역 가까이에 사니까 전철 타고 오라면서. 심하지 않아요? 총무과의 횡포라니까요."

둘이서 웃는다. 교코는 뭔가 있다고 확신했다. 호시노가 밝을 때는 뭔가를 숨기고 싶을 때다.

엘리베이터에서 내려 다시 복도를 걸어갔다.

"K를 연행한다면 별건인가요?" 교코가 물었다.

"K라니요?"

"가리야를 지칭하는 말입니다."

"하하하. 어디나 같군요. 연행이고 뭐고 그런 정보는 없어요."

"연행한다는 것은 상당한 증거를 확보했다고 봐도 되는 건가요?"

"그러니까 모른다니까요."

호시노가 걸음을 멈췄다. 그곳은 형사부장실 앞이었다. 문을 등지고 교코를 마주 본다.

"현시점에서 리버 사안에 대해 발표할 일은 없습니다. 군마와 도치기, 두 현의 경찰본부가 총력을 기울여 조사 중입니다.

말할 수 있는 것은 이것뿐입니다."

"알겠습니다. 정말 감사했습니다."

끈덕지게 쫓는 것은 그만두었다. 집요하게 물어서 좋을 일은 없다.

"그리고 지노 짱. 제발 부탁이니 수사관들을 밤늦게 찾아가지 마세요. 사이토 형사를 화나게 하면 안 돼요. 그 사람은 앙심을 품으니까."

"알겠습니다……."

호시노는 발길을 돌려 노크를 하고 형사부장실로 들어갔다. 교코는 목을 빼고 방 안의 상황을 순간적으로 살폈다. 간부가 모두 모여 있다. 경찰청의 수사1과장을 중심으로 하는 회의인 듯하다.

어떻게 하려는 걸까? 가리야를 연행한다면 내일 아침 일찍일까? 아침 일찍 집으로 가서 용의자를 흔들어 깨워 체포 영장을 들이민다. 경찰의 상투적인 수단이다.

교코는 지국으로 돌아가 고사카와 의논하기로 했다. 고사카라면 빠지라고는 하지 않을 것이다. 나머지는 현장의 인내 싸움이다.

이튿날 아침 6시, 교코와 고사카는 제너럴중기 오타 공장의 기숙사 입구를 감시하고 있었다. 50미터쯤 떨어진 갓길에 차를 세우고 운전석에는 고사카, 조수석에는 카메라를 든 교코가 타고 있다. 500밀리미터의 망원렌즈는 과연 무겁다. 애초에 실전에서 사용한 적도 없어, 아침부터 겨드랑이에 땀이 나고 있었다. 고사카가 "운전이랑 카메라, 둘 중 하나를 선택해"라고 해서 교코는 카메라를 골랐다. 운전이 더 자신이 없기 때문이다. 만일 도주극이라도 펼쳐진다면 서두르다가 전봇대에 부딪칠 것 같았다.

"체포 영장은 받을 수 있을까요?"

망원렌즈로 기숙사 현관을 엿보며 교코가 말했다.

"이 건으로는 모르지. 별건이라면 짐작도 할 수 없고."

고사카도 운전석에서 쌍안경을 들여다보고 있다.

경찰이 본격적으로 나서게 되면 온갖 별건 정보를 찾아내 체포한다. 차 트렁크에 커터칼이 있으면 도검법 위반. 폭력단이나 과격한 무리를 상대할 때는 그렇게도 한다.

잠시 후 스바루 한 대가 길 반대쪽에 모습을 드러냈다. 낯익은 수사 차량이다. "왔다, 왔어." 고사카가 흥분한 모습으로 말한다. 예감이 적중한 것이다.

다만 수사 차량은 한 대뿐이었다. 탄 사람은 두 명이다.

교코는 망원렌즈로 주위를 확인했다. 역시 다른 차량은 없다. 체포할 때 차량 한 대에 두 명이 오는 일은 없다. 10분쯤 지나도 상황은 달라지지 않았다.

"지레짐작이었나? 단순한 감시인 모양이야."

고사카가 유감스럽다는 듯이 말했다.

"하지만 휴가 중에도 감시를 계속한다는 것은 여간한 일이 아니겠지요. 휴가 기간 중에 체포하지 않을까요?"

"K의 행동 나름이겠지. 오타시 부근에서 지내는 거라면 지켜볼 것이고, 캐리어를 끌고 어딘가로 간다면 도주를 염려해 신병을 확보하겠지. 그런 게 아닐까 싶은데……."

이런 대화를 나누며 망원렌즈를 들여다보고 있으니 기숙사 현관에 가리야가 나타났다. 오른손으로 캐리어를 끌고 있다.

"이봐, 이봐. 이건 멀리 가려는 거야. 경찰은 어떻게 나올까?"

고사카가 망원경을 교코의 무릎 위에 내팽개치고 차 시동을 걸었다. 교코는 손목시계를 봤다. 오전 7시 20분이다.

가리야는 기숙사 문을 나서더니 역을 향해 걷기 시작한다. 역까지는 걸어서 15분쯤 걸린다. 거기서 어디로 가는 걸까. 나가노로 향하는 걸까, 단순한 여행일까. 아니면 도주일까.

수사 차량에서 수사관 한 명이 내려 충분한 거리를 확보한 후 걸어서 미행을 시작했다.

"어떻게 할까요? 저도 내려서 뒤쫓을까요?"

교코가 물었다.

"그만둬. 들키면 출입 금지야. 아마 역으로 갈 거야. 그 가능성밖에 생각할 수 없어. 앞질러 가자."

고사카는 길을 유턴해 우회하여 역으로 향했다. 추석 연휴라서 어디나 교통량은 적고, 통행자도 셀 수 있을 만큼 적다. 다만 아침부터 햇살이 강렬하여 아스팔트를 하얗게 물들이고 있다.

역 바로 앞의 간선도로에 정차하고 기다리고 있으니 잠시 후 가리야가 모습을 드러냈다. 그 30미터쯤 뒤에는 수사관도 인도에 서 있다.

가리야는 역에는 가지 않고 골목으로 꺾더니 렌터카 매장으로 들어갔다. 영업을 개시한 직후라 가게 앞에서 점원이 길가에 깃발을 세우고 있다.

"이봐, 전철이 아니야. 렌터카야. 어디로 가는 거지? 지노, 생각해봐." 고사카가 난폭하게 말했다.

"마쓰모토에 귀성하는 거겠지요. 군마에서 나가노로 가려면 열차나 고속버스보다 직접 차를 운전해서 가는 것이 제일 빠른 길이니까요."

교코가 순식간에 대답한다. 다만 자신도 타당한 추리라고 생각했다.

"그렇겠지. 도주하는 거라면 렌터카를 쓰지 않겠지. 차량 번호가 남으니 N 시스템의 밥이 되는 거나 마찬가지니까."

고사카도 납득했다.

15분쯤 지나 가리야와 점원이 가게에서 나왔다. 어느새 바싹 옆에 주차되어 있는 렌터카를 앞에 두고 설명을 듣고 있다. 잠시 후 렌터카에 올라타 가게를 나가 동쪽으로 향했다.

그때 반대 차선에서 다른 스바루가 달려왔다. 운전대를 잡은 사람은 사이토 형사다. 교코는 엉겁결에 얼굴을 숨겼다. 들켰다가는 무슨 말을 들을지 모른다.

"여기서 배턴터치인가? 경찰도 인해전술(人海戰術)이군. 마쓰모토까지 미행할 생각인 건가?"

고사카가 가속기를 밟는다. 거리를 두고 수사 차량의 뒤를 쫓아갔다.

"우리도 마쓰모토까지 쫓아가는 건가요?" 교코가 물었다.

"설마. 우리는 간토 북부 도로를 타는 걸 확인하기만 할 거야. 오늘 체포가 없다면 돌아올 때까지 없는 거지."

차를 출발시켜 두 대의 차를 따라갔다.

렌터카는 일단 동쪽으로 향하더니, 이온몰을 지나쳐 오타 우회 도로를 북쪽으로 올라갔다. 그 앞에는 간토 북부 도로의 오타·기류 인터체인지가 있다.

"지노, 네 추리가 맞은 것 같은데. K는 여동생을 만나러 가는 걸 거야." 고사카가 말했다.

"여동생요?" 교코가 되묻는다.

"그래, 너한테는 아직 말하지 않았었지. K한테는 장애가 있는 여동생이 있어. 계속 마쓰모토의 보호시설에서 지내고 있고, K는 정기적으로 만나러 가는 모양이야."

"왜 알려주지 않았어요?"

교코는 항의 조로 말했다.

"실은 어젯밤에야 들은 정보야."

"알았다. 고사카 씨, 경찰이나 지검과 거래를 한 거죠? K를 별건으로 체포해도 기사를 쓰지 않을 테니까 가르쳐달라고요."

"글쎄. 대답할 수 없어."

고사카가 앞을 본 채 시치미를 떼는 얼굴로 말한다. 교코는 자신이 신참 기자라는 사실을 통감했다. 호시노며 고사카며 주위의 어른들은 배우투성이다.

렌터카는 오타 우회 도로를 북쪽으로 올라가다가 오타·기류 인터체인지에서 간토 북부 도로를 탔다. 사이토 형사가 운전하는 수사 차량도 뒤따라간다.

"와, 마쓰모토까지 미행하는 건가? 이거 수사본부도 본격적으로 나섰는걸. 절대 놓치지 말라는 명령이 내려온 거겠지. 드디어 디데이가 가까워진 모양이야."

고사카는 흥분한 어조로 말하고는 고속도로는 타지 않고 인터체인지를 지나쳤다. 조금 앞에서 유턴하고 돌아온다. 교코는 큰 한숨을 내쉬었다. 추석 연휴인데 해야 할 일투성이다.

*

나가노현 마쓰모토시로 가는 것은 이제 두 번째다. 저번에도 수사 차량을 몰고 목적지로 향했지만, 다른 점은 미행 대상인 차량이 있다는 것이다. 추석 연휴인 14일 이른 아침, 가리야가 혼자 렌터카를 빌려 간토 북부 도로를 탔을 때 운전대를 잡은 사이토 가즈마는 "아아" 하고 자포자기하는 기분으로 소리를 냈다. 이렇게 되면 24시간 감시는 확정이다. 추석을 가족과

보낼 수 없으리라는 것은 진작 각오했지만, 아이의 잠든 얼굴조차 볼 수 없다니 형사란 정말 불행한 직업이다. 신혼인 노지마도 조수석에서 혀를 차고 있었다.

"이치우마 씨, 어떻게 할까요? 가리야가 2박 3일 동안 묵는다고 하면요?"

"지원을 불러야지. 차 한 대로 미행하면 들킬 염려가 있어."

"24시간 미행할 필요는 없다고 생각하는데요. 가리야는 렌터카로 움직이고 있으니, 어차피 오타로 돌아올 거잖아요."

"그렇지. 9시가 되면 본부에 전화해서 지시를 요청하기로 하지 뭐."

"그리고 오늘 밤의 숙박 말인데요, 이런 시기에 마쓰모토 시내에서 호텔 방을 잡을 수 있을까요? 중심지가 아니면 의미도 없을 텐데."

노지마가 스마트폰을 들고 예약 사이트를 뒤지며 말했다.

"좋잖아, 산간의 여관이라도. 느긋하게 노천 온천에 몸도 담그고……."

"진짜 좋습니까?"

"거짓말이야. 좋을 리가 없잖아. 예약을 못 하면 마쓰모토 경찰서에 애원해봐야지. 현지 경찰이라면 어떻게든 해주겠지."

사이토가 내뱉듯이 말한다. 군마현에서 서로 소속된 곳은 다르지만 콤비를 이루는 동안 완전히 스스럼없는 사이가 되었다. 두 사람의 관계는 이제 선배와 후배 사이다. 사이토는 노지마를 그냥 이름으로 부르고, 노지마는 사이토를 이치우마 씨라고 부른다.

"그런데 라면집 주인인 야기 씨는 어떻게 할까요? 사전에 못을 박아둘까요? 앞으로 가리야가 마쓰모토로 갈 건데 접촉하지 말라고요."

"그래, 그렇게 해. 약속을 지키는 남자라고 생각하지만, 경험도 없고 까딱 잘못 말하는 일도 있으니까."

"알겠습니다. 문자를 보내두겠습니다."

노지마가 스마트폰을 조작했다.

"노지마, 너는 가리야가 수사의 손길이 자신을 향해 뻗치고 있다는 것을 눈치챘다고 생각해?"

사이토가 물었다.

"글쎄요. 미행은 눈치채고 있지 않은 것 같습니다만, 다른 반이 술집 사건을 조사했고 마쓰오카 씨가 그의 계절노동자 동료와 접촉했으니까 뭔가 이상하다 느끼고 있을지도 모르겠네요."

"난 언제 가리야가 도주할까, 그게 걱정돼서 미치겠다. 다만 현 경찰본부 내부에서는 도주하면 범인인 게 확실해지니까 그래도 좋다는 간부도 있거든. 연행할지 말지 의견이 갈리고 있지. 도치기 쪽은 어때?"

"우리도 상황은 같습니다. 군마 쪽에 결정을 전부 맡기고 있으니까요."

"교활한데, 도치기 쪽은."

사이토가 놀리는 어조로 말하자 노지마는 "의견 대립보다는 낫잖아요"라고 살짝 정색하며 말을 되받았다.

"농담이야. 배려를 해줘서 감사하고 있지. 가리야의 거주지가 군마이기도 하니 우리가 책임을 져야 한다고 생각해."

그때 노지마의 스마트폰으로 문자가 왔다.

"야기 씨의 연락입니다. 이미 가리야와 만나기로 약속했다고 합니다. 동료를 통해 다음에 고향에 오면 술자리에 나오라고 했더니 답장이 와서 15일 저녁에 보기로 했답니다. 내일이네요."

"정말이야? 직접 전화해. 아무쪼록 사건 이야기는 하지 말라고 말이야."

"알겠습니다."

노지마가 스마트폰으로 야기에게 전화를 걸었다. 스피커 기능으로 통화를 하는지 뒤에서 갓난아기가 울고 있는 소리가 들린다. 야기의 목소리는 밝았고 "괜찮을 겁니다. 수사에 방해가 되는 짓은 하지 않을 테니까요"라며 여유 있는 태도였다. 사이토와 노지마는 믿을 수밖에 없다.

고속도로는 고향이나 휴양지로 향하는 차로 정체되고 있었다. 목적지를 알고 있기 때문에 바로 뒤에 따라붙을 필요는 없어, 항상 중간에 한 대를 두고 따라갔다. 이미 바깥 기온은 30도를 넘었다. 나가노현은 군마현보다 시원할 테지만 확신은 없었다. 일본의 여름은 이제 아열대기후다.

마쓰모토에 도착한 것은 정오가 지나서였다. 도중에 수사본부의 니시무라 관리관에게 전화로 보고하자 특별히 지원은 보내지 않겠다, 따라서 24시간 감시할 필요는 없다, 다만 놓치지는 말라는 이치에 맞지 않는 답이 돌아왔다. 간부들도 이 시점에서 도주할 거라고는 보지 않는 모양이다. 다만 전화를 끊기 전 "제너럴중기의 계절노동자 월급은 20일까지 일한 것이 25일에 정산되는 방식이라고 한다. 20만 엔 이상의 돈을 버리고 도망치지는 않겠지"라는 니시무라의 마지막 말에는 그 나름의 설득력이 있어 사이토와 노지마는 살짝 긴장을 풀었다.

점심도 먹지 않은 채 가리야가 향한 곳은 여동생이 지내는 보호시설이었다. 주소는 미리 알아두어서 미행은 수월했다. 입구가 보이는 장소에 차를 세우고 차 안에서 대기한다.

"면회는 시간이 정해져 있는 걸까요?" 노지마가 물었다.

"글쎄. 병원은 아니니까 자유 아닐까?" 사이토가 말했다.

이런 대화를 나누며 편의점에서 산 주먹밥을 먹고 있었더니 가리야의 차가 입구에서 나왔다.

"아이코, 벌써 돌아가는 거야?"

서둘러 차의 시동을 건다. 가리야의 차 뒷좌석에는 다른 사람의 모습도 있었다. 아무래도 여동생인 듯했다.

"역시 외출인가? 가끔은 여동생을 바깥으로 데리고 나오는 건가?"

거리를 두고 미행을 시작했다. 마쓰모토성을 바라보며 시가

지를 달리고 작은 강을 건너자 거대한 건축물이 눈앞에 나타났다. 뭔가 싶어 내비게이션으로 확인하자 이온몰이었다. 군마에 있는 이온몰과 달리 일본식 건축을 한 것은 도시경관을 고려한 것인가. 가리야의 차가 이온몰 주차장으로 들어간다.

"가리야는 이온을 좋아하는 걸까?" 사이토가 물었다.

"모르지요. 무엇보다 현재 일본의 지방 도시에서 쇼핑몰은 이온이 독주하고 있을 겁니다. 천하 통일이란 이런 것이지요."

노지마가 득도한 듯이 대답한다.

주차장은 거의 만차였다. 다만 가리야는 장애인 주차 구역을 이용할 수 있기 때문에 어렵지 않게 주차했다. 트렁크에서 접이식 휠체어를 꺼내 펼치고는 여동생을 안아 올려 태운다. 익숙해 보이는 것은 고향에 돌아올 때마다 여기에 왔기 때문일 것이다.

"먼저 내려. 난 빈자리를 찾을 테니까."

사이토는 노지마를 내려주고 주차장 안을 돌아다녔다. 마침 운 좋게 나가는 차가 있어서 바로 주차했다. 스마트폰으로 노지마와 위치를 확인하며 건물 안으로 들어가자 본관 바깥의 식당가에 휠체어를 미는 가리야의 모습이 보였다.

"곧장 식당가로 왔습니다. 점심을 먹으려는 모양입니다. 시설에서 나오는 밥만 먹으면 질리니까 가끔 외식을 시켜주는 거 아닐까요?"

노지마가 보고했다. 둘이서 통로의 관엽식물 뒤에 몸을 숨기고 상황을 엿본다. 가리야는 초밥집으로 들어갔다. 오후 1시가 지나 식당이 비기 시작해서 네 명이 앉는 테이블로 안내되었다. 점원이 의자 하나를 옮기고 그곳에 휠체어를 탄 여동생을 안내한다. 마치 단골손님을 대하는 듯한 점원의 태도는 이 가게에서 초밥을 먹는 것도 매번 하는 절차이기 때문일 것이다.

가리야는 여동생과 나란히 앉았다. 문득 여동생을 관찰하자, 고개를 갸웃하고 왼손을 항상 공중에 띄우고 있으며 시선은 고정되어 있지 않다. 뇌성마비라고 했는데 증상이 중한 것 같다. 사이토는 가리야의 심정을 생각했다. 현 경찰 중에도 가족 중에 장애인이 있는 경찰관 몇 명이 있는데 모두 밝고 긍정적이다. 그들의 태도에 늘 감탄하고 있다.

초밥이 나오자 가리야는 솜씨 좋게 젓가락을 사용하여 여동생에게 먹인다. 옆 테이블의 아이가 신기한 듯이 쳐다보니 아버지가 목덜미를 붙잡고 앞을 향하게 한다. 다른 손님들은 그다지 관심을 보이지 않고 아무렇지 않게 식사를 하고 있다.

가리야는 여동생에게 초밥을 다섯 개쯤 먹이고는 남은 것은 자신이 먹었다. 무알코올 맥주를 마시며 긴장을 푸는 모습이다. 지금은 가리야에게도 숨을 돌리는 시간일 것이다. 어머니와 소원해진 지금 여동생은 유일한 가족이다.

식사를 마치자 가리야와 여동생은 이온몰 안을 산책했다. 추석 연휴이기도 해서 어디나 젊은이들이나 가족 동반 손님으로 붐볐고, 통로에서는 아이들이 뛰어다녔다. 잠시 후 두 사람은 여성복 매장으로 들어가 가리야가 고른 여동생의 셔츠와 재킷을 구입했다. 오빠가 주는 선물 같다.

"좋은 오빠네요."

미행하며 노지마가 말했다.

"정말 그렇네."

사이토가 맞장구를 친다. 그 이상의 감상은 입에 담지 않았다. 인간은 누구나 다른 면이 있다.

가리야는 쇼핑을 마치자 이온몰에서 나가 정원으로 갔다. 몹시 더운 날씨여서 사람의 모습은 많이 보이지 않지만, 파라솔이 달린 테이블에는 모두 손님이 차서 빈 곳이 없다. 여고생 일행이 휠체어를 미는 가리야를 보고 일어나 테이블을 양보했다. 사이토는 마음속으로 '훌륭해'라고 그들을 칭찬했다. 이런 사소한 일만으로 마쓰모토에 대한 인상이 좋아지기 때문에 평소 행동거지란 중요한 것이다.

가리야는 자판기에서 산 주스를 여동생에게 먹였다. 뭔가 말을 걸고 있는데 물론 내용은 알 수 없다. 다만 온화한 표정으로 보아 시시한 잡담일 것이다. 최근 어떤 텔레비전 프로그램이 재미있었어? 즐거웠던 놀이나 운동은 있었어? 새로운 간병인은 어떤 사람이지 ─? 가리야 본인도 말을 걸며 치유되고 있을지도 모른다. 여동생 또한 명료하지는 않지만 말을 하며 오빠와 대화를 나누고 있다.

"이런 모습을 보고 있으면 저 남자가 연쇄 살인범으로는 보이지 않네요."

노지마가 한숨 섞어 말했다.

"어, 그렇긴 하다."

사이토도 한숨을 내쉬었다.

사이토는 처참한 사건을 담당할 때마다 생각하는 것이 있다. 언론은 늘 범죄의 동기에 주목하며 범인의 마음을 분석하려 하지만, 이치로 설명될 수 있는 인간이라면 사람을 죽이지 않는다. 사람의 어둠을 얼핏 헤아렸다고 해서, 조서가 갖춰진다 해서 누구 한 사람 구제되는 일도 아니다. 이번 리버 사안도 사건이 해결된다 한들 이 일을 납득할 사람은 없을 것이다. 결국 마쓰오카도 그런 유의 사람이다. 아직 풀지 못한 진상이 남아 있을 것이라며 앞으로도 혼자 수사를 계속할 것이다.

가리야는 저녁때까지 이온몰에서 시간을 보냈다. 이야기가 끝나지 않은 모양인지 휠체어를 밀며 건물 내부를 산책하고 있다. 가리야를 체포할 경우 여동생은 어떻게 될지를 생각했더니 문득 안타까운 마음이 들었다. 범죄는 주변 사람을 몽땅 지옥으로 떨어뜨린다.

오후 5시, 가리야는 여동생을 시설로 돌려보내고 그길로 시가지로 돌아가 역 근처의 비즈니스호텔에 체크인을 했다. 사이토와 노지마는 그것을 확인하고는 스마트폰으로 숙소를 찾았다. 다행히 그다지 떨어지지 않은 곳에 위치한 아주 싼 호텔의 방 두 개를 구할 수 있었다. 가서 보니 그곳은 외국인 배낭여행객이 묵는 숙소였다. 로비에서는 손님들 사이에서 아주 소란스러운 외국어가 난무하고 있었는데, 성수기라 분에 넘치는 소리는 할 수 없다. 사이토와 노지마는 짐을 풀고 가까운 사우나에 걸어갔다. 어차피 가리야는 내일 밤 야기 일행과 술자리 약속이 있어 도주할 우려는 희박하다.

"그런데 군마 경찰본부의 본부장님, 이동은 아직입니까?"

사우나실에서 노지마가 물었다.

"무타 본부장님 말이야? 부임한 지 1년 반이 지났으니까 슬슬 이동할지도 모르지."

사이토가 머릿속에 달력을 떠올리며 대답한다. 경찰청의 커리어 관료는 길어도 2년을 채우고 떠나가는 철새다. 현장과의 접촉은 거의 없어 사이토가 가까이서 얼굴을 본 본부장은 지금의 무타가 처음이었다.

"우리 도치기현 본부장님은 이번 달에 도쿄의 경찰청으로 돌아간다고 합니다."

"그런가? 몰랐어."

"뭐, 우리로서는 손도 닿지 않는 저 위의 이야기이긴 하지만요. 다만 이번에 오는 본부장님이 사건에 어느 정도 관여할지 몰라 나카무라 부장님과 히로카와 1과장님은 마음 졸이고 있습니다."

"형사 분야에서 일해온 게 아닌 한 참견은 하지 않을 거야. 수사를 지휘한 경험이 없으니까. 하지만 중요 사안이 진행되는 도중에 부임하는 것도 불운한 일이지."

"그렇습니다. 본부의 간부들은 어떻게 새로 올 본부장님에게 흠이 생기지 않게 하고 무사히 임기를 채워 보낼까, 벌써부터 그 걱정을 하고 있습니다."

노지마가 빈정거리듯이 말한다. 확실히 현 경찰본부의 간부에게 경찰청에서 오는 커리어 관료는 부스럼 같은 존재다. 임기 중에 불상사가 일어나면 잘못이 없어도 커리어에 오점이 남는 것은 사이토도 딱하게 생각하는 관습이다.

사우나를 한 후 불고깃집으로 갔다. 땀을 흘린 뒤라서 생맥주를 마시고 싶었으나 비상시를 대비하여 그만두었다.

"만일의 경우에는 제가 운전할 테니 이치우마 씨는 마셔도 됩니다."

노지마가 말했다.

"안 돼. 만일 가리야가 도주를 시도했는데 내가 그때 술을 마셨다는 사실이 밝혀지면 난 즉각 형사부에서 추방당할 거야. 형사는 범인을 체포할 때까지 금주가 원칙이야."

"군마 쪽 경찰도 그렇습니까? 안심했습니다. 우리만 그렇게 엄격한 줄 알았거든요."

"형사는 어쩔 수 없어. 수사1과장 중에는 임기 동안 내내 금주하는 사람도 있으니까 말이야."

서로 한숨을 내쉬고 불고기를 볼이 미어지게 밀어 넣었다.

술이 없으니 먹기만 할 뿐이다.

식후에는 가리야가 숙박하는 호텔까지 걸어가 주차장에 렌터카가 있는 것을 확인했다. 오늘 밤은 나갈 일이 없는 모양이다. 손목시계를 보니 저녁 9시다.

"오늘은 이걸로 끝이다. 내일은 6시에 기상, 7시부터 감시. 그렇게 하면 되겠나?"

"알겠습니다."

밤의 마쓰모토는 생각했던 것보다 시원하여 대낮과의 온도 차이를 실감케 했다. 얇은 겉옷이 필요할 정도다. 달빛에 주변 산의 실루엣이 두드러졌다. 평야에서 살아온 사람의 시선을 사로잡는, 분지의 아름다운 광경이다.

다음 날 아침 호텔 근처에 차를 세우고 감시를 시작했다. 오전 9시가 되자 가리야가 운전하는 렌터카가 나왔다. 거리를 두고 뒤를 쫓는다.

"어머니는 만나지 않는 걸까요?" 노지마가 물었다.

"이미 인연을 끊었다고 봐야 하는 거 아냐? 여기 시내 연립주택에서 살고 있다는데 가족으로 생각했다면 호텔이 아니라 어머니 집에 묵었겠지."

"그렇네요. 야기 씨 이야기로는, 어머니는 딸의 보호시설에도 찾아간 적이 없다고 합니다. 가리야한테는 차라리 없는 편이 나은 어머니겠지요."

가리야의 차는 시가지를 빠져나와 서쪽으로 향한다. 내비게이션의 지도를 보니 어제 지난 길이다. 오늘은 어디로 가나 했더니, 도착한 곳은 여동생이 지내는 보호시설이다. 이틀 연속 찾아간 것이다.

"사이가 좋은 건가? 나라면 형제자매라도 이틀 연속은 숨이 막힐 것 같은데."

사이토가 감탄하며 말했다.

"한 달에 한 번이니까요." 노지마가 말했다.

가리야의 차는 보호시설에서 10분쯤 있다가 나왔다. 어제와 마찬가지로 여동생을 태운 채다. 차는 시가지로 돌아간 후 북쪽으로 올라가 한참을 달리고 나서 약간 높다란 언덕의 공원으로 들어간다. 내비게이션으로 보니 알프스 공원이라는 이름의 시민용 휴식처였다. 완만한 산 하나 크기의 광대한 부지다.

주차장은 대부분 차 있다. 가리야는 여기서도 장애인 주차 구역에 세우고 휠체어를 꺼냈다. 사이토와 노지마도 빈자리를 찾아 주차하고 뒤를 쫓았다. 다만 추석 연휴에 남자 단둘이 공원을 돌아다니는 건 다소 부자연스럽기 때문에 청소부로 분장하기 위해 작업복으로 갈아입었다. 수사 차량에 그 정도의 준비는 되어 있다.

가리야는 휠체어를 밀며 언덕을 올랐고, 잔디밭으로 들어가 나무 그늘에 자리를 잡고 여동생과 둘이서 앉았다. 이곳도 가족이나 커플로 보이는 사람들로 붐볐고, 아이들이 잔디밭을 뛰어다녔다. 가리야와 여동생은 그 광경을 바라보며 이야기를 나눈다. 이따금 여동생이 얼굴을 찡그리는 것은 가리야가 웃겼기 때문일 것이다.

"늘 이러는 걸까?" 다소 떨어진 곳에서 그들의 모습을 엿보며 사이토가 말했다.

"무슨 뜻입니까?" 노지마가 얼굴을 향한다.

"고향에 돌아올 때마다 딱 달라붙어 함께 시간을 보내느냐 그 말이야."

"글쎄요, 잘 모르겠는데요……."

"당분간 못 만날 걸 각오하고 온 거 아닐까?"

사이토가 자신의 추리를 말하자 노지마는 미간에 주름을 만들며 "결국 도주할 거라는 말인가요?"라고 물었다.

"아무래도 그런 생각이 들어."

말로 내뱉자 어쩐지 가슴이 두근거렸다. 연쇄 살인 사건을 저질러놓고 나는 절대 잡히지 않겠다고 거들먹대며 태연할 수 있는 범죄자는 그리 많지 않다. 범죄자는 대부분 조심성이 많고 경찰의 움직임을 항상 경계한다.

"나중에 니시무라 관리관한테 전화로 의논해봐야겠어. 가리야가 오타루 돌아가면 신병을 확보해야 한다고 건의할 거야. 도주라도 하면 큰 실수니까."

"저도 동감합니다."

가리야와 여동생은 잠시 후 장소를 이동하여 야외무대가 있는 광장으로 갔다. 그곳에서는 현지 중학교의 브라스밴드가 자선 콘서트를 하고 있다. 활기찬 음악이 흘러나오는 가운데 여동생이 즐거운 듯이 박수를 친다. 중학생이 모금함을 들고 광장을 돌자 가리야도 얼마쯤 기부했다.

추석 연휴답게 도시 전체가 편안한 광경이다.

결국 가리야는 이날도 저녁때까지 여동생과 시간을 보내고 시설로 돌려보낸 후 일단 호텔로 돌아갔다. 그리고 저녁 7시가 다 되어 밤거리로 걸어 나왔다. 목적지는 일본 음식점이었다. 야기로부터 미리 약속 장소를 들었기 때문에 미행에 신경을 쓸 일도 없었다. 길 반대쪽에서 가게를 감시하고 있으니 아무리 봐도 불량배 같은 남자들 여러 명이 들어간다. 야기를 비롯한 전 폭주족이 열 명쯤 모인 듯하다. 한번 포렴 너머로 안을 엿보았더니 안쪽 객실에 남자들의 모습이 보인다. 힘찬 웃음소리가 바깥까지 들려온다.

모임은 저녁 9시까지 이어졌고, 드디어 남자들이 가게 밖으로 나왔다. 몇 명은 2차를 가는 모양이었지만 가리야는 친구들과 헤어져 호텔 방향으로 걸어갔다. 사이토와 노지마는 몰래 따라가서 가리야가 호텔로 돌아가는 것을 확인했다. 그리고 노지마가 야기에게 전화를 걸었다. 가리야는 어떤 모습이었는지, 가리야와 무슨 이야기를 했는지를 물었다. 그러자 특별히 마음에 걸리는 것은 없었다는 대답이었다. 왜 군마에서 일하느냐고 물어도 계절노동자가 돈을 제일 많이 벌 수 있어서라는 뻔한 말밖에 하지 않았다고 한다. 다만 야기가 여동생에 대해 묻자 표정이 어두워져서, "네 동생한테 필요한 물건이 있으면 너만 괜찮다면 무슨 절차든 내가 대신 시설에 넣어줄 테니까 주저 말고 말해"라고 말하자 가리야는 갑자기 진지한 얼굴로, 그럼 부탁하겠다며 머리를 숙였다고 한다. 확실히 야기는 주위에서 신뢰받는 남자인 모양이다.

전화를 끊고 이날의 미행을 마쳤다. 가리야는 19일까지 휴가 신청서를 냈다. 내일은 어디로 가려는 걸까. 그건 본인밖에 모른다.

*

8월 16일, 가리야는 아침 일찍 호텔 체크아웃을 하고 귀로에 올랐다. 이미 귀성길 정체가 시작되었으므로 정체를 피하고 싶었을 것이다. 이날은 노지마 마사히로가 운전을 담당했지만, 가리야의 차가 오타·기류 인터체인지에서 고속도로를 빠져나왔을 때는 진심으로 안도했다. 여하튼 감시 대상자를 놓치지 않은 것이다.

조수석에서는 사이토가 수사본부의 니시무라 관리관에게 보고를 했다. 그리고 교대 요원을 제너럴중기의 공장 기숙사 앞에 대기시킬 것이니 그때까지 미행하라는 지시를 받았다.

"다음 월급을 버리고 도주하는 일은 없을 거라는 니시무라 관리관의 추리가 맞았구나."

사이토도 안도했는지 노지마에게 우스꽝스러운 말을 했다.

"그럼 25일까지는 도주하지 않을 거라고 생각해도 되는 거네요."

"그러면 좋겠는데……. 나는 당장 오늘이라도 신병을 구속해야 한다고 생각해. 이제 감시하는 건 소용없어. 새로운 증거는 안 나와. 지금 있는 증거로 입건을 해야 한다고."

"윗분들 의견은 어떤가요?"

"관리관 말로는 오늘 또 경찰청에서 사람이 오고 지검도 같이 협의하는 모양이야."

"그럼 뒤로 미루겠네요."

노지마가 바로 답하자 사이토는 작게 콧방귀를 뀌었다.

"현장에 있는 우리들은 모르겠지만 경찰은 위로 갈수록 신중해지지. 책임을 지게 되는 거니까, 그 점은 이해해. 다만 현장으로서는 너무 답답해. 내가 책임을 질 테니 가리야를 연행해, 누군가 이렇게 말해주면 안 되나."

"의외로 군마현 쪽 본부장님이 그렇게 말하는 거 아니에요?"

"그러게 말이야. 치안감이니까 경찰청의 수사1과장보다 상위 계급이고, 아무도 거역할 수 없을 거야."

이런 이야기를 하고 있으니 가리야의 차는 역 앞의 렌터카 매장으로 들어갔다. 바로 앞쪽 골목에는 이미 수사관이 있었고, 사이토와 노지마에게 가볍게 손을 들어 여기서 교대하자는 손짓을 했다. 간다라는 이름의 도치기현 경찰본부의 형사다.

"이야, 의욕이 넘치는데. 여기서부터는 다시 24시간 감시야. 자, 배턴터치하면 서로 돌아가 잠깐 쉬어둬. 밤에 있을 회의에 참석하고 난 뒤에야 집에 돌아갈 수 있을 것 같은데. 노지마, 부인한테 잘해야지."

사이토가 조수석에서 기지개를 켜며 말했다. 노지마도 목을 돌리며 스트레칭을 한다. 근육이 뭉쳤는지 여기저기가 아팠다.

가리야는 반납 절차를 마치고는 매장을 나와 그대로 걸어서 기숙사 쪽으로 향했다. 감시하고 있던 수사관이 걸어서 미행을 시작한다. 미행 파트너와 수사 차량은 공장 기숙사로 먼저 가 있게 한 것 같다. 노지마는 차의 방향을 바꿔 수사본부가 있는 기류 남부 경찰서로 향했다. 느긋하게 점심을 먹고 나면 도장에서 낮잠이라도 자고 싶다.

오후 5시가 지나 경찰서의 회의실에서 보고서를 쓰던 도중 사이토가 새파란 얼굴로 뛰어왔다.

"가리야가 움직였어. 다시 캐리어를 끌고 기숙사를 나갔다고 한다."

"언제 말입니까?"

"방금이야. 감시반이 지원 요청을 해서 나하고 너, 두 명은 바로 현장으로 가라는 수사본부의 지시야."

"알겠습니다."

노지마는 서둘러 컴퓨터를 끄고 회의실을 나갔다.

"가리야는 오늘부터 사흘간 휴가입니다. 또 어딘가로 가려는 걸까요?"

복도를 달리며 묻는다.

"몰라. 짐작도 안 가는군."

엘리베이터에 타자 니시무라가 있었다.

"어, 이치우마. 그쪽에 인력이 없어. 현장과 연락을 취해서 가리야를 미행해주게."

니시무라가 험악한 표정으로 말했다.

"호리베 1과장님은요?"

"1과장님, 부장님 둘 다 본부 사람이야. 앞으로 지시를 청하겠지만 지금도 경찰청과 협의 중이고 아직 방침이 정해지지 않았어."

"연행합시다." 사이토가 강한 어조로 제안했다. "저는 아무래도 가리야가 도주할 것 같거든요."

"그렇게 생각하는 근거는 있나?"

"있습니다. 마쓰모토로 귀성해서 가리야는 이틀간 여동생하고 딱 붙어서 지냈습니다. 마지막 만남이라 각오하고 한 행동이 아닐까 싶습니다. 그리고 협력자인 라면집 주인에 따르면 가리야한테 여동생에게 도움이 필요한 일이 있으면 말하라고 했더니 격식을 차린 태도로 부탁하겠다며 머리를 숙였다고 합니다. 그리고 이건 방금 떠오른 것입니다만, 가리야는 공장의 단체 휴가 후에도 사흘간의 휴가 신청을 했습니다. 그렇게 하면 도주해도 발각이 사흘은 늦춰지는 거니까 그걸 노린 게 아닐까 싶어서요…….”

사이토가 자신의 추리를 말한다. 노지마는 옆에서 역시, 하며 고개를 끄덕였다. 니시무라는 노지마 이상으로 반응하며 “그거야” 하고 손가락질했다.

“역시 이치우마야. 자네 판단에 나도 동의하네. 난 월급이 이러쿵저러쿵했지만, 생각해보니 목숨이 제일이지. 수사의 손길이 미치고 있다는 걸 눈치채면 돈 몇 푼이야 아무래도 좋을 테지. 당장 본부의 지시를 청해야겠어. 자네의 판단이라는 것도 보고해두겠네.”

엘리베이터가 1층에서 열리자 니시무라는 달려서 서장실로 향했다. 노지마는 오늘 중에 용의자를 체포하게 될지도 모른다는 생각에 조급해졌다.

수사 차량에 올라타 오타역으로 향한다. 운전은 사이토가 하고 조수석에 앉은 노지마는 연락을 맡았다. 조급한 마음에 감시반의 간다에게 전화를 건다.

“수고하십니다. 노지마입니다. 현재 차로 그쪽으로 가고 있는 중입니다. 상황을 알려주십시오.”

“지금 수사 대상은 걸어서 역 방향으로 가고 있네. 하얀 폴로셔츠에 감색 바지, 흰색 스니커즈. 걸음은 보통. 특별히 서두르는 느낌은 없어."

"다시 렌터카를 탈 가능성은 있을 것 같습니까?"

"아니, 그건 아닌 것 같네. 렌터카라면 국도로 나가는 편이 빠르지. 가리야는 지금 뒷길을 걷고 있네."

한창 대화를 나누는 중에 사이토가 경광등 스위치를 올렸다. 차 중앙부의 덮개가 열리고 경광등이 올라간다. 동시에 사이렌을 울렸다. 긴급 주행이다. 기류 남부 경찰서에서 오타역까지는 차로 보통 20분 이상 걸린다. 열차로 갔을 때 얼마나 걸리는지는 모르지만 사이토는 일단 20분 안에 미리 도착해 있을 생각인 것이다.

"만약에 가리야가 전철을 타면 간다 씨 일행의 감시반은 뒤를 쫓습니까?"

"물론이지. 차는 파출소 앞에 두고 갈 테니까 그쪽에서 회수해주게."

"알겠습니다. 그리고 현재 본부에서 가리야를 체포할지 말지 협의 중이라고 합니다. 이쪽으로 연락이 올지도 모르니까 그때는 곧바로 알려드리겠습니다."

"알았네. 부탁해."

전화를 끊자 사이토가 "이세사키 노선 급행 시각을 알아봐" 하고 지시했다. 노지마는 스마트폰으로 검색하여 역 시각표를 봤다.

"아사쿠사 방면은 57분, 이세사키 방면은 이 시간대에는 보통열차만 운행하고, 다음 열차는 45분입니다."

"어디로 갈 것 같나?"

"모르겠습니다만, 도주한다면 일단 도쿄 아닐까요. 거기서는 어디로든 갈 수 있으니까요."

"나도 그렇게 생각해. 가리야는 계절노동자 근무지 외에는 그 지역 사정에 밝지 못할 거야."

사이토가 가속기를 밟는다. 교차로에서는 노지마가 마이크로 "긴급 차량, 지나갑니다"라고 방송하고 신호등 빨간불을 그냥 지나갔다. 아직 추석 연휴 기간이라 그런지 시가지에 차가 막히지는 않는다. 손목시계를 본다. 가리야가 아사쿠사 방면의 전철을 탄다면 먼저 도착할 수 있을 것 같다. 노지마는 흥분되어 몸이 떨렸다. 가리야를 체포하라는 지시가 내려오면 신병을 구속하는 것은 우리다. 실수는 허락되지 않는다.

위장 순찰차는 앞에 가는 차들을 차서 흩뜨리듯이 돌진했다.

오타역에 도착한 것은 오후 5시 45분이었다. 파출소 앞에는 이미 감시반 차가 세워져 있어 그 옆에 세웠다. 파출소 경관에게 부탁한다고 말하고 역으로 향한다. 그러자 입구 뒤편에 있던 간다가 손짓을 했다.

"수고하네. 가리야는 도중에 잡화점 돈키호테에서 쇼핑을 했어. 훔쳐봤더니 속옷이었지. 그걸 사려고 일찌감치 기숙사를 나온 걸 거야. 지금은 승차권을 사서 구내 대합실 벤치에 앉아 있네. 바로 뒤쪽에 간다의 파트너도 같이 있어. 그런데 본부의 체포 지시는 있었나?"

간다가 작은 소리로 말한다.

"아뇨, 아직입니다. 물어보겠습니다."

사이토가 스마트폰을 꺼내 니시무라에게 전화를 걸었다.

"사이토입니다. 현재 도치기현 경찰인 간다, 노지마와 함께 오타역 입구 근처에 있습니다. 가리야는 대합실 벤치에 혼자 있습니다. 아마 57분발 아사쿠사행 열차를 타지 않을까 싶습니다⋯⋯. 예예⋯⋯ 체포를 미루라고요? 정말입니까? 가리야가 도주할지도 모릅니다."

사이토가 나직하지만 강한 어투로 말했다.

"누구의 판단입니까? 도쿄요? 그 수사1과장 말입니까? 예예⋯⋯ 자유롭게 행동하게 놔둬도 된다고요? 도주할지도 모르는 조사 대상자입니다."

사이토가 상사에게 이의를 제기했다. 그 모습을 노지마와 간다는 불안한 듯 주시하고 있다.

"저희 1과장님은 뭐라고 하십니까? 예예⋯⋯ 알겠습니다. 아무튼 여기서 대기하고 있겠습니다."

전화를 마치자 사이토는 관자놀이에 핏대를 세우며 "믿을 수가 없어"라고 내뱉었다.

"호리베 1과장님은 체포하자고 했지만, 결정적인 증거가 없으니까 지금은 보류하래. 괜찮을까, 그렇게 느긋하게 굴어

서……. 그 사람들은 범인 놓치는 걸 아무렇지도 않게 생각한
다니까. 오로지 실수가 무서울 뿐이야."

사이토가 분노를 드러냈다. 노지마도 같은 심정이었다.

"난 쫓을 거야. 적어도 오늘 밤 자택까지는 쫓아가야지."

"저도 가겠습니다." 노지마가 말했다. 이대로 그냥 용의자를
보내는 것은 형사로서 한심한 일이다.

그러자 1분쯤 지나 사이토의 스마트폰이 울렸다. 니시무라
였다.

"옛? 방침 변경이요? 여기서 당장 체포하라고요? 왜 또 갑자
기…… 예예…… 알겠습니다!"

사이토가 강하게 말하며 눈을 치켜올렸다.

"무타 본부장님이 지검을 설득했다고 한다. 권위자의 한마디
지. 본부장님과 지검이 승인하면 도쿄도 거스를 수 없을 거야."

"됐어. 역시 형사 분야만 걸어온 본부장이야."

간다가 주먹을 꽉 쥐었다. 노지마도 단숨에 기분이 고양되었
다. 드디어 가리야를 체포하는 순간이 왔다.

"좋아, 가자."

사이토가 턱을 치켜올리고 셋이서 걸어가기 시작했다. 바로
앞에 벤치가 늘어선 대합실이 있고 가리야는 그 끝에 앉아 스
마트폰을 만지작거리고 있었다. 바로 뒤에 있던 간다의 파트너
가 사태를 파악하고 일어났다. 형사 네 명이 가리야를 둘러싼
다. 사람 그림자에 가리야가 얼굴을 들었다.

"가리야 씨 맞지? 군마현 경찰본부의 형사 사이토라고 한다. 당신한테 체포 영장이 떨어졌다. 서까지 동행할 수 있을까?"

"예?"

가리야가 눈살을 찌푸린다. 노지마는 몸을 내밀고 가리야를 관찰했다. 동요하고 있는 것인지 놀란 것인지 표정에서는 읽어 낼 수가 없다.

"다시 한번 말하지. 당신한테 체포 영장이 나왔어. 폭행죄다. 짐작 가는 일이 있겠지?"

"아니요."

가리야가 천천히 고개를 가로저었다. 범인을 체포할 때는 누구나 이렇게 대답한다. 처음부터 인정하는 범인은 없다.

"오타 동부 경찰서로 가지. 자, 일어나."

노지마도 말을 했다. 주위의 사람들이 무슨 일인가 싶어 보고 있다.

"잠깐 기다려주세요. 나는 지금 여행을 가야 하는데요."

가리야가 불만스럽다는 듯이 말했다.

"미안하지만 못 가겠군. 체포 영장이 나왔어. 무슨 뜻인지 알겠지?"

"모르겠는데요. 그럼 체포 영장을 보여주시죠."

"서로 가면 보여주지."

그때 등 뒤에서 사람의 기척을 느꼈다. 돌아보자 한 여자가 캐리어를 들고 서 있었다.

노지마는 얼굴을 보고 곧장 알아챘다. 술집 '리오'의 마담이다. 가리야의 교제 상대다.

"저기, 무슨 일 있어?"

여자는 발돋움을 하며 가리야를 향해 걱정스러운 얼굴로 물었다.

"아니, 나도 모르겠어. 이 사람들 경찰이라는데."

가리야가 대답한다.

사이토가 눈짓하자 노지마는 여자의 팔을 잡고 조금 떨어진 곳으로 이동시키려고 했다.

"무슨 짓이에요? 그만두세요." 여자가 손을 뿌리친다.

"가리야랑 여기서 만나기로 약속했어요?"

"그래요. 둘이서 홋카이도로 가려고요. 방해하지 말아주세요."

여자가 항의하는 조로 말한다.

"홋카이도?"

"그래요. 내일 비행기로. 오늘 밤에는 도쿄에서 묵고요."

"그렇습니까……."

노지마는 마음속으로 혀를 찼다. 가리야가 도주할 거라고 예상한 것은 잘못된 지레짐작이었단 말인가. 그러나 신병을 구속하라는 지시가 내려온 이상 사소한 착각에 불과하다. 아니, 이 여자도 살해당할지도 모르는 일이다. 그렇게 생각하자 사명감이 솟아났다.

"가리야 씨 앞으로 체포 영장이 나왔어요. 그러니 여행은 못 가요. 미안하지만 포기하세요."

"체포 영장?" 여자가 눈을 부라렸다. "혹시 몇 달 전 가게에서 싸웠다는 그 이야기 때문인가요? 그건 거짓말이에요."

"자, 진정하고. 괜찮으면 당신도 서로 가주시죠."

"싫어요. 그 사람을 놔주세요. 누명이에요."

여자는 거세게 노지마의 가슴팍을 밀쳤다.

"이봐요, 공무집행방해죄입니다."

"무슨 말이에요? 오타 동부 경찰서라면 제가 아는 형사님도 있어요. 우리 손님이니까. 일러바칠 거예요."

어느새 많은 사람들이 모여 있었다. 여름방학 중인 고등학생들이 스마트폰 렌즈를 이쪽으로 향하고 있다. 노지마는 "찍지 마" 하며 주의를 주었다.

벤치에서는 여전히 사이토 일행이 가리야를 에워싸고 있었다. 그리고 간다가 부른 것인지 파출소의 경찰도 달려왔다. 사이토가 설득을 계속한다. 드디어 가리야가 일어났다. 형사들도 덩치가 크지만 그들보다 훨씬 거대한 몸집이다. 재촉을 받으며 역 밖으로 향했다. 포기한 것일까, 아니면 묵비권을 행사할 생각일까—.

"잠깐만요, 그 사람을 언제 돌려보내줄 거죠? 비행기도 호텔도 다 예약했단 말이에요."

여자가 덤벼든다.

"그러니까 그건 안 돼요. 취소하세요."

"장난치지 마요. 경찰이 취소 수수료를 내줄 거예요?"

여자가 흥분한 것인지 다시 노지마의 가슴팍을 두드렸다.

"그만하세요."

손으로 막으면서 밖으로 시선을 돌리자 가리야를 수사 차량 뒷좌석에 밀어 넣고 있는 중이었다.

주사위는 던져졌다—. 그 말이 머리에 떠오르며 노지마는 온몸에 소름이 돋았다.

7장

침묵

요시다 아키나는 도저히 납득할 수 없어 오타 동부 경찰서까지 따라갔다. 가리야가 경찰에 체포된 것은 완전히 누명이다. 왜 이런 엉터리가 버젓이 통하는지 분노가 치밀어올라 현기증이 날 듯했다. 게다가 이대로라면 홋카이도 여행을 취소해야만 한다. 그 걱정도 분노에 불을 지폈다. 법률을 잘 알지는 못하지만, 위자료 청구도 가능할 것 같다. 그만큼 경찰이 하는 일은 엉망진창이다.

순찰차를 타고 동행하는 것을 거부하고 택시로 오타 동부 경찰서로 갔다. 입구에는 조금 전의 젊은 형사가 대기하고 있다가 "도치기현 경찰 노지마입니다"라며 신원을 밝혔다.

"도치기현 경찰? 여기는 군마현이잖아요. 뭐 하는 건가요!"

큰 소리를 냈더니 더욱 머리에 피가 솟구쳐 아키나는 구두로 바닥을 떵떵 울리며 걸었다.

"자, 진정하세요. 제대로 설명할 테니까요. 안쪽에 회의실이 있으니까 거기서 말씀드리겠습니다."

"가리야 씨는 어디 있어요!"

"그러니까 진정하시고. 가리야는 체포되었습니다. 신체검사를 받고 일단 유치장에 들어갈 겁니다."

"체포라고요? 그 사람이 뭘 했는데요?"

"당신은 술집 '리오'의 마담이지요? 아무튼 이야기를⋯⋯."

노지마가 저자세로 달랜다. 아키나는 이 형사가 자신을 알고 있다는 것에 놀랐다. 오타 동부 경찰서에는 아는 형사가 있지만 그 외의 사람들에게는 알려질 이유가 없다.

노지마가 아키나의 캐리어를 챙겨 들고 복도 안쪽으로 걸어갔다. 아키나는 어쩔 수 없이 따라갔다.

칸막이로 공간을 나눈 작은 회의실이다. 테이블을 사이에 두고 마주 앉았다. 노지마는 수첩을 넘기고 이름을 재차 확인했는지 "그래, 그래, 요시다 아키나 씨" 하고 혼잣말을 하며 얼굴을 든다.

"요시다 씨, 거듭 말하지만 가리야와는 여행을 갈 수 없습니다. 혼자 가는 거라면 자유롭게 가도 좋습니다만, 아니라면 지금 당장 예약을 취소해두세요."

"무슨 말을 하는 거예요? 이미 카드로 비용을 지불했고, 전날 취소하면 한 푼도 돌려받을 수 없어요. 어떻게 할 거예요? 경찰이 변상해주세요."

아키나는 침을 튀기며 말했다. 자세히 보니 노지마는 자신과 그리 나이 차가 나지 않는 남자다.

"변상은 해줄 수 없지만, 요시다 씨에게는 안타까운 일이기 때문에 상사에게 사정을 설명하고 수사 협력비 중에서 일부 드릴 수 있는지 궁리해보겠습니다. 다만 요시다 씨 몫뿐입니다."

"그럼 필요 없어요. 여기 형사과에 후지카와라는 형사가 있을 테니 불러주세요. 우리 가게 단골이에요. 그 사람하고 얘기하게 해주세요."

"알겠습니다. 꼭 전하겠습니다. 나중에 이야기하세요."

"왜 지금은 안 되나요? 후지카와 씨, 지금 없나요?"

"저는 다른 현 경찰이라 잘 모르지만, 지금은 특별수사본부에 동원되지 않았을까 싶습니다만……."

"뭐예요, 특별수사본부라니? 얼버무리려는 거라면 그렇게는 안 될 거예요. 형사과에 전화해서 경찰서 안에 있는지 바로 확인해줘요."

"……알겠습니다. 물어보겠습니다."

노지마가 뜻을 꺾어 가까이에 있는 내선 전화를 들었다. 형사과에 걸어 사정을 설명한다. 5분쯤 지나 후지카와가 난감한 얼굴로 나타났다. 먼저 노지마를 손짓으로 불러 일단 밖으로 데리고 나간다. 뭔가 상의를 하고 있는 모습이다. 그리고 방으

로 들어가자 둘이 나란히 아키나의 정면에 앉았고 후지카와가
입을 열었다.

"마담, 경찰에 협조해줘. 당신한테 불리하게는 하지 않을 테
니까."

한쪽 손으로 합장하며 말한다.

"늘 그래왔잖아요. 중남미 사람이 사건을 일으켰을 때 호스
티스를 써서 정보 수집에 협조해줬잖아요?"

아키나는 아는 상대라서 거리낌 없이 응수했다.

"그래, 그렇지. 고마워. 감사하고 있지. 그러니 이번에도 좀.
가리야는 어떤 사건의 중요 참고인이야. 마담도 어느 정도 상
상이 갈 거야."

"어떤 사건이라뇨?"

"생각해보라고. 군마나 도치기 사람이라면 머리에서 떠나지
않는 그 대사건이지."

후지카와가 아키나의 표정을 엿보며 눈을 치켜뜨고 말했다.

아키나는 순간적으로 귀를 의심했다. 군마나 도치기에서 발
생한 대사건이라면 와타라세강 연쇄 살인 사건밖에 없다. 잠시
시선이 흔들린다.

"정말이에요?"

아키나가 주뼛주뼛 물었다.

"정말이야. 벌써 몇 달이나 가리야 주변을 조사하고 있어. 틀
림없다고 생각하고 체포한 거야."

"그럼 우리 가게에서 있었던 싸움과는 다른 사건이라는 거예요?"

"노코멘트. 우리 입장도 이해해줘. 아무튼 이번에 우리 경찰이 당신과 가리야의 여행을 망쳐버렸을지 모르지만, 한편으로는 마담의 생명을 구한 게 아니냐고 말하는 형사도 있어. 화를 내는 것은 이해하지만 지금은 창을 거둬야 해. 우리도 막판에 내린 결단이었어."

후지카와가 사정을 설명하지만, 이야기의 절반도 머리에 들어오지 않았다. 가리야가 와타라세강 연쇄 살인 사건의 중요 참고인이라니—. 그 생각이 머릿속에서 빙글빙글 소용돌이치며 아키나는 균형 감각조차 잃기 시작했다.

"그런데 어떤가, 마담? 가리야의 행동에서 뭔가 짚이는 건 없나? 뭐든지 좋으니까. 가게에서 사건 이야기가 나왔을 때 갑자기 입을 다물었다든가, 아니면 직접 사건 이야기를 했다든가."

"가게에서 사건 이야기는 하지 않았어요. 가게 여자애들도 피하는 화제이고."

마음을 딴 데 두고 그럭저럭 대답했다.

"가리야가 가게에 오기 시작한 건 언제지?"

"글쎄, 5월 중순인가……."

아키나는 한 번 심호흡을 했다. 눈을 감고 기억을 더듬는다. 분명히 황금연휴가 끝나고 나서부터였다.

"그럼 사건 후인가."

"그런데요…….."

"그런데 마담하고 사귀게 된 것은 언제부터지?"

후지카와의 거리낌 없는 질문에 아키나는 안색을 바꾸었다. 그것을 알아챈 후지카와가 "미안. 불쾌했나? 일이니까 좀 봐줘" 하고 이번에는 두 손을 모은다.

"그건 대답하고 싶지 않아요."

"알았어. 그럼 됐어."

"홋카이도 여행은 언제 정한 겁니까?"

이번에는 노지마가 물었다.

"비교적 최근인데요."

"먼저 가자고 한 사람은요?"

"그런 건 상관없잖아요? 그보다 이게 조사인가요? 저는 혹시 가게에서의 싸움이 문제였던 거라면, 그건 누명이라는 걸 말하고 싶어서 경찰서에 온 거예요. 그 이야기를 들어줄 수 없다면 돌아가겠습니다."

"요시다 씨, 부탁합니다. 아시다시피 중대한 사건입니다. 10년 전까지 합쳐서 네 명의 여성이 살해당했습니다. 이 지역의 시민으로서 수사에 협조해줄 수 없겠습니까?"

노지마가 다시 머리를 숙인다.

"마담, 나도 부탁하네."

후지카와는 테이블에 손을 짚고 이마가 닿을 만큼 고개를 숙였다.

86

아키나는 현실감이 생기지 않은 상태로, 고개를 숙이는 두 형사를 멍하니 보고 있었다. 머리가 혼란스러워 지금은 아무것도 생각할 수가 없다.

"아무튼 돌아가게 해주지 않겠어요? 숙소 취소도 해야 하고 이런 데서 시간을 낭비할 여유도 없고⋯⋯."

"그럼 내일 와요. 내가 데리러 갈 테니까." 후지카와가 말했다.

"죄송해요. 후지카와 씨께는 많은 신세를 졌지만, 지금은 그럴 마음이 들지 않아요."

"알았어. 그럼 하룻밤 천천히 생각해봐. 다시 한번 말하지만, 경찰은 수상한 정도로는 연행하지 않아. 수사를 거듭하며 내린 결단이라고 이해해주었으면 해."

이렇게 말하는 후지카와의 눈빛은 지금까지 본 적이 없는 진지한 것이었다.

아키나는 대답을 하지 않고 일어섰다. 캐리어를 끌고 회의실을 나간다. 아무 일도 없었던 것처럼 경찰서 안은 조용해졌다. 1층 창구에서는 주차 위반 딱지가 붙은 남자 회사원이 여성 경찰관을 상대로 "한 번만 봐줘요"라며 심통을 부리고 있다.

노지마가 현관까지 따라갔다.

"차로 모셔다드리겠습니다. 큰길로 나가도 택시가 좀처럼 잡히지 않거든요."

"아뇨, 괜찮습니다."

조용히 대답하고 경찰서를 나선다. 등 뒤로 노지마의 시선을 느끼며 앞을 보고 걸었다. 정말 최악의 휴가다. 내 인생은 이런 일투성이다.

아무리 그래도 가리야가 연쇄 살인 사건의 용의자라는 게 말이 되나. 요령도 없고 조용한 남자이지만, 화를 내는 모습은 한 번도 본 적이 없다. 가게에서 싸움을 말렸을 때도 어쩔 수 없이 힘을 쓴 것이고, 수습되자 재빨리 마무리 지었다. 누가 봐도 무해한 사람이다. 광기가 숨어 있다는 낌새조차 없다.

후지카와는 가리야의 체포로 마담의 목숨을 구한 것일지도 모른다고 말했다. 거기에는 전혀 동의할 수 없다. 가리야는 항상 친절했고, 난폭하게 굴었던 적은 한 번도 없다.

거기까지 생각했을 때 아키나는 덜컥했다. 그러고 보니 가리야와 잔 첫째 날 밤, 그는 섹스하는 도중에 아키나의 목을 졸랐다. 장난인가 싶었으나 서서히 힘이 들어가 조바심을 낸 적이 있었다. 그때의 가리야는 평소와 달랐다.

아니, 지나친 생각이다. 섹스로 흥분했던 것뿐이다.

생각은 제자리걸음이었다. 우울한 기분만이 가슴속에 소용돌이쳤다.

택시를 타고 아파트로 돌아왔다. 올려다보니 방의 불이 켜져 있다. 켜놓고 나온 건가, 하고 의아하게 생각하며 현관문에 열쇠를 꽂고 돌리자 평소의 느낌이 아니었다. 자물쇠가 풀려 있다—. 핏기가 싹 가셨다.

빈집 털이범일까. 아니, 그게 아니다. 어머니다. 어머니가 만약의 경우를 대비해서 서로 상대방 집의 열쇠를 갖고 있자고 해서 작년에 열쇠를 주고받았다. 그리고 오늘부터 사흘간 집을 비운다는 것도 알려두었다.

슬쩍 문을 연다. 역시 현관 바닥에 어머니의 샌들이 있었다.

아키나는 맹렬한 분노가 치밀었다. 구두를 벗고 복도를 쿵쿵 걸어 거실로 들어간다. 어머니는 아키나를 보자 당황한 표정으로 "무슨 일이야? 뭐 놓고 갔어?" 하고 말했다. 소파에 앉아 있지만, 시치미를 떼는 듯한 어색함은 감출 수가 없다. 옷장 문이 열려 있었던 것이다. 뭔가를 찾고 있었던 게 분명하다.

"엄마, 뭘 하고 있는 거야!"

아키나가 고함을 질렀다. 분노로 목소리가 떨렸다.

"집 보고 있잖아. 너, 여행 간다고 했으니까……."

"그럼 미리 말했어야지. 왜 멋대로 들어오냐고?"

"네가 싫어할 것 같아서……."

"싫은 게 당연하잖아!"

아키나는 무심코 손에 들고 있던 핸드백을 내던졌다.

"무슨 짓이야?"

어머니가 안색을 바꾼다.

"엄마, 훔친 것 테이블 위에 꺼내놔."

"무슨 말이야?"

"돈 훔쳤잖아! 찾아보면 알 수 있어!"

"너, 부모한테 어떻게······."

어머니의 입이 부들부들 떨린다. 연극이라는 걸 한눈에 알았다. 과거에도 책상 서랍에 넣어둔 현금 수만 엔이 줄어들어 있었던 적이 있다. 착각인가 싶으면서도 반쯤 어머니를 의심하고 있었다. 오늘에서야 확실해졌다. 어머니는 상습범이다.

"됐으니까 돌려줘!"

아키나가 고함을 지르자 어머니는 시선을 돌리고 "부모한테 어떻게"라고 거듭 중얼거렸다.

어머니가 마지못해 핸드백을 연다. 지갑에서 만 엔짜리 석 장을 테이블에 놓았다.

"이것뿐이야."

"그것만으로도 어엿한 도둑이야."

"저기, 아키나. 도와주지 않을래? 생활이 힘들어서 그래. 네 가게는 잘되고 돈도 있잖아. 한 달에 10만 엔 정도면 되는데."

"10만 엔? 농담하지 마. 나는 그냥 고용 마담이야."

어머니의 염치없는 말에 아키나는 혈관이 끊어질 것처럼 머리에 피가 솟구쳤다.

"하지만 장부를 맡고 있으니까 매출이나 인건비 같은 걸 속이면 10만 엔쯤은 쉽게 빼낼 수 있을 거 아냐?"

"엄마, 자기 딸한테 도둑질을 하라는 거야? 엄마, 몇 살이야? 아직 예순하나지. 도시락 공장이든 청소 회사든 얼마든지 일자리는 있잖아."

"안 돼. 아침에 일어날 수가 없으니까. 엄마, 갱년기 장애인 것 같아."

어머니가 처음 듣는 병명을 입에 담는다.

아키나는 이제 참을 수 없었다. 앞으로 걸어가 어머니의 팔을 잡고 복도로 끌고 가기 시작했다.

"무슨 짓이야?"

어머니가 불평한다. 개의치 않고 현관까지 데려갔다.

"빨리 돌아가. 두 번 다시 오지 마."

등을 밀자 어머니는 발이 뒤엉키며 현관 바닥에 넘어졌다.

"너, 부모한테 폭력을 휘둘렀다 이거지."

어머니가 불쾌한 표정을 지으며 말한다. 아키나는 상대하지 않고 발길을 돌렸다. 거실로 돌아와 소파에 푹 엎드린다. 온몸이 떨리고 제어되지 않았다. 자신의 비참한 처지에 진심으로 죽고 싶어진다.

현관에서 문이 닫히는 소리가 들렸다. 아키나는 일어날 기력도 없이 30분쯤 그 자세 그대로 있었다. 숙소 예약 취소를 해야 하는데―. 문득 생각해내고 더욱 우울해졌다. 만약 가리야가 살인마라면 지금 당장 자신을 죽여주었으면 싶은 정도였다.

*

추석 연휴가 되어 제너럴중기가 공장 가동을 멈췄다. 틀림없이 연중무휴일 거라고 생각했지만 예상이 빗나간 마쓰오카 요시쿠니는 공장 앞에서 닫힌 문을 멍하니 바라보고 있었다. 수위에게 "쉬는 날인가요?" 하고 물으니 "사흘간 운영 중지입니다. 공장의 보수 기간이어서요"라는 대답이 돌아왔다. 가리야는 뭘 하고 있을까. 경찰이 계속 미행하고 있을 것이고 그냥 내버려둘 리는 없다고 생각은 하지만.

잠복 중인 사이토 형사와 맞닥뜨리면 또 옥신각신하게 될 거라는 것은 충분히 알고 있지만, 자신을 제어할 수 없어 공장 기숙사 쪽으로 차를 돌렸다. 그런데 평소라면 근처에 세워져 있을 경찰의 수사 차량이 보이지 않았다. 그렇다면 가리야는 기숙사에 없는 것일까. 추석 연휴로 귀성한 계절노동자도 많은 것인지 건물 전체가 쥐 죽은 듯 조용하다.

차에서 내려 잠시 서 있으니 샌들에 반바지 차림의 젊은 남자가 편의점 봉지를 들고 걸어왔다. 계절노동자일 거라고 생각해서 말을 건다.

"잠깐 실례합니다. 직원들은 전부 귀성했나요?"

남자가 의아하다는 듯이 마쓰오카를 봤다.

"아뇨, 전부는 아닌 것 같은데요……."

"가리야 씨는요?"

가리야의 이름이 무심코 입 밖으로 튀어나왔다. 경찰의 노여움을 살 게 분명하지만 자제가 안 된다.

"죄송합니다. 저는 누군지 모릅니다."

"아, 그래요? 순회 트럭 운전사이고 덩치가 큰 사람인데."

"아아, 그럼 압니다. 귀성한 거 아닐까요. 식당에서 보이지 않으니까요."

"그래요? 고맙습니다. ······아아, 아니, 좀 아는 사람이어서 그냥 물어봤을 뿐이에요."

순간적으로 거짓말을 한다. 남자는 대답도 하지 않고 기숙사로 들어갔다. 마쓰오카는 자조했다. 정말 나는 좀 이상해진 게 틀림없다.

그 후 마쓰오카는 매일 기숙사 앞을 차로 지나갔다. 경찰차가 있으면 곧 가리야가 돌아왔다는 의미다. 그러나 사흘간의 공장 운영 중지 기간에 매일 기숙사를 지나쳐도 그 부근에서 경찰의 수사 차량은 보이지 않았다. 마쓰오카는 대체 어떻게 된 일인지 자문했다.

그의 지식으로는 세 가지 경우밖에 떠오르지 않았다. 귀성한 곳에서 아직 돌아오지 않았거나 가리야가 도주하여 경찰이 쫓고 있거나 이미 신병이 구속되어 경찰 조사를 받고 있거나, 아무튼 그중 하나다.

세 번째 경우가 문득 떠올랐을 때는 무의식중에 몸서리를 쳤다. 가능성은 있다. 증거가 모여 체포했으나 극비 수사이기 때문에 언론에는 공표하지 않는다―. 충분히 있을 수 있는 상황이다. 사이토 형사에게 전화로 물어볼까. 아니, 솔직히 대답할

리 없다. 그보다 먼저 공장 기숙사 주위를 서성거린 것에 불만을 토로할 것이다.

문득 떠오른 〈주오신문〉의 지노 기자에게 전화하기로 했다. 지노는 와타라세강 연쇄 살인 사건이 언제 어떤 움직임을 보일지 알 수 없기 때문에 여름휴가는 갈 수 없다고 했었다.

핸드폰에 걸자 지노는 곧바로 받았다. 목소리가 약간 딱딱하게 느껴졌다. 무슨 일인가 싶어 경계하는 걸지도 모른다. 마쓰오카는 제너럴중기의 공장 기숙사 앞에서 잠복하는 형사가 벌써 사흘 이상 보이지 않는다는 사실을 전하고는 혹시 가리야가 경찰에 신병이 구속된 거 아니겠냐고 자신의 추리를 말했다.

"마쓰오카 씨, 지금도 가리야 씨를 감시하고 있어요? 경찰에 들키면 혼날 텐데요. 그만두는 게 나을 거예요."

지노가 달래는 듯이 말한다. 다만 신병 구속이라는 말에 달려들어 "기숙사 부근에 경찰 차량이 보이지 않는다는 게 사실인가요?" 하고 거듭 확인했다.

"그렇소. 평소라면 사이토 형사라든가 형사 몇 명이 교대로 가리야를 감시할 텐데 지금은 한 사람도 없어요."

"알겠습니다. 정보 제공 감사합니다. 아무쪼록 사이토 형사한테 물어보지는 말아주세요. 이번에는 정말 화를 낼 겁니다."

"괜찮소, 화를 내도. 형사 같은 건 조금도 무섭지 않으니까."

마쓰오카는 무뚝뚝하게 대꾸했다. 경찰 따위는 본부장이 나와도 호통을 칠 자신이 있다.

"아무튼 마쓰오카 씨는 집에 가만히 계세요. 아직 몹시 더운 날이 계속되고 있으니까요. 눈도 안 좋으시니……. 가리야 씨가 지금 어디에 있는지는 여기서도 조사해보겠습니다. 실은 이번 달 14일, 이른 아침에 가리야 씨가 오타역 앞의 렌터카 매장에서 차를 빌려 간토 북부 도로를 탄 것까지는 저도 확인했습니다. 그때 경찰 차량도 따라갔습니다. 아마 나가노로 귀성한 것이겠지요. 오늘은 19일이니까 아직 돌아오지 않은 걸지도 몰라요."

"그렇게 며칠이나 있다 돌아올까요?"

"모르지요. 예단은 금물이겠지요."

"아, 그렇지. 그럼 뭐라도 알게 되면 알려주시오. 나도 정보를 주고 있으니까."

"알겠습니다."

전화를 끊고 생각에 잠긴다. 지노의 대답을 액면 그대로 받아들일 수는 없을 것이다. 전국 주간지가 한 시민에게 정보를 제공할 까닭은 없다. 수사의 열쇠가 되는 정보라면 더욱 그럴 것이다. 그렇다면 직접 움직일 수밖에 없다.

마쓰오카는 오타역 앞의 렌터카 매장에 가보기로 했다. 부딪쳐서 부수는 것이다.

내비게이션을 따라 렌터카 매장으로 찾아갔다. 응대하는 직원에게 14일 이른 아침에 차를 빌린 젊은 남자에 대해 물어보고 싶은 것이 있다고 했다. 당연히 직원은 경계하며 신분과 이유를 묻는다. 마쓰오카는 오면서 생각한 거짓말을 열심히 주워섬겼다.

"나는 가리야라고 합니다. 실은 아들이 행방불명되어 찾고 있는데 14일 아침에 여기서 차를 빌렸다는 것을 알게 됐어요. 그래서 찾아와 묻고 있는 겁니다. 우리 아들이 여기서 차를 빌리지 않았습니까?"

"아뇨, 그건 개인 정보라서……. 기본적으로 답해줄 수 없습니다만……."

직원은 곤혹스러워하고 있다. 물론 당연한 것이다.

"경찰서의 행방불명 상담 창구에도 가봤지만, 사건성이 없다며 신고서만 받아주고 상대해주지 않아서요. 그래서 가족인 제가 직접 찾아다니게 돼서―. 폐가 된다는 것은 알지만, 빌렸는지 여부만이라도 가르쳐줄 수 없겠습니까?"

"아니, 하지만 제가 혼자 판단하기에는……."

직원이 카운터 안쪽으로 눈길을 주었지만, 거기에는 여자 사무원뿐이다.

"그럼 14일 아침에 가리야 이름으로 빌린 차가 제대로 반납되었는지 그것만이라도 알려주십시오. 그러면 바로 물러가겠습니다."

"예에……."

직원이 잠시 생각에 잠긴다. 마쓰오카를 다시 쳐다보고 나서 크게 문제가 되지는 않을 것이라고 판단한 것인지 "잠깐 기다려주세요" 하며 컴퓨터 앞에 앉았다. 익숙한 손놀림으로 키보드를 두드린다.

"있습니다. 14일 아침, 가리야 후미히코 씨 명의로 소형 세단을 빌렸습니다. 목적은 여행이고 기간은 사흘이네요."

"그래서 반납은 했습니까?"

"예. 16일 오전에 반납했습니다."

"그럼 16일 낮에는 오타로 돌아와 있었다는 거네요."

"그렇겠지요."

"정말 감사합니다. 큰 도움이 되었습니다."

마쓰오카는 예를 표하고 렌터카 매장을 나왔다. 이것으로 체포됐을 가능성이 커졌다. 가리야는 오타로 돌아왔지만 기숙사에는 없다. 다시 말해 경찰에 신병이 구속되어 있다는 것이다.

단숨에 감정이 고양되어 손이 떨렸다. 경찰은 결국 가리야를 체포했다. 딸을 살해한 일은 자백했을까. 드디어 딸의 묘 앞에 보고할 날이 온 것일까. 마쓰오카는 가만히 있을 수가 없었다.

*

스마트폰의 알림이 울려 화면을 보니 마쓰오카였다. 오늘 두 번째 전화다. 현 경찰본부 기자실에서 대기하고 있던 지노 교코는 성가신 이야기가 아니기를 속으로 빌면서 전화를 받았다.

"마쓰오카입니다. 몇 번이나 정말 미안하오. 실은 가리야가 차를 빌렸다는 렌터카 매장에 방금 다녀왔소."

마쓰오카가 들뜬 목소리로 말한다. 교코는 무슨 짓을 하는 건가 싶어 놀라고 조바심이 났다.

"가리야라는 젊은 남자가 렌터카를 14일 아침에 빌린 것 같은데 제대로 반납되었느냐고 물어봤소. 그랬더니 가르쳐주었소. 16일 오전에 반납했다고. 다시 말해 오타에는 일단 돌아왔다는 거요. 그러니까 경찰의 잠복이 없다는 것은, 신병을 구속했을 가능성이 크다는 거요. 지노 씨는 어떻게 생각하오?"

"어떻게 생각하다뇨…… 마쓰오카 씨, 렌터카 매장에서 정말 그런 걸 알려주었습니까?"

"그럼요. 가리야의 아버지인 척했지요. 아들이 행방불명되었는데 경찰은 상대해주지 않아서 가족이 찾고 있다고요. 그렇게 말했더니 가르쳐줍디다."

교코는 어이가 없어 한숨을 내쉬었다. 지금의 마쓰오카는 폭주 시민이다.

"아무튼 귀성한 곳에서 돌아온 것은 사실이오. 그런데도 경찰이 잠복하고 있지 않다는 것은 체포했을 가능성이 크지요. 이에 대한 기자회견은 없소?"

"지금까지는 없습니다. 체포했다면 뭔가 별건이겠지요. 본건이라면 숨기지 않을 거예요."

"그렇지요. 나도 그렇게 생각하오."

"하지만 분명한 것은 아니니 마쓰오카 씨도 진정하세요. 귀성했다가 돌아와서 다시 다른 데로 여행을 떠났을 가능성도 있으니까요."

"그렇군. 알았소. 그럼 내가 기숙사로 가서 물어보지. 가리야는 아직 휴가 중이냐고 말이오."

"잠깐만요. 그러지 마세요. 자유롭게 행동하도록 놔두고 있는 거라면 명백한 수사 방해가 되니까요."

"수사 방해? 왜 그게 방해라는 거요? 나는 몇 번이나 협조를 해왔는데."

마쓰오카가 기분이 상했는지 강한 어투로 말했다. 이렇게 나오면 교코로서는 막을 방법이 없다.

"알겠습니다. 그럼 마쓰오카 씨, 아무쪼록 행동은 신중하게 하세요. 가리야가 도주 중이라면 접근하는 사람에게도 위험이 닥칠 수 있는 일이니까요."

"아아, 그렇군. 살인범이니 말이지. 역시 기자는 다르다니까. 그건 생각하지 못했소."

마쓰오카는 납득한 것인지 음, 그렇지 하며 전화를 끊었다. 그건 그렇다 해도 교코는 마쓰오카의 집념에 두 손 들고 말았다. 경찰도 언론도 아닌 일개 시민이 뛰어들어 유력한 정보를 얻어낸 것이다. 사건이 해결되면 공로자인 것은 틀림없다. 그리고 기삿거리가 될 것이다.

교코는 곧장 지국으로 돌아가 마쓰오카로부터 얻은 정보를 고사카에게 보고했다. 그러자 고사카는 눈을 크게 뜨고 "뭐라고?" 하며 큰 소리를 질렀다.

"기류 남부 경찰서의 수사본부는 어떻게 하고 있지? 뭔가 달라진 게 있어?"

"어젯밤 수사 회의가 끝나고 니시무라 관리관을 따라가 취재를 했습니다만, 그런 이야기는 일절 나오지 않았습니다. 경찰서 안에 별다른 낌새도 없었습니다. 다만 두 현 경찰본부 모두 1과장은 회의에 참석하지 않았고, 늘 제게 눈총을 주는 사이토 형사도 보이지 않았습니다."

"알았어. 너는 지금부터 제너럴중기의 공장 기숙사로 가. 드나드는 사람을 붙잡고 지난 며칠 사이에 경찰의 가택수색이 없었는지 물어봐. 경우에 따라서는 공장 총무부로 가서 정면으로 취재를 신청해도 좋아. 그것으로 확실해질 거야. 가택수색이 있었다면 경찰은 K를 체포한 거야."

고사카의 적절한 지시에 교코는 감탄했다. 순간적으로 다음수를 생각해내는 것에서 기자의 경력이 드러나는 것이다.

"알겠습니다. 다녀오겠습니다."

교코는 크게 숨을 내쉬고 두 손으로 뺨을 두드렸다. 모르는 사이에 디데이가 다가와 있었던 것인가. 그렇게 생각하자 소름이 돋았다. 사건은 드디어 고비를 맞았다.

차로 제너럴중기의 공장 기숙사로 가서 허가도 받지 않고 부지 안으로 들어갔다. 우연히 나온 작업복 차림의 남자를 붙들고 단도직입적으로 질문을 던진다.

"실례합니다. 〈주오신문〉의 기자입니다만, 지난 며칠 사이에 경찰이 와서 가택수색을 하는 걸 보셨습니까?"

"글쎄요, 저는 모르겠는데요."

남자가 무슨 일인가 하고 한발 물러나며 대답했다. 두 번째 사람을 붙들고 똑같이 묻는다. 그렇게 탐문을 계속했더니 다섯 명째에 "그러고 보니, 본 것 같습니다"라는 대답을 들을 수 있었다.

"남자 네다섯 명이 골판지 상자를 가지고 들어와 30분 후쯤에 그 상자에 뭔가를 담아 돌아갔습니다. 기숙사 사람이 이사하는 것 같지는 않고 총무부 직원이 함께 있길래 봤더니 골판지 상자에 '군마현 경찰'이라고 써 있어서 기숙사에 지내는 누군가가 뭔가 저지른 건가 하고 생각했습니다."

교코는 마음속으로 됐다, 하고 외쳤다. 가리야는 체포되었다ㅡ.

"그곳이 가리야라는 사람의 방이었나요?" 교코가 물었다.

"모르겠어요. 저희는 같은 반 이외의 사람하고는 별로 말을 하지 않으니까요."

"어떤 반 사람인지도 모르나요?"

"들은 이야기로는 순회 트럭 운전사라고. 그것 말고는 딱히……."

"그게 언제죠? 기억한다면요."

"아마 17일 오전 10시쯤이었나. 기숙사에 가장 사람이 없는 시간인데 저는 그날 준야근이어서 우연히 식당에서 텔레비전을 보고 있었거든요."

"그렇군요. 정말 고맙습니다."

교코는 들뜬 기분을 누르고 고사카에게 전화로 보고했다. 그러자 고사카는 곧바로 "오타 동부 경찰서로 가"라고 지시했다.

"유치했다면 오타 동부 경찰서일 가능성이 커. 일부러 눈에 띄는 본부로는 보내지 않았겠지. 넌지시 상황을 엿보는 거야."

"안면을 튼 수사관이 있으면 슬쩍 속을 떠봐도 되나요?"

교코가 물었다. 가는 이상 뭔가 정보를 얻고 싶다.

"너한테 맡기지. 분위기를 파악하고 해. 그리고 다른 언론사에는 들키지 말고."

"알겠습니다."

상사의 '맡긴다'는 한마디에 교코는 힘이 났다. 그런 말을 들은 것은 기자가 되고 나서 처음이다.

오타 동부 경찰서로 달려가자 특별히 다른 점은 없고 평소와 똑같은 분위기였다. 교코는 어떻게 할지 생각하다가 부서장에게 부딪쳐보기로 했다. 형사를 화나게 하는 것보다는 낫다. 게다가 부서장이라는 직위에는 온건한 조정자 이미지가 있다.

보도 완장을 차고 복도를 걸어갔다. 1층 안쪽에 있는 서장실 바로 앞에 부서장의 데스크가 있었다. 이번이 첫 대면이다.

"〈주오신문〉의 지노입니다. 수고하십니다."

이름을 말하고 표정을 살핀다. 부서장의 볼이 희미하게 굳어진 것처럼 보였다.

"부서장님, 가리야를 체포한 혐의는 뭔가요?"

이렇게 말하니 가슴이 두근두근했다.

"예에?" 순간적으로 표정이 달라졌다. "당신, 그거 어디서 들었소?"

"제너럴중기의 공장 기숙사를 17일에 가택수색한 것, 알고 있습니다. 가능한 범위 내에서 알려주십사 하고……."

교코가 머리를 숙이고 작은 목소리로 말하자 부서장은 잠시 할 말을 잃고 "잠깐 입구에서 기다리시오" 하고는 내선 전화를 집어 들었다. "빨리 나가시오." 손으로 내쫓는 손짓을 한다.

교코는 가볍게 인사를 하고 발길을 돌려 입구로 돌아갔다. 이제 어떻게 될까. 지금쯤 수사본부는 〈주오신문〉이 냄새를 맡았다며 정신이 없을 것이다. 현장의 형사들이 적대시할지도 모른다. 문득 등골이 오싹해졌다. 사자나 표범이 있는 초원에 들어간 임팔라의 심정이다.

15분쯤 기다렸더니 스마트폰이 울렸다. 고사카의 연락이다. "일단 지국으로 돌아와"라는 지시였다.

"다케다 형사부장이 지국장에게 전화를 했어. 제발 부탁이니 쓰지 말아달라고. 우리는 요청에 따르기로 했어. 뭐, 지금은 은혜를 베풀어두는 거지. 그러니까 취재는 계속해도 좋아. 참고

로 가리야의 혐의는 폭행죄야. 오타 동부 경찰서 관내의 술집
에서 브라질인 손님 사이의 싸움에 끼어들어 부상을 입혔다는
혐의인 모양인데, 억지로 꾸민 사안이겠지. 아마 그 마담이 하
는 가게일 거야."

"그럼 그 마담을 찾아가볼까요? 자택도 알아냈습니다."

"그건 나중에 해도 돼. 일단 돌아와. 앞으로가 고비니까 취재
태세를 재편해야지. 지검의 움직임도 쫓아야 하고."

"알겠습니다."

전화를 끊자마자 다시 착신음이 울렸다. 호시노 공보관의 전
화다. "지노 짱, 살살 좀 해줘요." 입을 열자마자 밝은 어조로 말
한다.

"니시무라 관리관이 깜짝 놀랐소. 처음에는 정보를 누설한
놈이 누구야, 하며 격노했지만 내가 〈주오신문〉에 지노 짱이라
는 우수한 여성 기자가 있는데 그녀가 직접 탐문 취재로 알아
낸 거라고 알려줬더니 입을 다물었소."

"그랬군요. 죄송합니다."

교코는 그만 사죄하고 말았다.

"이번에 우리가 한 방 먹은 느낌이지만, 약속은 약속이니까
제대로 지켜요. 다른 데서 편의를 봐줄 테니까."

"감사합니다."

"그리고 다른 언론사에는 알려지지 않도록 하고요. 그러니까
눈에 띄는 움직임은 삼가시고."

"물론입니다. 조용히 있겠습니다."

교코는 자신을 경계했다. 각 언론사가 타사의 움직임을 살피는 것은 당연하다. 기자실에서는 특히 주의가 필요하다.

벤치에서 일어나 돌아가려고 했더니 계단 층계참에 사이토 형사가 있었다. 화를 내는 듯한, 덤벼들려는 듯한 뭐라 말할 수 없는 눈빛으로 교코를 보고 있다. 고개를 숙여 인사를 했더니 사이토는 표정을 다소 누그러뜨리며 다가왔다.

"당신, 사건기자가 적성이 맞나 보네. 본사에 돌아가면 사회부를 지망하는 게 좋겠소."

"그런가요? 입사 때는 문화부를 희망했습니다만, 생각해보겠습니다."

교코는 시치미를 뗀 얼굴로 대답했다.

"그런데 어떻게 알았어요? 참고할 겸 알고 싶은데."

사이토가 머리를 긁적이며 묻는다. 교코는 잠깐 생각하고는 마쓰오카에게 정보를 제공받았다는 사실은 숨기고 자신이 가진 카드를 보여주었다.

"제너럴중기의 공장 기숙사 앞에 잠복하는 경찰 차량이 없어진 걸 보고 가리야 씨가 체포되었을 가능성이 있다고 생각했습니다."

"역시, 대역이라도 세워두면 좋았을걸."

사이토가 쓴웃음을 짓는다. 조금은 인정받은 기분이 들었다.

"눈에 거슬릴지 모르겠지만, 앞으로도 잘 부탁합니다."

교코가 머리를 숙이자 사이토는 "나야말로"라며 자포자기로 들리는 어조로 말하고 떠났다.

마에바시 지국으로 돌아가자 우쓰노미야 지국에서도 지원 인력이 와 있고 곧 회의가 시작되었다. 고사카가 화이트보드 앞에 서서 관계도를 그리며 사건을 정리해간다.

"우선은 K, 즉 가리야 후미히코에 관한 기본 정보를 말하겠다. 1986년 11월 20일에 태어났고 현재 32세. 출신은 나가노현 마쓰모토시. 최종 학력은 나가노현 현립의 니시 공업고등학교다. 처음으로 취직한 곳은 시내의 운송 회사였지만 그 후 여러 직장을 전전했다. 다음으로 가족에 대해서다. 양친은 K가 어렸을 때 이혼했다. 그 후 어머니와 두 살 아래 여동생과 셋이서 살았지만, 어머니가 마약 상습 복용자로 여러 번 체포되어 K는 한때 아동복지시설에 맡겨진 적도 있었다고 한다. 그리고 여동생은 태어날 때부터 뇌성마비 장애가 있어 현재는 마쓰모토 시내의 보호시설에서 지내고 있다. 시설의 주소와 명칭은……"

고사카의 설명이 이어진다. 교코는 정보의 상세함에 놀랐는데, 이것도 경찰과 거래하는 과정에서 얻은 정보일 것이다.

"그리고 이번 체포 혐의는 폭행죄다. 5월 16일 밤 10시경 오타시 이다초 ××번지의 술집 '리오'에서 손님 사이의 싸움에 끼어들어 손님에게 부상을 입혔다는 혐의다. 뭐, 별건이기 때문에 파보지 않아도 되겠지. 다만 마담은 가리야와 연인 사이라고 하니 이야기를 들어볼 필요는 있다. 마담의 이름은 요시다 아키나, 이 지역 출신으로 나이는 32세다. 지노, 부탁할 수 있을까?"

"물론입니다."

교코는 즉답했다. 지명받지 않아도 갈 생각이었다.

"K의 조사관은 군마현 경찰본부 수사1과 3계장인 우치다 경감인 것 같다. 지검의 담당 검사는 아직 듣지 못했다."

교코는 의외라는 생각이 들었다. 조사관은 사이토일 거라고 짐작하고 있었다.

"캡, 조사관은 사이토 형사가 아닌 겁니까?"

"중요 사안이고 경찰청의 감시자가 들어가니까 경감이 맡는 게 타당하겠지. 연쇄 살인범이 순순히 자백할 거라고 생각하기는 힘들어. 우선은 범인과의 관계를 만드는 데서 시작하기 때문에 베테랑이 해야지."

"아, 그렇군요."

교코는 납득했다. 사이토는 원통해하고 있을까.

그때 스마트폰이 울렸다. 시노다 조교수의 전화였다.

"잠깐 실례하겠습니다." 자리에서 일어나 뛰어서 복도로 나갔다. "네, 지노입니다."

"아, 지노 씨, 시노다입니다만, 좀 안 좋은 일이 있어 의논 좀 하려고요."

여전히 태평한 시노다의 목소리가 귀에 뛰어들었다.

"지금 히라쓰카가에 있는데 겐타로가 실종되었어요."

"무슨 뜻입니까?"

"요즘 한동안은 얌전했던 모양인데 얼마 전 또 다른 인격이 나와서 갑자기 날뛰기 시작했고 집을 뛰쳐나갔대요."

"그거 큰일 아닙니까?"

"그럼요. 모친이 무척 당황해서 나한테 도움을 청하니까 달려 나간 거지요. 경찰에 신고하고 싶지만 110번에 바로 신고하기보다는 지노 씨가 말해주는 것이 경찰도 움직여주지 않을까 싶어서. 그래서 전화한 거예요."

"그렇습니까? 하지만 가출 정도라면 경찰은 움직이지 않습니다. 무엇보다 죄를 범한 것도 아니고……."

"그게 문제예요. 하지만 난폭한 다른 인격이 걸어 다니고 있는 거라 내버려둘 수 없거든요."

"그렇군요……."

교코는 히라쓰카가에서 본 광경을 떠올리자 갑자기 손이 떨렸다. 확실히 방치할 수는 없다.

"아무튼 보호하지 않으면 안 됩니다. 경찰 측에 움직여줄 수 있는지 좀 물어봐주세요. 참고로 겐타로는 자신의 BMW를 타고 나갔어요."

"알겠습니다. 상사와 의논해서 경찰에 알리겠습니다."

전화를 끊자 다시 소름이 끼쳤다. 역시 문화부가 낫지 않을까. 그런 나약함이 뇌리를 스친다. 아니, 지금은 사건기자다. 교코는 머리를 좌우로 흔들며 온몸에 힘을 주었다.

*

　중남미계 불량 그룹의 거처는 머지않아 곧 알 수 있었다. 식
자재 전문점의 주인이 몇 명에게 물어봐 알아내준 것이다. 낮
에는 건설 현장에서 일한다고 해서 다키모토 세이지는 저녁
9시가 지나 방의 불이 켜져 있는 것을 확인하고 주택단지의 한
집을 방문했다.

　현관문을 열고 다키모토의 얼굴을 보자마자 새파랗게 질린
것으로 보아 짚이는 데가 있다는 의미일 것이다. 집에는 남자
네 명이 공동생활을 하고 있었다.

　"나 기억해?"

　웃으며 묻자 호세라는 이름의 젊은이가 "기억해요"라고 굳
은 얼굴로 대답했다.

　"좀 들어가자. 할 이야기가 있어. 이케다에 관한 일이야."

　불쑥 용건을 꺼낸다. 호세는 안쪽에 있는 동료와 얼굴을 마
주하고 입을 다물었다.

　"정말 멍청하구나, 너희들. CCTV에 다 찍혔어. 이케다의 지
시를 받고 뭘 했어? 솔직히 말해. 경우에 따라서는 넘어가줄 테
니까."

　"무슨 말인지 모르겠는데요." 호세가 말했다.

"뭐야, 그렇게 나오시겠다. 그럼 영장을 받아서 가택수색을 해도 되겠지."

"다키모토 씨, 지금은 형사가 아니잖아요. 어떻게 할 수 있는데요?"

"현역이 아니어도 전에 부하였던 형사는 많이 있으니까. 한마디만 하면 체포도 할 수 있어. 아무튼 좀 들어가자. 난 혼자왔잖아. 속을 털어놓고 얘기해보자는 거야."

다키모토가 온화하게 말하자 뜻을 굽히고 안으로 들어가게 해주었다.

다다미 여섯 장이 깔린 어질러진 방에서 남자들과 빙 둘러앉았다.

"산업폐기물 처리업자 후쿠다 사장을 납치한 것은 너희들이지? 이케다의 부탁을 거절할 수 없었을 거야, 그렇지? 그날 밤 이케다한테 넘긴 후에는 어떻게 된 거야?"

다키모토는 흥정을 하지 않고 질문을 던졌다. 남자들은 굳은 표정으로 눈을 맞추려고 하지 않는다.

"무슨 얘긴지 통 모르겠습니다."

호세가 같은 말을 되풀이한다.

"저기 말이야, 내가 찾고 있는 것은 너희들이 납치한 후쿠다 사장이야. 너희들이 감금했다거나 폭행을 했다거나 죽여서 묻었다거나 그런 것까지는 의심하지 않아. 이케다의 지시로 납치했을 뿐이잖아? 협박당한 건지 돈을 받고 고용된 건지는 모르겠지만 주범은 이케다야. 그러니까 약취유괴로는 처벌받지 않을 거야. 뭐, 공모 혐의는 피할 수 없을 거라고 생각하지만, 협조해준다면 내가 감형을 교섭해줄 수도 있어. 어때? 거래하지 않을래?"

"죄송합니다. 우린 모릅니다."

"그래? 시치미를 떼겠다? 너희들, 알고 있는지는 모르겠지만 후쿠다 사장은 전 폭력단 두목이야. 고도회와는 지금도 어울리고 있어. 이 지역 폭력단 말이지. 너희가 납치했다는 걸 고도회가 알게 되면 거꾸로 너희들이 납치될 거야. 괜찮겠어?"

"우리는 아무것도 하지 않았으니까⋯⋯."

호세가 힘없이 말한다. 표정은 어둡다.

"너희들, 차는 갖고 있는 거야?"

"없습니다."

"납치 당시의 그 흰색 왜건은 빌린 건가? 누구한테 빌렸어?"

"몰라요. 빌리지 않았어요."

"조사하면 알 수 있어. CCTV는 그 근방에 쫙 깔렸으니까."

"몰라요."

"그럼 7월 7일 저녁 9시경에 뭘 했어? 알리바이를 대봐."

"생각나지 않아요."

한동안 대화가 진척 없이 이어진다. 다른 남자들은 말없이 고개를 숙이고 있었다.

"알았어. 하룻밤 생각해봐. 너희들도 더 이상 이케다 같은 놈

111

하고 얽히고 싶지 않을 거야. 얘기해주면 경찰이 체포해서 감방에 처넣어줄 거야. 만약 후쿠다 사장이 살해당했다면 살인죄로 무기징역이야. 이케다한테서 해방되는 거지."

다키모토가 수첩을 꺼내 자신의 핸드폰 번호를 적고는 페이지를 찢어 다다미 바닥에 놓았다. "결심이 서면 전화해. 몇 번이고 말하지만 나쁘게는 하지 않아"라는 말을 남긴다. 현관까지 배웅하러 나온 호세의 어깨를 말없이 두드리고 물러났다.

다키모토는 그길로 이세초의 술집 '아케미'로 갔다. 주택단지 상황을 보러 간 것인데 형사 시절부터 부지런히 다닌 것이 습관이 되었다. 개가 쏘다니면 몽둥이를 맞기도 하지만 예상 밖의 먹을거리를 얻을 수도 있다는 속담은 형사에게 해당하는 말이다.

다키모토를 보자 마담인 오야마 아케미가 카운터 너머로 "어머, 어서 오세요"라고 붙임성 있는 목소리로 인사했다. 그리고 "다키모토 씨였지요. 이케다라면 오지 않았어요"라고 앞질러 말했다.

"알고 있소. 행방불명인 거죠? 정말 연락이 없는 거요?"

다키모토가 속임수로 묻는다.

"정말로 없어요. 얼마 전에 그의 집에 가서 청소를 하고 왔는데 돌아온 기색이 없었어요. 전 이제 슬슬 걱정돼요. 그 사람 폭력단한테 살해당한 거 아니에요? 손님은 전 형사니까 경찰에 수사 좀 해달라고 말해주세요."

아케미가 교태를 부리며 간청했다. 다만 그렇게 말하는 만큼 걱정하는 얼굴은 아니다.

"그럼 증거가 될 만한 것을 내주시오."

"증거요?"

"예컨대 예금통장이나. 수상한 입출금이 있으면 사건으로 만들 수 있을지도 모르니까."

"몰라요, 그런 건."

아케미가 이렇게 내뱉고 주문도 기다리지 않고 위스키를 만들었다.

"아, 위스키 괜찮죠?"

"괜찮소. 그보다 이케다에 대한 거요. 놈이 후쿠다 사장을 납치해서 어딘가에 묻은 게 아닌가, 하고 고도회가 의심하고 있소. 아는 게 있으면 뭐든지 알려주지 않겠소?"

"거꾸로 아니에요? 이케다가 묻힌 거 아닐까요?"

아케미가 가볍게 웃으며 말한다. 뭔가 개운해하는 듯 보였기에 다키모토는 물었다.

"저기, 마담. 정말 이케다를 걱정하고 있는 거요? 속으로는 그런 위험인물과 얽혀 후회하고 있는 거 아니오?"

아케미가 몇 초간 입을 다문다. 담배를 물고 불을 붙이고는 입을 열었다.

"글쎄요, 저도 잘 모르겠어요. 몇 번 헤어지려고 생각한 적은 있지만, 전과가 있는 남자라도 혼자인 것보다는 나으니까요."

"그런 건가?"

"그래요. 저 같은 경우는 혼자 지낼 수 있는 건 석 달뿐이에
요."

아케미가 자학적으로 말한다. 다키모토는 전형적인 상호의
존관계라고 납득했다. 폭력을 휘두르는 남자라도 먼저 다가가
는 여자들을 지금까지도 실컷 봐왔다.

"폭력을 휘두르지는 않았나?"

"몇 번 있었어요. 하지만 부엌에서 식칼을 들고 와서 더 이상
때리면 찌를 거라고 하니까 그 뒤로는 잠잠해졌었어요."

"하하하. 마담, 강하네. 그렇구나, 이케다한테는 그런 게 효과
가 있는 거군. 그런데 돈을 뜯기지는 않았소?"

"그 사람 돈에 궁하지는 않았을 거예요. 생활보호를 받고 있
고 파친코로 번 돈이 있으니까요. 그리고 정체를 알 수 없는 수
입도 있고……. 아아, 하지만 지난달 그 사람한테 50만 엔 빌려
줬어요. 맞다, 돌려받아야 하는데."

아케미가 그래, 맞아, 하는 얼굴로 카운터를 통통 두드렸다.

"50만 엔? 언제요?"

"7월 초일 거예요. 갑자기 돈이 필요해졌다며 50만 엔만 빌
려달라고 했어요."

"이유는 듣지 못했소?"

"물어봤지만 일 뒤처리라면서 어물어물 넘겼어요. 전에도 돈

을 빌려준 적이 있었고 확실하게 갚았으니까 뭐, 괜찮겠지, 하며 빌려주었는데 행방을 감추다니, 좀 그러네요."

다키모토는 생각에 잠겼다. 후쿠다가 흰색 왜건을 탄 남자들에게 납치된 것은 7월 7일 밤. 호세 일행에게 줄 보수였을 가능성이 있다.

"저, 마담. 이케다가 중남미계 불량 그룹과 관계가 있었다는 것은 알고 있나?"

"네, 알고 있어요. 이따금 연락했으니까요. 그 사람 스페인어가 유창해요. 지저분한 은어뿐이었지만요."

"알았소. 그럼 7월 7일 전후의 일을 떠올려보시오. 마담이 돈을 빌려준 직후요. 뭔가 달라진 점은 없었소?"

"글쎄요. 갑자기 물어보면……."

"그 전후에 가게에 왔었소?"

다키모토가 계속해서 묻자 아케미는 스마트폰을 들고 스케줄을 보았다.

"가게에는 오지 않았어요. 여자애들을 데리고 칠석제 주간 행사를 했는데 가게에 왔던 기억이 없어요."

"무슨 용무가 있었나?"

"묻지 않아요, 일일이. 게다가 여자애들이 무서워하니까 오지 않는 게 낫다고 생각했었어요. 저기, 다키모토 씨, 와타라세 강 사건을 쫓고 있는 거 아니었어요?"

"그렇지만 나 혼자서는 감당이 안 되니까. 내가 바라는 것은,

뭐든지 좋으니까 이케다를 감방에 처넣는 일이오."

다키모토는 본심을 말했다. 와타라세강 연쇄 살인에 관해서는 어차피 체포해봤자 자백을 받을 수 없다. 지금 가능성이 있는 것은 후쿠다 사장 실종 사건이다.

"저, 만약 그이가 돌아오면 저는 어떻게 하면 돼요?"

"살해당하지 않도록 조심하시오."

"내가 살해당하는 편이 쉽게 결론 나는 거 아니에요?"

아케미가 빈정거리듯이 말한다.

"그럼 살해당하든가. 다만 증거는 남겨둬."

다키모토는 농담으로 대답했지만, 그것도 좋지 않을까 하는 무도한 생각을 했다.

다음 날, 히라노에게 전화를 통해 중남미계 불량 그룹이 있는 곳을 알아냈다는 것과 후쿠다 사장이 실종되기 전에 이케다가 술집 마담에게 50만 엔을 빌렸다는 것을 알려주었다. 히라노는 "선배님, 역시 대단하네요"라고 감탄하며, 군마현 경찰이 흰색 왜건에 대한 수사를 시작했고 CCTV 영상 수집과 N 시스템 분석도 진행 중이라고 전했다.

"이케다의 스마트폰 사용 기록을 알고 싶군. 그 불량 그룹과 연락을 취했다면 고용한 것은 확실할 거야. 만약 입수하면 그쪽에서 분석은 할 수 있나?"

다키모토가 묻자 히라노는 대답이 막혔다.

"……선배님, 입수할 수 있습니까?"

"모르지. 가정이야."

"아니, 본인의 임의 제출이면 모르겠지만, 만약 이케다를 잡아서 억지로 빼앗는다면 증거로 못 써요."

"습득물이어도?"

"어렵습니다. 법을 지키지 않은 수사라고 문제 삼겠지요. 선배님, 서두르다 일을 그르치지는 말아주세요."

"그래, 알았네."

다키모토는 물러나기로 했다. 감금 중인 이케다의 스마트폰을 확보하는 것은 쉬운 일이지만 경찰을 휘말리게 할 수는 없다.

"그런데 선배님, 이건 비밀 유지를 전제로 부탁하겠습니다만, 전에도 이야기한 제너럴중기의 계절노동자를 별건으로 체포했습니다. 현재 조사 중입니다."

히라노가 소리를 낮춰 말했다.

"그런가? 연행했다면 뭔가 증거를 잡았다는 건가?"

다키모토가 물었다. 마음속으로는 가벼운 충격을 받았다.

"그건 말할 수 없습니다. 오타역에서 신병을 구속했습니다. 도주할 거라고 착각한 감시반이 그 자리에서 수사본부에 판단해달라 했고, 군마현 경찰본부의 본부장님이 결단을 내린 모양입니다."

"본부장이 말인가?"

"그렇습니다. 경찰청 형사국에 있던 사람인데 주저하던 지검을 누르고 강행했다고 들었습니다."

"이야, 믿음직한 윗대가리가 있군그래."

"다만 수사본부는 아주 예민한 분위기입니다. 간단히 자백할 것 같지는 않고, 가택수색과 스마트폰 사용 기록에서 과연 증거가 나올지 ……."

"조사관은 누군가?"

"군마현 경찰인 우치다 경감입니다."

"아, 알고 있네. 10년 전에도 합동수사본부에 있던 사람이야. 우수한 형사지. 건투를 빌 수밖에 없겠군."

"그런데 후쿠다 사장의 실종 사건은 다른 곳에서 맡습니다. 발생 장소가 군마현 마에바시 경찰서 관할 내라서 그쪽 형사과가 담당합니다만, 이미 두 현 경찰본부의 형사부장끼리 이야기가 통했기 때문에 저도 살펴볼 생각입니다."

"미안하군. 수고를 끼쳐서."

"무슨 말씀이십니까? 이케다를 체포하는 것은 도치기현 경찰의 책무입니다. 이 기회를 만들어준 것은 선배님이 아닙니까? 무슨 일이 있어도 잡자고요."

히라노가 강한 어조로 말해주어서 다키모토는 격려를 받은 기분이 들었다. 자신이 하고 있는 일이 옳다는 확신이 들었다.

히라노에게 전달을 마치고 이번에는 고도회 회장에게 전화를 했다. "예, 다키모토 씨." 회장은 처음부터 침울한 목소리였다.

"회장, 실은 부탁이 있는데 말이지. 이케다의 스마트폰을 확보해서 통화와 문자 기록을 조사해주지 않겠나? 보안 설정이 되어 있겠지만 해커를 고용하면 어떻게든 될 거야. 조직에 그런 연줄은 없나? 만약 중남미계 불량 그룹과 접촉했다면 후쿠다 사장의 납치는 확실한 거지. 그룹을 강하게 추궁해서 불게 하면 이케다는 체포할 수 있어."

"저기 말이오, 다키모토 씨, 이건 말하기 힘든 얘긴데……."

틀림없이 교섭에 응해줄 거라고 생각했는데 회장은 더욱 심각해진 목소리로 말했다.

"이케다 말인데, 동생 회사에서 없어졌소."

"뭐? 무슨 일이야? 도망친 거야?" 다키모토는 귀를 의심했다.

"뭐, 그런 셈이지."

"잠깐만. 제대로 감금하고 있었던 거 아냐?"

"했지요. 하지만 빈틈을 노려 도망쳤달까……."

회장이 머뭇거린다. 아무래도 뭔가 숨기고 있는 듯했다.

"그런데 그런 산속에서 어떻게 걸어서 도망치지?"

"모르겠소. 나도 자세한 것은 모르오. 동생이 전화로 이케다가 사라졌다고 한 걸 들었을 뿐이라……."

"언제 이야기야?"

"어제, 아니 그저께였나?"

"왜 나한테 알리지 않았지?"

"그야 당황해서 그랬지요. 저기, 다키모토 씨. 우리는 이케다 건은 이제 됐으니까 전부 없었던 일로 해주지 않겠소?"

"무슨 뜻이야?"

"말 그대로지요. 후쿠다 사장은 우리가 찾겠소. 이제 폐는 끼치지 않을 거요."

"무슨 말을 하는 거야? 전혀 폐가 아니야. 게다가 후쿠다 사장은 이케다한테 납치되어 살해되었을 가능성이 커. 그냥 내버려둘 수는 없잖아."

"그럼 당신은 당신 뜻대로 하시오. 우리는 이제 손을 뺀다는 거요."

회장은 완고했다. 예전 동료가 납치되어 살해당했을지도 모른다. 그런 상황에서 어떻게 손을 뺄 수 있다는 것인가. 조직의 체면은 어떻게 할 생각인가. 다키모토는 믿을 수가 없었다.

"저기, 회장. 혹시 이케다를 죽여버렸나?"

다키모토는 떠오른 의심을 그대로 입에 담았다.

"그런 짓을 왜 하겠소? 몇 번이나 말하지만, 동생은 건실한 사람이오. 사람 같은 건 못 죽여요."

회장이 곧바로 부정한다. 다만 동요하는 기색이 있었다.

"동생은 죽이지 않겠지. 그런데 고도회에는 후쿠다 사장의 아우였던 사람도 있어. 그중 한 사람이 죽였다고 해도 이상한 이야기는 아니지."

"억측하지 말아주시오. 아무튼 이 건은 이것으로 끝이오."

"잠깐 기다려. 동생하고 이야기하게 해줘. 지금 가도 되겠나?"

"아니, 현장에 나가고 회사에는 아무도 없소."

"그럼 저녁때 가지."

"거절하겠소. 당신도 손을 떼시오. 따지고 보면 당신이 부추 겨서 이야기가 복잡해진 거요."

회장은 그 말만 하고 일방적으로 전화를 끊었다. 다키모토 는 어안이 벙벙했다. 어떻게 판단해야 할까? 적어도 이케다가 자력으로 탈출했다고는 생각하기 힘들다. 뭔가 거래를 한 것일 까. 아니면 정말 죽여버렸을까ㅡ.

생각에 잠겨봐야 알 수 없기에 다키모토는 차를 몰고 이케다 가 사는 주택단지로 가보았다. 복도에서 안을 들여다보았으나 사람이 있는 기척은 없다. 주민에게 묻자 이케다의 집은 계속 인기척이 없었다고 한다. 적어도 지난 사흘간 아무 소리도 들 리지 않았다는 것이다. 그리고 분명히 어젯밤 오야마 아케미의 집에도 가지 않았다. 그렇다면 역시ㅡ.

다키모토는 등에 소름이 돋았다. 이어서 목구멍 안쪽에서 뜨 거운 것이 치밀어오른다. 여러 감정이 뒤섞여 반쯤 멍한 상태 였다. 앞으로 어떻게 해야 할지 눈앞이 캄캄했다.

*

가리야 후미히코의 조사관으로 사이토 가즈마의 직속 상사 인 3계장 우치다 경감이 지명되었다. 보조관은 3계장 보좌인 구보 경위다. 사이토는 자신이 지명되는 걸 은밀히 기대하고 있었다. 그러므로 우치다의 이름이 나오자 꽤나 낙담했다. 그것을 알아챈 니시무라 관리관은 사이토를 휴게실로 불러 "자네의 공적은 인정하지만 지금은 경험이 필요한 때네"라고 위로했다.

"네 명이나 죽인 인간한테 자백을 이끌어내는 것은 여간 힘든 일이 아니야. 우선은 관계를 구축할 필요가 있지. 자네는 가리야와 나이 차가 너무 안 나. 피의자의 성장 과정을 하나하나 캐내기 위해서는 어느 정도 나이 차가 있어야 수월하거든."

"물론입니다. 알고 있습니다."

사이토는 자신을 타이르듯이 말했다. 경찰청 사건에서는 실패가 허락되지 않는다는 것도 알고 있다.

"자네 일은 증거를 모아 주변 문제부터 정리해나가는 일이야. 도치기현 경찰인 노지마와 다시 마쓰모토에 가게 될지도 모르겠네. 엽기적인 살인범인 만큼 놈의 성장 과정은 좀 더 조사할 필요가 있지. 마약 상습 복용자였던 모친을 미워했다는 것은 조금 더 증언이 필요한 상황이야."

"알겠습니다. 조사하겠습니다."

"그리고 때로는 구보와 교대해서 보조관도 해보게. 우치다는 이치우마에게도 경험을 쌓게 하고 싶다고 했었네. 나도 이의는 없어."

"감사합니다."

"하지만 어려운 조사가 될 것 같군."

니시무라가 담배에 불을 붙이고 한숨 섞어 말했다. 휴게실은 원래 금연 구역이었지만 누군가가 공기청정기를 무단으로 설치한 이후 서서히 흡연 공간이 되어갔다.

공장 기숙사의 가택수색을 통해 증거품이 나올 것을 기대했지만, 이렇다 할 물건은 발견되지 않았다. 나아가 스마트폰을 압수했으나 지금까지는 범행으로 이어지는 사용 기록은 나오지 않았다. 냄새를 잘 맡는 요즘 범죄자들은 스마트폰 검색 내용이나 통신 기록을 지워도 경찰이 복구한다는 것을 알고 있어 쉽사리 증거를 남기지 않는다.

"사체에 부착되어 있던 섬유와 고무, 그 두 개를 어떻게 해서든 가리야 주변에서 찾아내야지요."

사이토가 말했다. 과학수사연구소도 그것이 가장 빠른 길이라는 견해다.

"그렇지. 증거반을 증원하도록 보고를 해두겠네."

"증거를 찾아서 역 앞이나 하천부지에서 트럭을 목격한 증언, N 시스템과 CCTV 영상에서 얻은 범행 당일의 움직임, 그리고 트럭 짐칸의 부자연스러운 세차 영상과 함께 모으면 기소는 가능하지 않을까요?"

"나도 그렇게 생각하네. 다만 그 건에 대해서는 지검과 온도 차가 있다네."

"온도 차요?"

"그래. 아무래도 지검이 토라져서 심통을 부리는 듯하네."

니시무라가 이렇게 말하며 코에 주름을 잡았다.

"그게 무슨 뜻인가요?"

"우리 부장님과 1과장님이 인사하러 갔더니 물증이 없으면 안 되겠다며 외면했던 모양이야."

"어째서죠? 우리는 무타 본부장님이 지검을 확실하게 설득했다고 이해하고 있었는데요."

사이토가 항의하는 투로 묻는다. 무엇보다 오타역에서 가리야의 신병을 구속했을 때 그렇게 들었던 것이다.

"나도 그렇게 알고 있었네. 무타 본부장님도 지검이 납득했다고 생각하셨던 모양이야. 하지만 그날 지검의 형사부장이 도쿄 출장 중이었고, 자기는 허락하지 않았다며 화가 나 있다네."

"그건 그쪽 착오잖아요?"

"모르겠어. 1분 1초를 다투는 가운데 서로 혼란스러웠고 말이야. 게다가 만일의 경우를 고려하지 않은 우리 잘못도 있지. 자네, 다른 데서 이런 이야기는 하지 말게. 표면상의 원칙은 검경 일체니까. 지검과 보조가 맞지 않으면 10년 전의 전철을 밟게 될 거야. 아무튼 우리가 할 일은 하나밖에 없어. 증거를 모아 가리야를 자백하게 만드는 거야. 무슨 일이 있어도 10년 전의 원수를 갚아야지."

니시무라가 담배를 재떨이에 비벼 끄고 자리에서 일어났다. 사이토의 가슴속에 개운치 않은 느낌이 생겨났다. 가리야는 지금 잡담에도 전혀 응하고 있지 않다고 한다. 신병 구속을 강하게 주장한 입장인 만큼 속이 탄다.

합동수사본부는 탐문수사반, 주변 수사반, 증거반, 특별수사반, 과학자료반으로 다시 재편되었다. 사이토는 실질적으로 예비대인 특별수사반이다. 수사본부에 도착한 정보를 수사하는 것과 새로운 증거 찾기, 그리고 가리야의 과거를 철저히 밝혀내는 일을 맡는다. 다만 지금 단계에서 가리야를 범인으로 단정할 수는 없으므로, 이케다 기요시와 히라쓰카 겐타로도 중요 참고인으로서 감시에서 제외하지 않는다는 게 방침이다. 그리고 우려할 만한 사태가 발생했다. 이케다가 행방불명이 되었고, 겐타로도 집에서 탈주했다는 것이다. 특히 이케다의 경우 산업폐기물 처리업자의 실종도 얽혀 있어 사태가 복잡하다. 이미 군마현의 경찰본부 마에바시 경찰서에서 수사를 시작해 그 정보가 차례로 보고되었다.

이날은 노지마와 둘이서 제너럴중기의 계절노동자부터 조사를 했다. 공장 총무부의 주선으로 공장 기숙사의 관리실 사용 허가를 받아 그곳으로 순회 트럭 운전사를 한 사람씩 불렀다. 먼저 나타난 사람은 도호쿠 출신의 스물여덟 살 남자다.

"동료들 사이에서 지금 어떤 이야기가 돌고 있나요? 솔직하게 말해도 좋습니다."

사이토는 상대의 긴장을 풀기 위해 가벼운 태도로 물었다.

"가리야 씨가 무슨 일을 저질러 경찰에 체포된 것 같다고…….

오늘은 그 이야기를 했습니다."

남자가 조심스럽게 대답한다.

"그래요, 맞아요. 그런데 저지른 일이 무엇인지에 대한 이야기는 나오지 않았나요?"

"이런 얘기를 해도 될까요? 근거가 없으니까 명예훼손이 되는 게 아닌가 싶어서……."

남자가 주저하는 태도를 보였다.

"괜찮으니까 말해봐요. 다만 한 가지만 약속해줬으면 좋겠는데, 오늘 여기서 경찰 조사를 받았다는 사실은 SNS나 인터넷 게시판에 올리면 안 됩니다. 개인 정보라서 경우에 따라서는 처벌받을 수도 있으니까요."

사이토가 주의를 주자 남자는 진지한 얼굴로 "알겠습니다" 하고 고개를 끄덕이며 대답했다.

"처음에는 다들 싸움이나 절도가 아닐까 했습니다. 가리야 씨가 워낙 완력이 세니까 밤거리에서 불량배들 싸움에 휘말려 사고를 저지른 게 아닐까 하고요. 절도는 아무 근거도 없지만, 공장 기숙사에서 가끔 절도 사건이 일어나기도 하니까 그런 걸지도 모른다고요. 하지만 경찰이 가택수색을 해서 짐을 전부 가져가기까지 하니, 보통 일이 아닐 거라는 얘기가 나왔고, 그럼 뭐지, 혹시 5월에 와타라세강에서 여자 사체가 연달아 발견된 그 사건 아니냐고……."

"그 얘기를 전부 알고 있나요?"

"아뇨, 애초에 다들 계절노동자라, 인간관계가 아주 얕아서 대부분 가리야 씨가 누구인지도, 그가 체포되었다는 것도 모를 겁니다."

"그럼 당신은 가리야와 자주 이야기를 나누는 편인가요?"

"예, 왜냐하면 같은 순회 트럭 운전사라 대기실에서 매일 얼굴을 마주하고……. 하지만 사이가 좋은 정도까지는 아닙니다. 애초에 가리야 씨는 말이 없고요."

"같이 술을 마시러 가기도 했겠지요?"

"예. 역 근처 술집에 몇 번이요."

"그 술집은 '리오'인가요?"

"그렇습니다." 남자가 고개를 끄덕인다.

"가리야와 마담이 사귄다는 것은 알고 있어요?"

"예엣? 그런 건가요? 전혀 몰랐습니다."

남자가 놀란 표정으로 말했다. 가리야는 말을 떠벌리고 다니는 타입이 아닌 것 같다. 사이토는 그렇게 판단했다.

"가리야와 여자 이야기를 한 적은 있나요?"

"없습니다."

"그럼 '리오'에서 호스티스들과 어떤 이야기를 했죠?"

"어떤 이야기라……. 저희가 시시한 이야기를 해서 분위기를 띄우고, 가리야 씨는 같이 웃는 느낌이라고 해야 하나."

"호스티스를 꼬시거나 하지는 않았어요?"

"아니요, 전혀요. 그런 타입이 아닙니다. 말이 없기도 하고요."

"하지만 마담과는 남녀 사이였다?"

"그건 아마 마담이 유혹했을 겁니다. 아아, 맞다. 어린 호스티스 중에 2만 엔이면 같이 호텔에 가도 좋다는 애가 있는데 가리야 씨는 그 애가 추파를 던져도 무시했습니다. 저희는 가리야 씨가 여자를 싫어한다고 생각했습니다."

"그래요? 여자를 싫어한다?"

사이토는 무심코 고개를 끄덕였다. 라면집 주인 야기도 같은 말을 했다. 가리야를 설명할 때 중요한 키워드인 것 같았다.

남자는 가리야에 대해 "잘 모른다"는 말을 되풀이했다. 매일 같이 있던 운전사 사이인데 이 정도라면 다른 동료들의 반응은 대충 짐작할 수 있었다.

실제로 나머지 운전사와 술친구인 종업원을 이틀에 걸쳐 조사했지만 비슷한 증언밖에 들을 수 없었다. 말이 없고 마음을 터놓지 않는다. 다만 사람들과 어울리지 않는 것은 아니며 괴짜는 아니다. 모두가 입을 모아 이렇게 말한다.

그리고 마지막 차례의 종업원을 조사할 때 "그럼 가리야와 가장 이야기를 많이 하는 사람은 누구죠?"라고 묻자 "식당 아주머니가 아닐까요"라는 대답이 돌아왔다. 농담이 아니라 진짜일 것이다.

다음 날 아침, 수사 회의를 마치자 우치다 계장이 손짓으로 불러 "오늘 오전에만 수사 보조관을 좀 부탁해"라고 말했다.

"구보는 건강진단이야. 혈뇨가 나온 걸 숨기고 있길래 계장 명령으로 병원에 보냈어. 뭐, 일은 평소대로였고 그냥 스트레스 탓이라고 생각하지만, 혹시 모르니까."

"계장님, 스트레스가 가장 무서운 겁니다."

"야, 이 바보 같은 놈아. 스트레스가 없는 형사가 어디 있어? 그건 죽은 형사뿐이야."

우치다는 난폭하게 말하고는 먼저 성큼성큼 걸어갔다. 서둘러 따라가 기류 남부 경찰서를 나선다. 수사 차량에 올라타 운전대는 사이토가 잡았다. 내심 흥분해 있었다. 곧 가리야와 대면할 수 있다―.

"조사실에서 너는 아무 말도 하지 말고 잠자코 있어." 우치다가 말했다.

"물론입니다. 오타 동부 경찰서로 노지마나 이토를 불러 대기하게 할까요? 진술이 있을 때 확인하러 보낼 수 있도록 말이에요." 사이토가 제안했다.

"아니, 필요 없어. 여전히 묵비권을 행사하고 있는 중이야."

우치다가 초조한 기색조차 없이 말했다. 어느 정도 예상했던 일이기 때문일 것이다.

"어떤 상태입니까?"

"신경이 둔한지 놀라지를 않아. 별건체포라는 것도 알고 있고 우리가 가진 패를 살피고 있는 것 같기도 해. 입을 열지 않으면 20일쯤 후에는 나갈 수 있다고 우습게 보는 걸지도 모르지.

뭐, 그건 오늘 네가 직접 보고 판단해."

"알겠습니다."

"자네가 어제 받아 온 공장 동료의 증언 말인데, 오늘 바로 쓸 거야."

"쓸 만한 게 있습니까?"

"가리야가 여자를 싫어한다는 증언 말이야. 마쓰모토의 라면 집 주인도 말했잖아? 어떤 얼굴을 할지 보고 싶어."

"아, 그렇군요."

사이토도 가리야가 어떤 얼굴을 할지 보고 싶어졌다.

차가 와타라세강을 건넜다. 두 사람은 나란히 반사적으로 돌아본다. 하천부지의 운동장에서는 고등학교 야구부가 아침부터 열심히 훈련하고 있었다. 그 바로 앞에서 첫 사체가 발견되었다. 사이토는 그날의 일을 떠올리며 어금니를 꽉 물었다.

오타 동부 경찰서에 도착하자 곧바로 조사실로 들어가 유치장에 있는 가리야를 불렀다. 손에 수갑을 차고 허리를 포승줄로 묶은 가리야가 조사실로 들어온다. 다시 보자 역시 덩치가 커서 좁은 조사실이 더욱 비좁게 느껴졌다. 사이토를 봐도 표정을 바꾸지 않는다. 체포한 형사를 잊었을 리가 없을 텐데.

수갑을 풀어주고 창가 자리에 앉힌다. "안녕, 가리야. 어젯밤은 잘 잤나?" 우치다가 밝은 목소리로 물었다. 가리야는 눈을 마주치지 않고 입을 열지도 않았다.

"오늘은 새로운 조사관이야. 본 기억이 있지? 사이토 가즈마. 군마현 경찰본부 형사부 수사1과의 에이스야. 이 사람은 아주 강해. 너는 유도 검은 띠라고 하던데 이 사람은 유도, 검도 모두 유단자인 데다 체포술도 달인이지. 어때, 괜찮으면 위층 도장에서 시험해볼래?"

우치다가 손가락으로 위쪽을 가리키며 가벼운 농담을 한다. 가리야는 아무런 반응이 없다.

"사이토는 말이야, 네가 태어난 고향 마쓰모토에도 갔었어. 너에 관한 거라면 뭐든지 알고 있지. 네가 살았던 주택단지도, 출신 학교도, 여동생이 지내고 있는 보호시설도 말이야."

사이토가 오른쪽 옆자리에서 주시했지만 가리야는 화난 듯한 얼굴로 자신의 무릎에 시선을 떨어뜨린 채 꼼짝없었다.

"감시는 현 내에서만 한 게 아니었다는 거야. 경찰은 할 때는 철저하게 하거든. 오늘은 쉬고 뭐 이런 일은 없어. 전에도 말했지만, 너를 계속 감시해왔거든. 일하고 있을 때도, 일을 마치고 나서도. 증거를 보여줄까?"

우치다가 감시 일지를 펼치고 가리야의 행동을 읽었다.

"감시를 개시한 날인 모월 모일, 너는 오전 7시 50분에 기숙사를 나와 걸어서 오타 공장으로 향한다. 오전 8시 트럭으로 오타 공장에서 출발, 오전 8시 25분 기류 공장에 도착. 여기서 부품을 싣고 오전 8시 57분에 공장을 나온다. 그리고 오전 9시 34분 아시카가 공장에 도착. 여기서도 부품을 싣고 오전 10시

8분 첫 번째 순회를 마치고 오타 공장에 도착한다. 두 번째 순회는 오전 10시 반 출발. 오전 11시 5분에 기류 공장에 도착. 부품을 싣고 오전 11시 35분에 공장을 나선다. 그 후 국도 50호선 도로변의 라면 체인점에 들어가 점심. 이날은 중국식 국수인 탕면과 중국식 볶음밥이 세트로 나오는 메뉴를 주문. 하하하, 놀랐나? 수사관이 손님으로 가장해 가게 안에서 라면을 후루룩거리고 있었다는 거지."

우치다가 웃으며 말한다. 사이토는 가리야의 표정을 응시했지만 눈썹 하나 움직이지 않는다.

우치다는 계속 읽어나간다. 가리야는 무표정을 유지했지만 술집 '리오'의 요시다 아키나가 등장하자 순간적으로 얼굴이 붉어졌다.

"아키나 마담과는 어떻게 사귀게 되었지? 마담이 유혹했다는 소문이 자자해. 가리야는 먼저 나서서 여자를 꼬시는 남자가 아니라고 공장 동료들이 말하더군. 그런 거야?"

가리야가 딴 데를 본다. 불쾌하다는 듯이 헛기침을 했다.

"이것도 묵비권이야? 정말 어울리기 힘든 놈이군. 그 마담, 꽤 괜찮은 여자 아냐? 부러워. 역에서 연행되었을 때도 함께 여행하려고 했었던 거라며. 그거 참 딱하게 됐어. 하지만 말이야, 경찰도 조급했어. 드디어 도주하는 건가 해서. 왜냐하면 너는 추석 연휴에 마쓰모토로 돌아가 이틀 연속 여동생하고 같이 시간을 보냈잖아. 이 사람이 미행을 했었는데 말이야, 이 세상에 살아 있는 동안 다시는 만나지 못할 것을 각오한 상태에서 이별하기 위해 만나러 간 게 아닐까 하는 말을 하니까, 우리도 네가 도주하는 건가 싶어 당황한 거지. 그런데 신병을 구속하고 봤더니 여자와 홋카이도로 여행을 가던 참이었다는 결론이어서 우리는 큰 창피를 당한 셈이지."

우치다의 이야기는 계속되었다. 아마 체포한 이래 조사실에서는 우치다가 일방적으로 떠들어댔을 것이다. 이만큼의 화술이 있느냐고 묻는다면 사이토는 자신이 없다.

"그나저나 이건 공장 동료들의 증언인데 말이야. 너, 여자를 싫어한다며?"

우치다가 어조를 바꿔 말했다. 가리야는 특별히 동요하는 모습도 없고 시선을 돌린 자세를 무너뜨리지 않는다.

"'리오'의 어린 호스티스가 추파를 던져도 무시했다고 하던데? 마쓰모토에서도 그런 증언이 나왔어. 가리야는 여자를 싫어한다고. 그것도 간단히 아무하고나 자는 헤픈 여자를 증오하는 구석이 있다. 어떤가?"

가리야는 대답하지 않는다. 침묵이 흐르는 가운데 창밖에서 훈련을 하고 있는 교통 기동대의 구령 소리가 들려왔다.

"또 묵비권이야? 뭐라고 말 좀 해줘. 매일 내 독무대잖아. 이제 떠들 말도 없어졌어. 너는 헤픈 여자를 미워하는 거지? 경멸하는 거지? 그건 어째서지? 어머니를 미워하는 것의 연장인가?"

마지막 말에 가리야의 안색이 순간적으로 변했다. 우치다는 그것을 놓치지 않고 질문을 계속했다. 다만 어조는 온화한 그 대로다.

"너, 어머니와는 언제부터 안 만난 거야? 애초에 어머니가 어디에 사는지 알고나 있어? 응, 어때? 네 스마트폰의 통화 기록을 봤는데 어머니인 듯한 사람은 번호가 저장조차 안 되어 있던데? 소식불통인 거야?"

가리야의 눈빛이 번쩍인다. 이마에는 약간 땀이 배어 있었다.

"알고 싶으면 가르쳐주지. 경찰은 조사하고 있어. 우리는 네 어머니에 대해 나가노현 경찰로부터 여러 가지 자료를 입수했거든. 경찰에 자료가 있다는 것은 여러 가지 못된 짓을 했다는 뜻이지. 어린 너도 모르는 것이 많이 있었겠지."

"그만하세요." 가리야가 오늘 처음으로 입을 열었다.

"이야, 오랜만에 목소리를 들었네. 실어증에 걸린 게 아닌가 걱정했는데. 네 어머니는 전과 5범이야."

"그만하세요." 낮은 목소리로 다시 말한다.

"그렇게는 안 되지. 네가 내 부탁을 들어주지 않으면 나도 들지 않아, 알았어? 시작한다─. 나가노현 마쓰모토시는 불법 퇴폐 업소가 없는 교육도시로 유명해. 하지만 어떤 곳이든 이면은 있지. 네 어머니가 뭘 했을까? 처음으로 체포된 것은 성매매 방지법 위반이야. 러브호텔 거리에 서 있다가 일제 검거된 사람들 중에 네 어머니도 있었던 거지. 두 번째 체포는─"

우치다가 수첩을 펼치고 읽는다. 가리야는 팔짱을 끼고 앞으로 상반신을 구부리고 의자에 앉은 채 몸을 둥글게 했다. 마치 비행기 안에서 불시착을 대비해 자세를 취하는 것처럼.

"이렇게 범죄 이력을 보면 네가 어머니를 증오하는 이유는 충분히 이해할 수 있어. 하지만 말이야, 그 증오를 생판 남한테 터뜨리는 것은 잘못이지. 일종의 보상행동이겠지만 사람을 죽여서 용서받을 수는 없잖아."

가리야를 뒤흔들 만한 실마리가 있었다. 우치다는 이미 그것을 포착하고 있었다 ─ .

우치다를 보니 포커페이스로 의자에 기대고 있다. 사이토는 뭔가 일대일 승부를 보고 있는 기분이었다.

*

가리야는 체포된 지 일주일이 지났는데도 여전히 묵비권을 행사하고 있었다. 노지마 마사히로는 매일 저녁 수사 회의에서 진전되지 않는 조사 상황을 확인할 때마다 점점 더 초조해졌다. 말단 수사관에 지나지 않지만 마쓰모토까지 미행하고 체포 현장에 있었던 사람으로서 초조하지 않을 수 없다.

회의는 여전히 예민한 분위기였다. 지금까지는 농담을 던지기도 했던 두 현 경찰본부의 1과장도 매일 밤 언성을 높이고 빈손으로 돌아온 수사관을 질책했다. 베테랑 형사한테도 거침없이 호통치는 광경을 보며, 노지마는 형사가 되고 처음으로 아수라장에 내던져진 기분이 들었다. 그리고 이것을 견디지 못하면 수사1과는 나를 부르지 않을 것이다.

"다시 한번 목격자 찾기에 전력을 기울여주기를 바란다. 이미 이 잡듯이 뒤지는 작전은 끝냈지만 두 번째로 실시한다. 반드시 놓친 것이 있을 거다. 지금까지는 기류시와 아시카가시 주민을 중심으로 탐문수사를 해왔지만 내일부터는 오타시까지 넓힌다. 하천부지에 드나드는 사람이 중학생이더라도 붙잡고 물어봐. 그리고 일로 세 도시를 오가는 사람도 대상으로 한다. 특히 영업 일로 외근하는 사람. 아시카가시의 사체 발견자는 영업직 사원이다. 매일 이 지역들을 차로 돌아다니는 사람이라면 뭔가를 봤을 가능성이 있다. 아직 넉 달도 지나지 않았다. 뭔가 보았다면 잊어버렸을 시간은 아니다. 알았나. 어떤 실마리라도 놓치지 마."

이날 밤에도 호리베 1과장이 수사를 촉구하는 말을 하고 수사관들은 매서운 얼굴로 열심히 듣고 있었다.

다만 탐문수사라면 이미 생각할 수 있는 것은 다 했기 때문에 눈앞이 캄캄해진 상황이었다. 택시, 배송업체, 폐품 수거업체부터 운전면허 학원의 셔틀버스에 이르기까지 지역의 운전사는 모조리 조사했고, 그들이 휴식을 취하는 장소나 식당도 모두 탐문수사를 했다. 1과장의 지적대로 시중에서 젊은 여자를 트럭에 억지로 밀어 넣거나 꾀어 들였다면, 야간이라 하더라도 목격자 한 사람 없는 것은 아주 부자연스럽다. 그래서 간부가 수사에서 놓친 게 있으리라 생각하는 것은 당연하다. 하지만 나오지 않는 것은 나오지 않는다. 이렇게 되면 정말 가리야가 진범이 맞는지 의심하는 사람까지 나타난다. 특히 지검의 눈은 엄격하다.

그리고 간부들의 조바심이 더욱 심해진 것은 가택수색과 스마트폰 압수가 헛수고로 끝난 탓이다. 기숙사 방에 있던 것은 옷과 만화 몇 권뿐이고 가리야는 컴퓨터도 갖고 있지 않았다. 정작 중요한 스마트폰은 위치 정보 기능을 장기간 해제 상태로 해둬서 행적을 알 수 없을 뿐 아니라 검색 기능도 거의 사용한 흔적이 없었다. 문자를 주고받은 것도 술집 마담, 그리고 여동생이 지내는 보호시설의 담당자뿐이다. 더욱이 사진과 동영상은 전혀 남아 있지 않다. 서른두 살의 청년 중 이만큼 스마트폰을 이용하지 않는 경우는 드물다. 범행이 발각될 경우를 대비해 일부러 피했다는 추측도 가능하지만, 본인이 묵비권을 행사하고 있는 이상 확인할 방법이 없다. 몇 가지 데이터를 삭제한 흔적이 있어 과학수사연구소가 복구를 시도했지만 지금까지의 경위로 보아 가망은 거의 없어 보였다. 가리야는 스마트폰이 범죄에서 많은 증거를 남긴다는 것을 잘 알고 있다. 그런 점에서도 범인인 게 분명하다.

"이치우마 씨, 조사실에서 가리야의 모습은 어땠습니까? 회의에서는 보고가 없었습니다만."

회의가 끝난 후 노지마는 사이토를 붙잡고 물었다.

"잡담에도 응하지 않아. 매일 우치다 계장님 혼자 떠들고 있지. 용케 그렇게 말을 계속하더군. 감탄했어. 평소에는 성격이 급한데 조사 때는 마치 동네의 민생위원 같아. 뭐, 상대에 따라 달라지겠지만 공부는 되더라고. 노지마, 자네도 다음에 보조관이나 기록 담당자로 동석하면 좋을 거야."

"꼭 부탁합니다. 니시무라 관리관님께 제가 바라고 있다고 전해주십시오."

노지마는 마음이 조급해졌다. 살인 사건 용의자를 조사한 경험이 없다. 기록 담당자로라도 범인의 민낯을 보고 싶다.

"하지만 완전히 묵비권 행사를 계속하면 앞으로 험난할 거야. 술집에서의 폭행 사건은 너무 가벼운 죄야. 열흘간의 구류 연장 청구가 받아들여질지도 의심스러워."

사이토가 침울한 표정으로 말했다.

"지검은 뭐라고 합니까?"

"아무 말도 안 하지."

"아무 말도요?"

"우리 다케다 부장님이 지검에 가도 그쪽 부장이 나오지 않는대. 본론인 리버 사안으로 체포할 수 없겠느냐고 의논하러 간 것인데 싫은 거겠지. 상황증거만으로 재판에 가는 것은 검찰의 입장에서 보면 일종의 도박이야. 기분은 알겠어."

"그럼 폭행 사건만 송치하고 다른 혐의는 불기소처분으로 석방하자는 겁니까? 그런 꼴사나운 일은 할 수 없습니다."

"그러니까 그렇게 되지 않도록 우리가 증거를 찾아 와야지."

"지금 있는 상황증거만으로도 되는 거 아닙니까?"

"그건 경찰이 정하는 게 아니야. 검찰이지. 게다가 이만한 중대 범죄는 재판원 재판(한국의 국민 참여 재판에 해당함)이 확실하니까 더욱 신중해질 거야. 설령 가리야가 살해를 자백한다고 해도 뭔가 비밀 폭로라도 없으면 힘든 상황이지. 재판에서 갑자기 부인해버리면 차마 눈 뜨고 볼 수 없는 상황이 펼쳐질걸. 물증을 얻지 못한 단계에서 리버 사안으로 체포하는 일은 없다고 생각하는 편이 나을 거야."

"경찰청은 어떻습니까? 검찰에 손을 써주지 않는 겁니까?"

"모르지. 나한테 묻지 마. 수사1과의 경위 정도한테 정보는 내려오지 않아."

사이토가 손을 드는 포즈를 취하며 말한다. 재판원 재판 제도가 시작되고 나서 법정에서는 몇 가지 변화가 보였다. 그 한 가지는 증거와 증인을 필요 최소한 만큼만 채택하는 일이다. 재판을 길게 끌지 않고 재판원의 부담을 줄이기 위해서다. 하지만 그 때문에 더욱 상세한 증거 입증이 요구되었다. 경찰과 검찰, 법원의 짬짜미는 이제 통하지 않는다.

큰 사건일수록 용의자 체포가 주는 압박감도 크다는 걸 통감한 노지마의 입에서는 한숨이 새어 나왔다.

저녁 9시가 지나 혼자 남아 보고서를 정리하고 있었더니 이토가 나타났다. 그러고 보니 지난 며칠 모습이 안 보였다. 수사 회의에도 나오지 않아 수사본부에서 제외된 것이라고 생각하고 있었다. 이토는 노지마의 얼굴을 보자 "노지마 씨, 안녕하세요"라고 말하며 고개를 숙였다. 그리고 "니시무라 관리관은요?"라고 묻는다.

"식사하러 가신 것 아닐까요? 의자에 웃옷이 걸려 있으니까 경찰서 안에 계시겠네요."

노지마가 회의실 앞쪽의 간부석을 턱으로 가리켰다.

"그럼 기다리겠습니다." 이토가 비어 있는 의자에 앉았다. "그런데 날씨는 어떻습니까?"

여기서 날씨는 젊은 형사들 사이의 은어로 간부의 심기를 가리킨다.

"낙뢰 주의. 오늘 밤에도 떨어졌어요."

노지마는 얼굴을 찌푸리며 대답했다.

"아, 무서워라. 언제쯤 평온한 나날이 돌아올는지."

"이토 씨, 수사본부에서 빠졌나요?"

"설마요. 관리관의 특명이 있어서 그쪽으로 보내졌을 뿐입니다. 매일 기어 돌아다니고 있습니다."

"혹시 히라쓰카 겐타로 건으로?"

"그렇습니다. 네가 담당이니까 찾아, 그렇게 말씀하셔서요. 대체 왜 어른이 가출한 걸 형사가 수색해야 하는 걸까요?"

이토가 의자에 깊숙이 기대고는 두 손으로 머리카락을 바짝 뒤로 잡아당기며 말했다.

"하긴 겐타로는 여전히 중요 참고인이니까 집에서 탈주했다는 연락이 들어오면 수색하지 않을 수 없겠지요. 그런데 찾았어요?"

"예, 찾았습니다. N 시스템을 검색해도 고속도로와 우회 도로를 지난 기록이 없는 것으로 볼 때 시내에 있을 거라고 해서 만화 카페와 인터넷 카페를 수색하다 수배한 차량 번호의 BMW를 발견하고 말을 걸었더니 특별히 저항하지도 않고 가출을 인정했습니다."

"그거 참 고생했네요. 그런데 집에 돌려보냈어요?"

"아니요. 집에 돌아가면 어머니와 말다툼만 한다며 싫어해서요. 그럼 어떻게 할 거냐고 물었더니 그 범죄심리학 선생님을 만나고 싶다고 했습니다. 그래서 〈주오신문〉에 전화해서 지노 기자와 함께 오게 했습니다. 지금은 기류역 앞의 비즈니스호텔의 방을 잡고 거기 있습니다. 자기 집 쪽은 싫다고 해서요."

"그럼 한 건 해결되었네요."

"아뇨. 그게 말이죠, 겐타로가 자기 안에 있는 인격 중 하나가 살인에 흥미가 있어 다음에 나오면 무슨 일을 저지를 것 같다는 말을 꺼냈거든요……. 노지마 씨는 겐타로의 인격이 교체되는 장면을 직접 못 봤던가요?"

"보지 못했어요. 다행히."

노지마가 대답했다. 이야기는 들었으나 그 자리에 있었던 적은 없다.

"그랬습니까? 마코토, 구루, 네일 등등 여러 인격이 있거든요."

이토는 괴담이라도 하는 것처럼 소리를 죽이고 말했다.

그때 니시무라가 돌아왔다. 쇼와 태생의 중년답게 이쑤시개를 물고 입으로 쯥쯥하는 소리를 냈다.

"이봐, 이토. 수고했어. 자동 응답 메시지 들었네. 겐타로를 보호했다면서? 정말 다행이야."

"예. 그런데 그게 말이죠……."

이토가 경위를 보고한다. 니시무라는 금세 표정이 험악해지며 "따라와" 하고 내뱉듯이 말했다.

"본인이 직접 뒤숭숭한 말을 했다면 방치할 수는 없지."

"예. 저도 그렇게 생각해서 일단 경찰서로 오도록 설득했습니다만, 본인은 경찰서가 싫다며 호텔에서 나오려고 하지 않습니다. 그래서 집에 전화를 했더니 모친은 정신적으로 완전히 쇠약해져서 죄송합니다, 부탁합니다, 하는 말만 잠꼬대처럼 할 뿐이고 이야기가 불가능한 상태라……. 그런데 고문 변호사에게 전화했더니 병원을 찾을 테니까 기다려달라고 했습니다. 하지만 본인은 입원도 원치 않고……."

"그럼 자네가 상대를 하게."

"제가 말입니까?"

"뭐야, 싫다는 거야?"

니시무라가 무서운 얼굴로 노려보자 이토는 위축되었다.

"경찰서에 출두시킬 수 없으면 자네가 가서 이야기를 들을 수밖에 없잖아. 겐타로와 친해져봐. 그것도 형사의 기량이야."

"알겠습니다……."

이토가 마지못해 승낙한다. 그러자 옆에서 듣고 있던 노지마에게 니시무라가 시선을 향했다.

"도치기현 경찰한테 일을 시켜서 미안하네만, 노지마 자네도 함께 가주지 않겠나? 이토보다 자네가 경험이 많을 거야."

"아니, 하지만 상사의 허락을……."

"괜찮네. 내가 얘기해놓을 테니까."

"알겠습니다. 가겠습니다."

노지마는 기세에 눌려 고개를 끄덕였다. 다만 어느 정도 호기심은 있다.

니시무라가 "휴우" 하고 한숨을 내쉰다. 노지마와 이토의 시선을 느끼고 "얼른 가게"라고 손으로 내쫓는 시늉을 했다.

노지마의 눈에도 간부들의 피로가 심해 보였다. 모두 안색이 좋지 않고 걸핏하면 화를 낸다.

＊

드디어 가리야가 체포된 듯하다. 마쓰오카 요시쿠니는 흥분을 가라앉히지 못하고 안절부절못했다. 〈주오신문〉의 지노 기자에게 물어보니 "체포했다는 경찰 발표는 없습니다"라고 대답했지만, 그 어투가 무척 데면데면했기 때문에 오히려 의심이 고개를 쳐들었다. 발표가 없다는 것이 체포하지 않았다는 증거가 되지는 않는다. 마쓰오카는 직접 나서서 조사하기로 했다.

여느 때처럼 제너럴중기에서 탐문수사를 하는 것도 생각했지만, 직원들은 상세한 것을 모르고 있을 것 같아 과감하게 술집 '리오'의 마담을 만나보기로 했다. 대담한 행동인 건 알지만 이제 멈출 수 없다.

아직 대낮의 무더운 공기가 거리 전체를 떠도는 저물녘에 개점을 준비 중인 가게에 노크도 하지 않고 들어갔다. 카운터 안에서는 안주로 낼 조림을 여자 혼자 만들고 있다가 돌아보며 "네?" 하고 의아한 표정을 보였다. 마쓰오카가 불쑥 "가리야가 체포되었다면서요?" 하고 넌지시 말을 걸자 여자는 순간적으로 안색을 바꾸었다.

"손님은 누구신가요? 경찰? 신문사?"

"아니오, 그런 게 아니오."

마쓰오카는 이제 감출 필요가 없다고 생각해 명함을 내밀고 10년 전 살인 사건의 피해자 아버지라는 것을 밝혔다. 여자가 어리둥절한 표정으로 마쓰오카를 바라본다.

"갑자기 미안하오. 이야기가 좀 듣고 싶어서요."

마쓰오카가 이야기를 계속하자 몇 초의 침묵 후 여자가 "와타라세강 사건과는 관계가 없어요. 체포된 것은 가게에서 있었던 싸움의 누명을 쓴 거예요"라고 조용히 말했다.

"싸움?"

"그래요. 여기서 5월에 손님 사이에 언쟁이 있었고 가리야 씨가 말려주었어요. 그때 부상을 입혔다면서 경찰이 억지로 사건으로 만들어 ─"

"아아, 그럼 별건체포라는 거군요."

이제 확실해졌다. 별건이라 하더라도 가리야는 체포되었다. 마쓰오카는 마음속으로 쾌재를 불렀다.

"손님, 전에 한 번 오셨지요?" 여자가 불쾌한 듯이 물었다.

"역시 마담은 다르네요. 그걸 기억하다니. 아니, 안대를 하면 어쩔 수 없이 눈에 띄어 기억하게 되나?" 마쓰오카가 자신의 눈을 가리키며 대답한다.

"형사처럼 냄새를 맡고 다녔군요. 아아, 불쾌해."

"불쾌할 일은 아니지요. 나는 딸이 살해당했소."

"그건 안됐지만, 가리야 씨는 무관해요."

"어떻게 단언할 수 있소?"

"같이 있으면 알아요. 살인 같은 걸 저지를 사람이 아니에요."

여자가 정색을 하며 주장한다. 마쓰오카는 심호흡을 한 번 하고 목소리 톤을 낮췄다.

"사랑하는 사이가 되면 좋은 면만 보여서 다른 건 보지 못할지도 모르지요. 하지만 마담, 당신은 목숨을 건진 것일지도 모

145

르오."

"그럴 리가 없어요. 돌아가주세요."

"그러지 말고. 불쾌하게 느꼈다면 사과하겠소. 나는 말이오, 딸을 죽인 범인을 10년간 계속 쫓아왔소. 이제야 간신히 묘 앞에 이야기할 수 있을 거라 생각하니 감회가 남다르오. 그런데 마담, 가리야는 어떤 남자요? 어린 여자만 네 명이나 죽였으니까 평범하지는 않을 거라고 생각하는데."

"몰라요. 돌아가주세요. 대체 어떻게 저를 안 건가요? 혹시 인터넷에 글이 올라왔다든가 한 건가요? 어제도 신문사 기자가 와서 우리 집 가택수색을 했느냐, 가리야에 대한 이야기를 들려달라 하지를 않나. 제 프라이버시는 어떻게 된 건가요?"

여자가 짜증이 난다는 듯이 말한다.

"신문기자가 왔었소?"

"왔어요. 쫓아냈지만요."

"혹시 젊은 여자 기자?"

"맞아요."

"〈주오신문〉?"

"그래요. 그런 건 상관없으니까 이제 돌아가주세요."

여자가 눈초리를 치켜올리고 강한 어조로 말했다. 마쓰오카는 아연실색했다. 지노 기자는 조금 전 전화에서 거짓말을 했던 것이다.

"그럼 한 가지만 알려주시오. 그러면 다시 오지 않겠소. 가리야는 지금 어디에 있는 거요? 현 경찰본부요?"

"지금도 오타 동부 경찰서에 있을 거예요. 거기로 끌려갔으니까요."

"그렇군요. 여기는 오타시니까. 고맙소."

마쓰오카는 다시 여자를 쳐다봤다. 남자들이 좋아할 만한 용모로, 아무리 봐도 술장사 타입이지만 화장을 지우면 평범한 여자일 것이다. 대체 가리야의 뭐가 좋아서 사귀는 걸까? 오래 살아도 여자의 심리는 이해할 수가 없다.

가게에서 나가려고 발길을 돌렸을 때 "아아" 하고 여자가 소리쳤다.

"따님이 10년 전에 살해당했다는 게 사실인가요?"

다소 진정한 것인지 원래의 말투로 돌아와 있었다.

"그렇소. 기류시 쪽 사건이오. 스무 살이었으니까 살아 있었다면 지금 서른이오. 당신하고 비슷한 나이일 거요. 결혼해서 아이가 있었을지도 모르고."

"그랬군요. 죄송합니다. 좀 실례되는 말을 했는지도 모르겠네요."

여자가 눈을 내리깔고 말했다.

"아니오. 신경 쓰지 마시오. 실례한 것은 바로 나요."

마쓰오카도 그 순간 미안한 마음이 들었다. 이 마담에게는 아무런 잘못이 없다.

"10년간 혼자 범인을 찾아다녔나요?"

"그렇소. 하천부지에 드나드는 사람을 사진 찍기도 하고. 경찰들 사이에서는 민폐만 끼치는 할아버지로 유명하다오."

"10년 전의 일은 저도 기억하고 있어요. 피해자가 또래여서 한동안 밤에 다니는 게 무서웠어요. 곧 잊고 놀러 다녔지만요. 젊을 때라는 게 그런 거니까요."

"다들 그렇지요. 석 달만 지나면 세상은 원래대로 돌아가고 그게 세상인지 모르겠지만 부모로서는 우리 딸이 살해당했다, 당신들도 잊지 말아달라, 매일 이렇게 소리치고 싶은 기분이었소."

"그렇군요. 어쩐지 알 것 같아요. 하지만 가리야 씨는 아닐 거예요. 진범이 잡히면 좋겠네요."

여자가 항의와 동정, 그 양쪽을 머금은 눈으로 말한다. 마쓰오카는 대답할 말이 궁해 "실례했소" 하고는 물러났다. 아무튼 수확은 있었다. 지금 가리야는 경찰 조사를 받고 있다.

모처럼 오타시까지 왔으므로 경찰서를 들여다보기로 했다. 들여다본다고 해도 오타 동부 경찰서에는 아는 경찰이 없으므로 밖에서 상황을 살펴볼 뿐이다. 언론이 모여들었다면 본건으로 체포하는 날에 가까워졌다는 뜻이다. 마쓰오카는 경찰과 사건 보도의 패턴을 대충 읽을 수 있게 되었다.

업무용 왜건을 타고 부지 안으로 들어갔다. 퇴근 시간이 지나서 주차장은 널널하다. 언론의 취재 차량은 없었다. 그렇다면 본건으로 체포하는 일은 아직 멀었다는 것인가. 아니면 가리야를 체포했다는 정보를 포착한 것은 〈주오신문〉뿐이라는 것인가.

차에서 내려 경찰서 건물을 바라보고 있으니 보초를 서는 사복 경관이 다가왔다. "무슨 용무이십니까?" 하고 붙임성 있는 어조로 묻는다. 마쓰오카는 순간적으로 "수사1과의 사이토 형사가 이쪽 서에 있습니까?" 하고 물었다. 물론 있다고 해도 나올 거라고는 생각하지 않았다.

사복 경관은 마쓰오카를 살펴보며 "누구십니까?" 하고 물었다.

"마쓰오카입니다. 사이토 형사한테 그렇게 말하면 알 겁니다."

"그렇습니까? 하지만 오늘은 보이지 않는 것 같던데요."

"알겠습니다. 그럼 됐습니다. 돌아가겠습니다."

마쓰오카는 그렇게 말하고 차에 올라타려고 했다. 사복 경관이 왜건 차체에 쓰인 '마쓰오카 사진관'이라는 글자를 보고 앗 하는 표정을 짓는다. 그리고 "죄송합니다. 어르신, 혹시 기류 마쓰오카 사진관의 마쓰오카 씨입니까?"라고 물었다.

"그런데요, 오타 동부 경찰서에서도 내가 유명한 건가."

"예, 뭐, 저도 일단 형사과 소속이어서요……."

사복 경관의 볼이 희미하게 굳어졌다. 기류 남부 경찰서뿐만 아니라 인근 경찰서에도 소문이 난 것인가.

"가리야 조사는 잘되고 있소?"

마쓰오카는 정체가 들통났다면 어쩔 수 없다고 생각하고는 대담하게 물어봤다.

"아니, 저, 무슨 말씀이십니까?"

사복 경관은 시치미를 뗐지만, 표정에서 안절부절못하는 모습을 알아챌 수 있었다.

"그럼 됐소. 이제 범인을 놓치는 일은 바라지 않습니다. 그것만 전하고 싶어서요."

마쓰오카는 문을 닫고 시동을 걸어 천천히 주차장을 나갔다. 사복 경관이 내내 서서 먼눈에도 알 수 있는 굳은 표정으로 왜건을 지켜보고 있다. 큰길로 나가 다시 경찰서 건물을 올려다보며 어떤 창문 너머에 가리야가 있을지 상상했다. 그러자 목구멍 안쪽에서 정체 모를 감정이 복받쳐 숨을 쉬기가 힘들어졌다. 공황장애가 다시 발작하나 싶어 긴장한다. 다만 증상은 금세 진정되고 이번에는 가슴이 뜨거워졌다. 그 느낌이 퍼지면서 마치 세포 하나하나가 꿈틀거리는 듯한 감각에 사로잡힌다. 드디어 뭔가가 끝나간다는 예감에 온몸이 반응하고 있는 거라고 생각했다.

운전하며 "으악" 하고 의미도 없이 소리를 지른다. 마쓰오카의 흥분은 한동안 진정되지 않았다.

*

〈주오신문〉 마에바시 지국에는 우쓰노미야 지국의 경찰 담당 기자들도 상주하게 되어 아침저녁에는 사람들로 가득했다. 그 탓에 실내도 땀이 날 정도로 덥다. 회의 때만 실온 28도의 규정을 해제하는 것이 어떻겠느냐, 하는 목소리도 나왔다. 하지만 고지식한 지국장이 거절하고 그 대신 판촉용 부채가 지급되었다. 이제 슬슬 8월도 끝나가려 하는데 이 더위는 뭐란 말인가. 지난 몇 년간은 매해 이상 기온이다. 이에 따라 늦더위에 보내는 위문품인지 좀 더 일하라는 뜻인지 도쿄 본사에서 영양 드링크를 상자째 보내왔다. 지노 교코는 태어나서 처음으로 영양 드링크를 마셨다. 어쩐지 아저씨가 된 기분이다.

지국에서는 수시로 편집회의가 열렸다. 가리야를 별건으로 체포한 일을 보고한 뒤, 언제 본건으로 체포하고 기소할지 그 전망과 취재해야 할 사항을 논의하는 것이 주요 안건이다. 이 날 밤은 진행을 맡은 군마현 경찰 담당 캡인 고사카가 가장 먼저 발언했다.

"먼저 수사본부의 움직임에 대해 제가 설명하겠습니다. 오타 시내 술집에서의 폭행 혐의로 체포한 K는 현재 오타 동부 경찰서에서 조사를 받고 있습니다. 체포한 지도 이미 7일이 지났는데 당연히 구류 연장을 청구할 것이기 때문에 총 23일, 9월 7일까지가 제한 시간일 것으로 보입니다. 과연 본건으로 체포할 수 있을 것인지, 솔직히 우리도 알 수 없는 것이 현 상황입니다. 아무튼 수사관의 입은 무겁고 상층부에서 상당히 강하게 비밀 유지를 요청한 것으로 추측됩니다. 이상입니다."

"다른 언론사의 움직임은 어떤가? K를 체포했다는 정보를 포착한 곳은 정말 우리뿐인가?"

지국장이 부채로 얼굴을 부치며 질문했다.

"모릅니다. 다만 수상하게 여기는 것은 분명합니다. 오늘도 수사1과의 정례 회견이 끝난 후 〈군마신문〉의 캡이 저에게 어딘가의 계절노동자를 쫓고 있느냐며 슬쩍 떠보더군요."

"그럼 〈군마신문〉도 감시하고 있다는 건가?"

"하지만 제너럴중기의 공장 기숙사를 감시하고 있었던 것은 우리뿐이었으니, 넘겨짚고 떠본 것이 아니었을까요……. 다만 이 지역의 신문인 만큼 그쪽 형사들과의 교제는 우리보다 수월할 것이기 때문에 아무리 비밀 유지가 철저하다고 해도 어딘가에서 샐 것입니다. 피의자를 체포했다는 정보를 확보했다고 보는 편이 낫겠지요."

"지검은 어떤가? K에 대한 조사는 매일 하고 있나?"

"저희가 확인한 것은 하루뿐입니다. 담당 검사에게 직접 들으려고 했더니 부부장이 나와서 취재는 거절한다고 못을 박았습니다. 다만 그 부부장 검사와 잠깐 이야기를 나눈 느낌으로는 제대로 된 물증이 나오지 않는 한 본건으로 기소는 어려울 거라는 인상을 받았습니다."

"그거야 그렇겠지. 네 명이나 죽였으니 사형 구형이 당연한 마당에 상황증거만으로 공판이 성립될 거라고는 도저히 생각되지 않아. 검찰은 거부하겠지."

"아마 경찰은 명확한 증거를 얻지 못하면 태연한 얼굴로 K를 석방하겠지요. 그래서 쓸데없이 언론이 떠들어대지 말라는 것이라고 생각합니다."

"알았네. 그럼 그 점은 경찰에 협력하기로 하지. 우리도 K의 정보를 여러 가지로 얻고 있으니까. 기브 앤드 테이크지."

"알겠습니다. 그럼 다음으로 K를 체포할 때의 상황에 대해서입니다만, 이건 지노 기자가 새로운 정보를 얻었기 때문에 보고하도록 하겠습니다. 이봐, 지노."

"네." 지명을 받은 교코가 취재 노트를 펼쳤다. "K의 체포는 8월 16일 오후 6시 전후에 이루어졌고, 장소가 오타역 구내라는 것은 이미 확인했습니다. 그런데 당일 그 자리에 K의 연인으로 보이는 술집 '리오'의 마담 요시다 아키나 씨가 있었다는 것이 밝혀졌습니다. 이것은 오늘 오후 요시다 씨의 집을 찾아가 재차 물었더니 가르쳐주었습니다."

"저번에는 가게로 가서 쫓겨나지 않았나?" 고사카가 물었다.

"그렇습니다. 하지만 오늘 아파트로 찾아갔더니 끈기에 졌는지 얘기해주었습니다. 요시다 씨는 바로 빨래방에 가던 참이어서 따라가 그곳에서 이야기를 들었습니다."

"지노, 대단한걸. 이제 사건기자가 다 됐어." 지국장이 아이를 칭찬하듯이 말했다.

"아뇨, 그쪽이 침울한 상태라 이야기 상대가 필요했던 게 아닐까, 하는 느낌이었습니다. 여자끼리이기도 하고……. 그런데 요시다 씨에 따르면 K와 홋카이도 여행을 떠날 예정으로 오타역에서 만날 약속을 했는데 도착했더니 K가 구내에서 형사들에게 둘러싸여 있었고, 특별히 저항조차 없이 연행되었다고 합니다. 술집에서 일어난 싸움을 경찰이 조사한다는 것을 알고 있던 요시다 씨는 체포를 납득할 수 없어 오타 동부 경찰서까지 찾아가 아는 형사에게 무슨 일이냐고 따졌고, 확실하게는 아니지만 와타라세강에서 일어난 그 사건으로 수사하고 있다는 것을 넌지시 말해 충격을 받았다고 합니다."

교코가 요시다 아키나로부터 들은 이야기—, 경찰은 K가 여행을 가는 걸 모르고 있었고 체포는 그 자리에서 판단한 모양이라는 것, 그 후 아키나에게 조사를 요구했지만 그것에 응하지 않았다는 것 등을 이어서 보고한다.

"제가 생각하기에, 경찰은 캐리어를 끌고 역으로 향하는 K를 보고 도주하는 것으로 착각한 것이 아닐까 싶습니다. 그래서 서둘러 체포했다고……."

"현장에 있었던 형사는 누구지?" 고사카가 물었다.

"사이토 형사와 다른 사복 경관 몇 명입니다."

"윗선에 지시를 청했겠지. 독단으로는 결정할 수 없어. 그런데 요시다 씨는 K가 와타라세강 연쇄 살인 사건의 중요 참고인이라는 걸 알고 어떤 반응을 보이던가?"

"뭔가 착오한 거 같다며 자신은 믿지 않는다고 했습니다."

"그건 확증이 있어선가?"

"K는 평소 조용한 성격이고 난폭하거나 거친 면은 전혀 없다. 사람을 죽일 만한 사람으로는 도저히 보이지 않는다는 것입니다."

"뭐, 연인이라면 그렇게 말하겠지."

고사카가 조그맣게 콧방귀를 뀌며 말했다. 교코 자신도 이유가 되지 않는다고는 생각하고 있었다.

"요시다 씨는 K에 대해 얼마나 알고 있나?" 지국장이 물었다.

"서로 간단한 신상 이야기는 했다고 합니다. 처음에는 자신에 대한 이야기를 너무 안 해서 전과라든가 알리고 싶지 않은 과거가 있는 거라고 생각했답니다. 그런데 요시다 씨가 자기 이야기를 하자 K도 성장 과정이나 가족에 대한 이야기를 조금씩 꺼냈다고 합니다."

"그런데 쾌락 살인범은 목표물과 연인을 분리해서 생각하는 걸까? K가 진범이라면, 요시다 씨는 어쩌면 위험했던 거 아닐까?"

"그 말은 경찰한테서도 들었다고 합니다. 계속 사귀었다면 살해당했을지도 몰랐다고 말이에요. 그 말에 대해서도 요시다 씨는 분개했습니다."

"희생자는 원조교제를 했던 젊은 여성들뿐이니까 범인의 입장에서 보면 무차별 살인은 아니겠지요."

고사카가 지적하자 지국장은 "그건 그렇군" 하고 납득하며 의견을 철회했다.

그 후에도 가리야에 대한 논의가 이루어졌다. 기자들의 심증은 모두 유죄였지만, 경찰이 증거를 얼마나 확보하고 있는지 지금으로서는 짐작할 수가 없어 지켜볼 수밖에 없다는 것이 현상황이다.

"그런데 고즈, 아시카가의 이케다는 어떻게 됐지? 아직 행방불명인가? 아는 범위에서만 알려주게."

고사카의 지명을 받고 우쓰노미야 지국의 고즈 기자가 보고했다.

"이케다가 자택으로 돌아온 흔적은 없습니다. 그리고 남녀 사이인 술집의 마담에게도 가지 않았습니다. 어제저녁 가게로 가서 확인했기 때문에 틀림없습니다."

"수사본부는 여전히 쫓고 있나?"

"일단 수사1과의 히라노 주임이 쫓고 있습니다만, 물어봐도 답이 모호하다고 할까, 화제를 피한다고 할까……."

"무슨 뜻인가?"

"이케다는 폭력단에 살해당한 것이 아닐까 하는 소문이 자자합니다."

고즈의 보고에 고사카가 미간을 찌푸렸다. "나카이 씨의 견해는?" 이어서 도치기현 경찰 담당 캡에게 의견을 묻는다.

"이 일의 발단은 산업폐기물 처리업자 후쿠다 사장의 행방불명입니다. 그래서 이케다가 사장을 죽여서 묻은 게 아니냐는 소문이 났고, 이번에는 이케다가 행방불명이 되자 보복으로 살해당했을 거라는……. 이에 관해 도치기현 경찰본부의 조직범 죄 대책반이 움직이기 시작했고, 수사본부는 다른 사건이라며 방관하고 있는 것 같습니다. 사실상 이케다는 무죄겠지요."

"알았습니다. 그럼 이케다는 우리도 제외하지요. 다만 고즈 가 계속 감시해주게. 마지막으로 히라쓰카 겐타로. 이것도 지 노로군. 미안해, 혹사해서."

"별말씀을 다 하시네요."

교코가 넌지시 비꼬아 대답한다. 추석 연휴가 날아간 탓에 상사에게도 거침이 없어졌다.

"겐타로는 현재 기류역 앞의 비즈니스호텔에 머물고 있습니 다. 모친이 비용을 부담하여 가장 넓은 방으로 옮기고 하루 종 일 게임을 즐기고 있습니다."

"그건 뭐지?"

"안정되어 있다는 뜻이겠지요. 시노다 선생님이 이야기 상대 인데, 다른 인격이 사람을 죽이면 겐타로가 벌을 받게 되는지 에 대한 이야기를 나눴습니다. 그리고 수사본부의 노지마, 이 토 두 형사가 단것을 들고 찾아가 겐타로와 한나절 잡담을 하 고 갔습니다."

"무슨 의도지?"

"글쎄요, 아기 보기 아닐까요?"

교코가 보고하자 기자들 사이에서 실소가 터져 나왔다.

"어떨까요? 겐타로도 제외해도 되는 거 아닐까요?"고사카가 말했다.

"그건 성급한 생각 아닐까? 쾌락 살인인 만큼 우리가 상상도 못 하는 인간의 어둠이 있을지도 모르지. 경찰이 계속 감시하는 이상 우리도 무시할 수는 없겠지. 다행히 우리한테는 시노다 선생님이 있어. 겐타로도 잘 따르는 것 같고, K가 체포되어 기소될 때까지는 현 상태 그대로 가지."

지국장이 제동을 걸어 현재 기조를 유지하자고 했다. 교코는 이의가 없었다. 이제 익숙해진 것이다. 지난 석 달 남짓 동안 자신이 많이 변했음을 느꼈다. 역시 기자는 경험인 것이다.

회의가 끝나고 방의 환기를 하려고 창문을 열었더니 공격이라도 해오듯 열기가 확 들어왔다. 밖은 아직 30도가 넘는 듯하다. 간토 북부 지방의 여름은 좀처럼 끝날 것 같지 않다.

교코는 저녁 식사를 거른 채 기류 남부 경찰서로 달려갔다. 수사 회의가 끝났을 때 형사들에게 다가가 취재하기 위해서다. 상대해줄 형사는 적지만, 각종 언론사가 모이기 때문에 〈주오신문〉만 빠질 수는 없다.

수사 회의가 끝나고 수사관들이 복도로 나오자 먼저 니시무라 관리관을 에워싼다.

"수고 많습니다. 오늘은 아무것도 없습니다." 니시무라가 질문을 받기 전에 말한다. "탐문수사반, 주변 수사반, 증거반 모두 단단히 마음먹고 수사 중입니다."

이 말만 하고 다시 회의실로 돌아갔다. 기자들은 이제 안면이 있는 형사들을 붙잡고 각자 취재를 한다. 교코는 싫어한다는 것을 알면서도 사이토의 뒤를 쫓아갔다. 가리야를 체포한 형사이므로 가장 가까운 곳에 있을 것이다.

사이토는 교코를 힐끗 보고는 귀찮은 여자라는 듯이 미간을 찌푸리며 "잠깐만" 하고 복도 구석으로 손짓했다.

"당신, 마쓰오카 씨한테 뭔가 불어넣은 거요?"

"아니요. 전혀요. 마쓰오카 씨한테 무슨 일 있어요?"

"연일 오타 동부 경찰서에 나타나서는 보초를 서는 경찰한테 가리야가 자백했는지 묻는 것 같던데."

"그렇습니까?"

교코는 놀람과 동시에 연민의 정이 솟아났다. 지금의 마쓰오카는 조증 상태인 데다 이미 병증이 심각하다.

"당신이 가르쳐주지 않았다면 마쓰오카 씨가 어떻게 가리야가 체포된 것을 아는 거지?"

사이토가 망연한 모습으로 말한다. 교코는 어쩔 수 없이 애당초 가리야가 경찰에 체포된 것 같다고 말해준 사람이 마쓰오카였다는 사실을 털어놓았다.

"제너럴중기의 공장 기숙사 앞에 잠복하던 감시 차량이 보이지 않으니까 뭔가 있었던 게 아니냐고요. 그래서 우리가 알아봤습니다. 다만 가리야가 체포된 사실을 마쓰오카 씨에게는 알려주지 않았습니다. 알려주었다가 무슨 행동이라도 하면 곤란

하고……."

"아, 그래요?" 사이토가 자학적인 웃음을 지었다. "아무튼 마쓰오카 씨한테는 계속 철저하게 시치미를 뗄 테니까 그쪽도 맞추시오."

"알겠습니다. 그런데 가리야는 조사에 응하고 있습니까?"

"노코멘트."

사이토가 발길을 돌린다. 교코가 쫓아갔으나 그는 뛰는 듯 계단을 내려갔다.

*

9월에 들어서도 가리야의 침묵은 계속되었다. 조사관 우치다는 강경한 자세를 무너뜨리지 않았지만, 진술조차 얻어내지 못한 현 상황은 엄청난 압박으로 덮쳐 그 대단하던 베테랑 형사도 피폐한 모습이었다. 수사 회의에서는 연일 간부로부터 수사를 촉구하는 말이 쏟아졌고, 수사관들도 조급한 마음에 박차를 가했다. 구류 기한은 9월 7일이다. 그때까지 본건으로 체포하지 못하면 불기소처분으로 석방할 수밖에 없게 된다.

사이토 가즈마는 매일 증거 찾기에 쫓기고 있었다. 범인 체포에 이 정도의 중압감을 느끼는 것은 형사가 되고 나서 처음이다.

가택수색은 헛수고로 끝났지만 압수한 스마트폰에 관해 딱한 가지 반가운 소식이 있었다. 가리야는 스마트폰의 위치 정보를 꺼두었으나 추적 기능 자체를 끈 건 아니었기 때문에 구글 서비스에는 위치 정보가 보존되어 있다는 것이었다. 사이토는 이 분야에 대한 지식이 전혀 없어 개인 정보가 이렇게까지 관리되는 현대사회에 놀랄 뿐이다. 하지만 경찰로서는 아주 유리한 일이다. 곧바로 과학수사연구소가 분석했더니 오늘에야 다음과 같은 사실이 판명되었다.

가리야는 5월 1일부터 5월 14일까지 2주간 스마트폰 위치 정보를 꺼두었다. 두 건의 사체 유기 사건이 일어난 기간이다. 그래서 당시의 위치 정보를 추적했더니 살해 및 사체 유기 범행일로 추정되는 5월 3일과 5월 12일은 모두 제너럴중기 공장 기숙사로만 나타나고 종일 변화가 없었다. 다시 말해 가리야는 스마트폰을 기숙사에 놓아두었다는 이야기다.

이 결과를 들었을 때 수사본부는 곧장 새파랗게 질렸다. 그럴 리가 없다며 가리야의 작업 기록과 대조했더니 가리야는 양일 모두 준야근을 해 오후 5시부터 새벽 1시까지 기숙사에 없었다는 사실이 드러났다. 다시 말해 가리야는 일부러 스마트폰을 기숙사에 두고 일하러 나갔다는 것이다.

그 사실은 수사 회의에서 곧바로 의제에 올랐다.

"먼저 2주간에 걸쳐 가리야가 일부러 스마트폰의 위치 정보를 꺼둔 점에 주목하고 싶다. 이 기간이 범행 추정일과 겹친다는 것을 생각하면 명백히 범행 준비의 일환이 아닐까 하는 추리가 성립되는데 누구 의견 있는 사람 없나?"

니시무라 관리관이 수사관들을 둘러본다. 그러자 연단의 호리베 수사1과장이 손을 들어 발언했다.

"이 건을 가리야한테 들이대본 건가?"

"예. 조금 전 조사관인 우치다와 전화로 이야기했습니다만, 들이댔더니 묵비권을 행사하며 특별히 동요하는 모습조차 없었다고 합니다."

"절전하기 위해 위치 정보를 꺼둔 걸 수도 있겠지. 나도 블루투스 같은 건 평소 꺼두니까."

"하지만 꺼둔 것은 그 기간뿐이고 그 이전에도 이후에도 꺼둔 흔적이 없습니다. 어떤 의도가 있어서 꺼두었다고 보는 것이 타당하지 않을까요?"

"알겠네. 그럼 계속해주게."

니시무라가 다시 앞을 향하며 사이토를 턱으로 가리키며 물었다. "이치우마. 가리야를 잘 아는 사람은 자네야. 뭔가 없나?"

"저는 가리야가 사전에 범행을 계획하고 위치 정보를 끈 것이라 생각하고 있습니다. 요즘은 많은 범죄자가 스마트폰을 휴대하면 언제 어디에 있었는지 모조리 들킨다는 사실을 알고 있습니다."

사이토가 대답했다. 실제로 절도단을 현행범으로 체포했을 때 전원이 스마트폰의 위치 정보를 끄고 있었던 적도 있다.

"그럼 위치 정보를 꺼둔 스마트폰을 왜 일부러 기숙사에 놓고 나왔을까? 꺼둔 의미가 없잖아?"

"만일을 위해서라고 생각합니다. 확실하게 하기 위해서가 아닐까요? 저도 위치 정보를 꺼두어도 추적할 수 있다는 건 이번에 처음 알았습니다. 범죄자 입장에서 꼭 필요하지 않다면 스마트폰은 휴대하지 않는 게 제일입니다."

"설득력이 없는데." 호리베가 떨떠름한 얼굴로 말했다. "그럼 가리야는 자신이 체포될 걸 예상했다는 말인가?"

"만일의 경우를 대비했다고 보면 부자연스럽지 않다고 봅니다만…… 가리야는 봄을 맞아 살인 충동에 휩싸이게 되었다, 문득 트럭으로 거리를 달리며 목표물을 무의식적으로 물색하고 있는 자신을 발견한다, 언제든 행동으로 옮길 수 있도록 스마트폰의 위치 정보를 꺼둔다, 그리고 드디어 실행을 결심해 만일을 대비하여 그날은 스마트폰을 기숙사에 두고 나왔다……."

사이토가 낭독하듯이 말하자 호리베는 "이치우마. 자넨 소설가인가?" 하고 난폭하게 말했다. 다만 부정하지 않고 "알았네. 자네 의견은 유의해두지"라고도 덧붙였다.

"또 다른 의견은?" 니시무라가 물었다.

"아무튼 수상한 행동이라는 것만은 분명하지요. 사이토 주임이 말한 것처럼 가리야의 쾌락 살인에는 준비가 있었고 그중 한 행동으로 보는 것은 타당한 추리라고 생각합니다."

도치기현 경찰본부의 수사관도 동의하는 말을 꺼냈다. 니시무라는 그 말을 음미하듯이 고개를 끄덕였다.

"알았다, 그럼 살인 준비의 흔적을 찾아보자. 이야기를 이어가겠다. 사체 유기 현장의 유류물이 된 마스킹 테이프, 비닐 끈, 고무가 코팅된 목장갑은 가택수색에서 나오지 않았다. 그런 것을 언제까지고 갖고 있을 만큼 범인도 바보가 아닐 것이다. 무엇보다 그 물품들은 모두 제너럴중기의 공장 내에서 조달 중인 것이다. 시내의 생활용품 판매점에서 구입하는 것보다 꼬리를 잡기 어렵다. 문제는 두 희생자의 머리 상처에서 채취된 붉은 섬유 조각이다. 감식반의 분석에 따르면 등산용 또는 방한용의 두툼한 긴 양말 섬유 조각으로 추정된다. 지금까지 주변의 아웃도어 용품점, 스키 용품점, 공예 용품점을 돌며 가리야로 보이는 인물이 긴 양말을 구입했는지 탐문해왔는데 유력한 정보를 얻지는 못했다. 또한 강을 여러 번 뒤졌으나 발견하지 못했다. 이에 대해 의견 있는 사람?"

"공장 기숙사의 쓰레기는 어떤 경로로 처리되는 거지? 조사했나?"

다시 호리베가 물었다.

"물론 조사했습니다. 기숙사 1층에 쓰레기 분리수거장이 있고, 각자가 그곳에 버리러 가는 것이 원칙입니다. 쓰레기는 관리인이 정해진 장소에 내놓으면 시의 청소과에서 회수해 갑니다."

"그 쓰레기 중에 긴 양말이 섞여 있어 관리인이 기억하고 있다거나 하는 멋진 이야기는 없나?"

"없습니다. 가택수색 후 관리인에게 가리야의 평소 모습에 대해 자세히 물었습니다만, 지금까지 수상한 점은…… 마스킹 테이프 등에 대해서도 물었습니다만 가리야가 그것을 가지고 있었다는 목격 정보는 없습니다. 긴 양말의 입수 경로와 처분 방법에 대해서는 계속해서 조사하겠습니다."

"알았네. 10년 전의 사건에서도 섬유 조각은 나왔지만, 첫 번째와 두 번째 섬유의 종류가 달랐기 때문에 감정 정밀도에 의심이 생겨 제품을 특정할 수 없었다. 나는 지금도 그게 후회된다. 누가 뭐래도 제품을 찾아서 범인이 입수한 경로를 알아내."

호리베가 강한 어조로 말했다.

"오케이. 그럼 가리야의 공장과 기숙사를 다시 한번 탐문해보기로 한다. 가리야가 매일 생활했던 장소다. 뭔가 수상한 행동을 했을 테고, 그것을 본 사람도 있을 것이다. 조사할 때 본건에 대해서는 비밀 유지를 원칙적으로 지속하지만, 각자 판단에 따라 어느 정도 밝혀도 좋다. 어차피 공장과 기숙사에서 이미 소문이 났다. 너무 신경질적이 될 필요는 없다."

니시무라가 지시를 내리고 반 편성을 재검토했다.

제너럴중기 측의 반응은 상당히 민감했다. 본사 총무부터 담당 중역까지 현 경찰본부를 찾아와 다케다 형사부장과 면담하여 수사에는 협력할 테니 수사 상황을 하나하나 소상히 알려달라는 것이었다. 물론 응할 수는 없었기에, 본건으로 체포할 때

165

까지는 언론에 절대 정보를 흘리지 않을 테니 걱정할 것 없다고 설득하여 돌려보냈다. 계절노동자라 하더라도 기업 이름이 나오는 것은 회사로서는 큰 타격일 거라는 것은 쉽게 상상할 수 있었다.

가리야는 휴직으로 처리했고 기숙사 방도 그대로 두었다고 했다. 만일 본건으로 체포하여 기소하지 못하고 가리야가 석방되었을 때 회사는 어떤 대우를 해야 하는지에 대해 사이토는 무척 걱정했다. 하지만 경찰 중에 그런 사태를 상정하는 사람은 없었다. 생각만으로 등골이 서늘해진다.

회의가 끝나자 니시무라가 사이토를 손짓으로 불렀다.

"자네, 조사에 들어가고 싶은가?"

"물론입니다."

"그럼 내일부터 기록 담당으로 들어가. 다만 특별수사반 일이랑 겸임하는 거야."

"알겠습니다."

사이토는 흥분되어 몸이 떨렸다. 보통 조사는 조사관과 보조관이 하지만 기록 담당이 들어가는 일도 간혹 있다. 세 명까지는 경찰청이 정한 기준에 반하지 않는다.

회의실을 나가 1층으로 내려가자 〈주오신문〉의 지노 기자가 있었다. 종종걸음으로 달려와 "앞으로 일주일이네요"라고 말을 건다. 구류 기간을 말하는 것이다. 시건방지다며 혀를 차려다가 무시하고 걸어갔다.

밖으로 나가자 열기가 확 덮쳐왔다. 가을 기운은 어디에도 없다.

이튿날 아침에는 직접 오타 동부 경찰서로 갔다. 우치다와 구보는 전선에서 병사를 맞이하는 상관 같은 얼굴로 "잘 부탁하네"라며 어깨를 두드렸다.

"이치우마, 자네는 가리야와 두 살 차이지? 자네들은 어떤 세대인 거야?" 우치다가 물었다.

"철이 들었을 때는 버블 경제가 붕괴된 후여서 호경기를 겪어본 적이 없습니다."

사이토가 대답한다. 디플레이션이 계속되어 월급도 오르지 않는다.

"하하하. 이해하기 쉽군. 확실히 지난 30년간 비정규직 고용이 급증했지. 계절노동자는 그 상징이고."

우치다가 납득하며 고개를 끄덕였다.

"가리야의 모습은 어떻습니까? 듣기에는 잡담에도 꿈쩍하지 않는다고 하던데요."

"아니, 여동생 이야기만큼은 반응이 있어. 본부의 경무과에 똑같이 뇌성마비 따님을 둔 과장이 있잖아. 그 사람 생각이 나서 말이야. 다른 사람들은 가족이 고생이라고 생각하지만, 막상 본인한테 물어보면 일가의 정신적 버팀목은 따님이라고 해. 그 이야기를 했더니 자기도 그렇다고 털어놓더라고. 매일 한

167

시간은 그 이야기야."

"그렇습니까? 그럼 관계는 잘 구축되고 있는 거네요."

"글쎄, 창문 하나가 열렸을 뿐이지."

우치다가 한숨 섞어 말하고 사이토는 조사관의 고생을 생각했다. 반드시 자백을 받아내야 하는 조사는 정해진 경로가 없는 험한 산에 오르는 것과 같은 일이다.

오전 9시, 셋이서 조사실로 들어가 가리야가 오기를 기다렸다. 책상과 의자뿐인 살풍경한 공간이지만 웬일인지 벽에 마쓰모토성이 찍힌 커다란 포스터가 붙어 있었다.

"이건 뭡니까?" 사이토가 묻는다.

"내가 찾아와서 붙였어. 피의자한테 고향과 어린 시절을 떠올리게 하려는 심산인데 말이야."

우치다의 대답에 사이토는 감탄했다. 형사에게는 저마다 장기가 있다.

잠시 후 유치 담당관을 따라 가리야가 들어왔다. 형사가 세 명이나 온 것에 순간적으로 놀란 것 같았지만 특별히 안색을 바꾸지 않고 자리에 앉았다.

사이토는 노트북을 열고 기록할 준비를 했다. 구보는 자료를 책상에 두고 펜을 들고 있다. 우치다가 입을 열었다.

"그나저나 아침부터 덥지? 너, 간토 북부 지방의 더위에 놀라지 않았어? 신슈(나가노현의 옛 지명)는 여름에도 일교차가 커서 아침저녁으로는 서늘하다고 하잖아. 늦더위도 그다지 심하지 않은 것 같고. 그것에 비하면 간토 북부 지방은 사우나지. 왜 일부러 이런 데까지 온 거야? 그것도 두 번씩이나."

우치다가 묻는다. 가리야는 잠자코 있으면서 시선도 마주치지 않는다. 우치다는 한숨을 한 번 내쉬고 이야기를 계속했다.

"자, 그럼 오늘은 10년 전 이야기를 해볼까? 물론 기억하고 있겠지? 10년 전 4월, 너는 계절노동자로 군마에 왔어. 취직한 곳은 제너럴중기. 직종은 공장 사이를 오가는 배송 운전사. 이건 면접 때 회사에서 제안한 거지. 운송 회사에서 일한 경험이 있고, 4톤 트럭을 자유롭게 몰 수 있으니 운전사로서 일해보지 않을래, 하고 말이야. 너는 조립라인에서 일하는 것보다 편할 거라고 생각해서 승낙했어. 어때? 실제로 편해?"

묻지만 가리야는 대답하지 않는다.

"오늘도 묵비권이야? 뭐, 좋아. 하지만 짐을 싣고 내려야 하니까 편한 일만은 아닌가? 일은 다 그렇지. 돈을 받는 거니까. 그런데 일하기 시작하고 나서 곧 첫 번째 살인을 범했어. 인접한 도치기현 아시카가시에서 스무 살짜리 아가씨를 목 졸라 죽이고 와타라세상 하천부지에 사체를 유기했지. 이건 어떻게 된 일이야? 처음부터 누군가를 죽일 목적으로 군마에 온 거야? 아니면 여기서 살다가 살인 충동이 일어난 건가? 알려줘봐. 우리는 전혀 모르겠어. 애초에 살인 충동은 어떤 거지? 흔히 처음에는 작은 동물을 죽이고, 그것으로 쾌감을 느껴 다음으로 인간을 상대로 하게 되는 패턴인데, 너 같은 경우는 느닷없이 바로 사람을 노렸잖아. 그것도 성인 여성이야. 롤리타콤플렉스도 아니야. 우리는 그 점에 당황한 거지. 네 인생 어디에서 사람을 죽이고 싶다는 욕구가 싹튼 거지? 언제부터야? 중학교, 고등학교 시절은 눈에 띄지 않는 얌전한 학생이었다고 다들 입을 모아 말하던데 말이야. 다만 고등학교를 졸업하고 운송 회사에 근무할 때 폭주족 사이에 벌어진 싸움에 휘말렸고, 그때 네가 적대하는 그룹의 불량배 목을 졸라 죽일 뻔했는데 주위에서 서둘러 말렸던 적이 있었다면서. 그때가 처음인가?"

우치다의 말에 가리야가 얼굴을 들었다.

"형사님, 내가 체포된 것은 신문에 실렸습니까?"

이날은 빨리 입을 열었다.

"아니, 실리지 않았어. 무엇보다 언론에 발표도 하지 않았어. 술집에서 싸운 것은 경미한 죄잖아. 뭐야, 걱정하는 거야?"

"아뇨, 별로……."

"마쓰모토에서 탐문수사를 할 때도 와타라세강 사건에 대해서는 말하지 않았어. 비밀 수사니까 말이야. 네 예전 동창이나 여동생의 귀에도 들어가지 않았으니까 그 점은 안심해. 하지만 말이야, 언젠가는 알려질 거야. 군마와 도치기 두 현 경찰의 합동수사본부는 9월 7일을 기다려 너를 사체 유기 용의로 체포할 거야. 계속 묵비권을 행사하면 도망칠 수 있다고 생각하는 건 큰 오산이야. 경찰은 해내거든."

우치다가 책상으로 몸을 내밀고 말한다. 가리야는 아래를 보며 다시 입을 다물었다.

"자, 이어서 말하지. 너는 10년 전 5월에 첫 번째 살인을 실행해. 처음으로 사람을 죽인 거지. 무섭지 않았어? 용기라고 하면 이상하지만 상당한 결의가 필요하지 않았어? 아무튼 선을 넘는 거니까. 강도나 강간과는 차원이 다르잖아. 살인은 돌이킬 수 없으니까 말이야. 아니면 어느 날 갑자기 솟아난 건가? 아마 살해를 실행하기 며칠 전부터 네 머릿속은 사람을 죽이는 일로 가득했겠지. 어쩌면 고향에서는 하고 싶지 않아서 군마와 도치기로 온 건가? 그렇다면 엄청난 민폐야. 이 지역 사람으로서 분노를 느끼거든."

우치다의 혼잣말이 계속된다. 시종 온화한 어조로, 언성을 높이지도 않는다. 사이토는 듣는 것에 집중하며 키보드를 두드렸다.

"너, 10년 전에 살해한 아가씨들을 기억하고 있어? 그중 한 사람은 마쓰오카 미키 씨, 당시 스무 살. 기류 시내 사진관의 장녀로 패션 업계를 꿈꾸는 전문대학 학생이었어. 가족은 정말 슬퍼했지. 당연한 이야기야. 너도 여동생이 있잖아. 사랑하는 가족이 살해당하면 인생 전체가 날아가버릴 거 아냐. 상상 좀 해봐."

우치다가 페트병에 든 차를 마시며 잠깐 시간 간격을 두었다. 그러나 가리야는 표정을 바꾸지 않는다.

"미키 씨 아버지는 말이야, 지난 10년간 계속 민간인으로서

171

범인을 쫓아왔어. 너는 모르겠지만 4월 말, 와타라세강 하천부지에 들어간 네 트럭을 망원렌즈로 사진 촬영을 했지. 역시 프로라서 차량 번호가 확실히 찍혔어. 경찰은 그 사진을 제공받았지. 굉장한 집념이야. 나도 저절로 머리가 숙여지더라고. 너는 많은 사람의 인생을 바꿔버린 거야. 속죄하고 싶은 생각은 안 들어? 이봐, 가리야. 대답이라도 해봐."

잠깐의 침묵. 사이토는 이런 일방적인 말을 벌써 2주 이상 계속해왔을 우치다의 정신력에 감탄했다. 자신이 가리야를 상대했다면 엄청난 압박감에 망가지고 말았을 것 같다.

"뭐, 좋아. 계속하지. 10년 전 너는 보름 사이에 두 명을 살해했어. 그 후 아무 일도 없었다는 듯 일을 계속하고 기숙사 생활을 했다니, 대체 어떤 정신 구조를 가진 거야? 보통 범죄자는 도주하는 법이거든. 현장 근처에 언제까지고 있다가는 경찰의 손이 뻗칠지도 모르니 재빨리 모습을 감추는 거야. 하물며 나가노현 출신인 너 같은 경우 아무런 인연도 없는 간토 북부 지방이야. 왜 눌러앉은 거지? 그리고 두 명에서 멈춘 이유가 뭐지? 두 명으로 만족한 거야? 쾌락 살인이라는 건 그런 거야? 충동이 진정되면 평범한 생활로 돌아가는 건가? 나는 10년 전에도 수사본부에 있었는데 그때도 현 내의 상습 범죄자, 성격 이상자를 포함해 외국인 노동자, 계절노동자를 조사했었어. 우선 범죄가 벌어진 시점 이후 갑자기 이 지역을 떠난 사람을 철저하게 밝혀내자는 것, 그것이 수사의 철칙이었어. 그런데 계약 만료까지 기다리지 않고 퇴직한 계절노동자나 외국인 노동자를 리스트로 만들었더니 그것만으로 백 명에 가까웠어. 굉장히 힘든 일이었지. 지방경찰은 형사 인원이 제한되어 있으니까. 생활안전과나 지역과에서 지원을 받아 한 사람 한 사람 빠짐없이 추적해야 했어. 그중에는 주소 불명인 사람도 있으니까 정말 정신이 아찔해지는 작업이야. 특히 외국인 노동자의 경우 자기 나라로 돌아간 사람들이 많아서, 정신적으로 힘들었지. 암중모색이 바로 이런 일인가 싶었거든. 그래도 우리는 착실하게 수사했어. 그때 너는 수사망에 걸리지 않고 아무렇지 않은 얼굴로 계절노동자를 계속한 거였어. 이제 와서 생각해보면 그게 분해서 견딜 수가 없어. 그래서 이번에는 복수야. 너를 절대 놓치지 않을 거야. 만약 놓치는 일이 있다면 나는 형사를 그만둘 거야. 너는 많은 형사의 원한을 등지고 있다는 거지. 알겠어? 내가 하는 말을?"

우치다의 말이 계속된다. 가끔 말이 끊기는 일도 있었지만, 그때는 말없이 가리야를 응시하며 눈을 돌리지 않았다. 보조관인 구보도 기록 담당자인 사이토도 입을 여는 일은 없었다. 지금은 공기가 되는 편이 낫다. 사이토는 그렇게 판단했다.

오후가 되자 우치다는 가리야의 성장 과정으로 화제를 바꾸었다. 벽에 붙은 마쓰모토성 포스터에 시선을 두고는 "나는 마쓰모토시에 가본 적이 없어"라고 이야기를 시작한다.

"나가노현은 나가노시가 현청 소재지인데 마쓰모토시도 번창한 것 같더라고. 무엇보다 성시(城市)이고 국립대학까지 있으니 말이야. 마쓰모토성은 꼭 한번 보고 싶어. 이봐, 이치우마. 너는 보고 온 거지?"

갑작스럽게 질문을 받고 사이토는 "예" 하고 대답했다.

"어땠어?"

"위엄이 있었습니다. 오사카성이나 나고야성처럼 복제한 것도 아니고."

"그렇지. 마쓰모토성의 천수각(일본의 성 건축물에서 가장 크고 높은 누각)은 국보라고 하니까 말이야. 안 그래, 가리야? 그 천수각에는 올라갈 수 있나?"

우치다가 가리야에게 묻는다. 가리야는 포스터를 힐끗 보더니 "올라갈 수 있습니다"라고 나직이 대답했다.

"올라가본 적 있어?"

"그거야 마쓰모토에서 태어나면……."

"그렇겠지. 나가노시에서 태어나면 누구나 한 번은 젠코지(善光寺)에 가는 것처럼 당연한 건가? 그런데 어렸을 때 가족들과 간 거야?"

"아뇨. 초등학교 때 소풍으로 갔습니다."

"뭐야, 어머니가 데려가주지 않은 거야?"

"여동생이 걸을 수 없어서……."

"그렇군. 미안해. 배리어 프리 같은 게 없는 시대라서, 휠체어를 타는 가족이 있으면 외출하기 힘들었지. 네가 고향에 돌아갈 때마다 여동생을 여기저기 데려가는 것은 과거에 대한 속죄 같은 건가?"

"아뇨, 특별히⋯⋯."

"실은 여동생이 사는 보호시설에도 팩스와 전화를 주고받으며 조사를 해서 네가 언제 방문하고 여동생을 데리고 어디로 갔는지 외부인 방문 기록으로 다 알고 있었어."

"경찰이라고 말했습니까?" 가리야가 물었다.

"그럼. 안 그러면 가르쳐주지 않잖아. 개인 정보니까. 하지만 살인 사건이라고는 말하지 않았어. 말할 필요도 없고 말이야. 경찰에는 수사 관계 사항 조회서라는 서류가 있어. 거기에는 '수사를 위해 필요하므로 아래 사항에 대해 긴급한 회신을 부탁드립니다. 형사소송법 제197조 제2항에 따라 조회합니다. 또한 이 조회에 관한 사항을 함부로 누설하지 않기를 제197조 제5항에 따라 요구합니다'라고 쓰여 있지. 그걸 팩스로 보내는 거야. 당연히 그쪽은 의아하긴 하겠지만 설마 그것만으로 살인 사건이라고는 생각하지 않겠지."

가리야가 불쾌한 듯한 표정을 지었다.

"뭐야, 불만이야? 너, 네 처지를 모르고 있는 거 아냐? 연쇄 살인 사건의 피의자야. 경찰은 뭐든 조사해. 그런데 조회에 따르면 너는 매달 한 번씩 보호시설을 방문했어. 좋은 오빠야. 담당자도 좋은 인상을 갖고 있는 것 같더라고. 쇼핑몰이나 공원에 데려가기도 하고 때로는 렌터카로 드라이브를 하기도 한다면서 말이지. 가미코치(나가노현 마쓰모토시에 있는 명승지)에서 사온 선물을 받은 적도 있다는 직원의 코멘트도 있었지. 난 장애에 대해 무지해서 실례되는 질문일지도 모르지만, 서로 말은 알아듣는 거야?"

"알아듣습니다."

"그래? 정말 실례했군. 그럼 여동생하고는 무슨 이야기를 하지?"

"여러 가지입니다."

"여러 가지라니 뭔데?"

"잡담입니다."

"구체적으로 말해봐. 아, 정말 붙임성이 없다니까. 이봐, 가리야, 매일 얼굴을 마주하고 있잖아. 조금은 나를 믿어주지 않을래? 터놓고 이야기 좀 해보자고. 나는 너에 대해 알고 싶은 거야. 고향에서도, 공장에서도 평범한 청년으로 통하던 네가 왜 쾌락 살인 같은 것을 저지르게 되었는지. 10년 전에 두 사람, 그리고 올해도 두 사람. 애당초 10년 간격에는 어떤 의미가 있는 거지? 그사이에 너는 사람을 죽인 거야? 가라앉아 있던 살인 충동이 갑자기 다시 생겨나 또 간토 북부 지방으로 돌아온 거야? 아니면 여기에 오면 누군가를 죽이고 싶어지는 거야? 좀 알려줘."

우치다가 말을 건다. 가리야는 여간 비위가 좋은 게 아닌지

176

거북한 얼굴로 앉아 있을 뿐이다. 아마도 그의 '거북함'은 경찰서의 조사실만이 아니라 모든 장소에 공통된 것처럼 보이기도 했다. 이 세상에는 있을 곳이 없다고 말하려는 것처럼.

사이토는 가리야의 자백을 받아내기 어렵겠다는 생각을 하기 시작했다. 그렇다면 증거 수집이 한층 중요해진다. 시간은 기다려주지 않는다.

이날 밤의 수사 회의에서 곧바로 새로운 정보가 들어왔다. 제너럴중기 공장 총무부의 조사를 담당한 수사관에 따르면 가리야가 트럭에 GPS 장치가 달려 있느냐고 취업 당일에 물었다는 것이다.

"증언한 사람은 공장 총무부 설비과 현장 반장인 44세의 다카기 신이치입니다. 다카기 씨에 따르면 트럭 운행 및 관리 규칙을 설명했을 때 가리야가 다음과 같은 질문을 했다고 합니다. 첫 번째는 블랙박스가 설치되어 있느냐는 것이었습니다. 다카기 씨는 다음 차량 검사 때 장비를 전부 교체할 예정이라 그때까지 설치할 예정은 없다고 설명했다고 합니다. 그러자 두 번째로, 그러면 GPS 장치는 달려 있느냐고 물었다고 합니다. 다카기 씨는 달려 있지 않다고 대답했지만, 묘한 것을 묻는 신참이다 싶어 기억에 남았다고 합니다. 가리야와 대화를 나눈 것은 그때 한 번뿐이고, 덩치가 크지만 얌전한 인상이었다고 합니다. 운전사를 뽑을 때는 무엇보다 안전 운전을 할 것 같은

177

사람을 우대하다 보니, 그런 점에서 가리야는 조건에 부합했던 것이겠지요."

탐문수사를 했던 수사관이 보고한다.

"GPS 장치의 유무를 확인했다는 것은 유력한 정보로군. 잘 건져 왔네."

호리베가 드물게도 칭찬을 했다.

"상황증거입니다만, 충분히 쓸 만하겠지요. 블랙박스의 유무는 자신이 만약 사고를 일으켰을 때를 대비하여 확인차 회사에 물어봤을 가능성이 있습니다만, GPS 장치의 유무는 자신이 운전하는 트럭의 위치가 회사에 알려질지를 마음에 두고 있었다는 것이니까 계절노동자의 질문으로는 좀 부자연스럽습니다."

니시무라도 동감의 뜻을 표하고 간부들도 서로 고개를 끄덕였다. 사이토는 동료들의 집념에 가슴이 뜨거워졌다. 그리고 낮의 조사 중 우치다가 가리야에게 했던 말을 생각해내고 깜짝 놀랐다.

"관리관님, 발언해도 됩니까?"

"뭐야, 이치우마? 말해봐."

"가리야가 취업 첫날 블랙박스와 GPS 장치의 유무에 대해 물었다는 것은 처음부터 여기서 다시 살인을 하겠다는 의사를 갖고 제너럴중기의 계절노동자에 지원했다고 생각할 수 있지 않습니까?"

사이토가 발언하자 "허어, 저런"이라는 목소리가 여기저기에서 터져 나왔다.

"아, 그렇지. 타당한 추리야. 그러면 가리야는 살인 사건을 저지르려고 간토 북부 지방으로 왔다는 건가? 더더욱 용서할 수 없지."

니시무라가 분노한 표정으로 말한다. 사이토는 서서히 핵심으로 다가가고 있음을 실감했다. 이제 본건으로 체포하고 기소하는 것에 한 걸음 다가갔다. 남은 기간은 일주일이다.

*

이케다 기요시가 행방불명이 된 지 이미 열흘에 가까워졌다. 고도회 회장의 말이 사실이라면, 산속에 있는 간토 북부 흥업에 감금되었다가 자력으로 탈출하고 행방을 감췄다는 이야기가 된다. 다키모토 세이지는 회장의 말을 믿지 않았다. 이케다가 그들의 예전 두목인 후쿠다를 납치하여 살해했을 가능성이 매우 크다. 그렇다면 책임을 묻지 않고는 야쿠자의 체면이 서지 않는다. 회장이 막아도 따르지 않는 무리가 나올 것이다. 부모가 살해당했는데 잠자코 있을 자식은 없다. 이케다는 제거된 것이 아닐까.

다키모토는 고도회 주변을 다시 면밀히 조사하기로 했다. 다만 만약 이케다가 제거되었다고 해도 그다음까지 관여할 생각은 없었다. 확인하고 싶을 뿐이다. 설령 이케다가 죽었더라도 시민 입장에서는 반사회적 세력끼리 서로 싸우다 죽은 것이라 해가 되기는커녕 평온한 일상을 가져오는 것이나 다름없다. 신기하게도 다키모토 안에는 뭔가 해방감 같은 것까지 있었다. 자기 인생의 가시였던 이케다가 제거되어 사라져주는 것이다.

방문한 곳은 고도회와 대립 관계에 있는 도치기현 사노시의 폭력단 사무소였다. 철거 공사로 인한 구역 싸움으로 몇 번 분쟁이 일어나 다키모토가 중재에 나선 적이 있다. 안면이 있는 간부가 있어서 안으로 들어가 "고도회와 이케다 일로 무슨 이야기 못 들었나?"라고 직접 물으니 안색을 싹 바꾸고 "놈들한테 무슨 일 있었습니까?"라고 되물었다.

"실은 이케다를 찾고 있네. 고도회와 옥신각신했다고 하니까 납치라도 당한 게 아닐까 싶어서. 여자 집에도 가지 않고 좀 걱정되어서 말이지."

"그런데 왜 우리한테?"

아라이라는 이름의 간부가 경계하는 모습으로 묻는다.

"댁의 조직도 이케다와는 오랫동안 같이 어울렸잖아."

"오래 어울리다니요, 이케다 그놈은 인생의 절반쯤은 교도소에 있었지 않습니까?"

"마지막으로 이케다를 본 것은 언제지?"

다키모토가 젊은 조직원이 가져온 보리차를 마시며 물었다.

"마지막으로 본 것은 한 달쯤 전일까요? 시내의 볼링장 철거 건으로 여러 업자들이 복잡하게 얽혔는데 그 안에 고도회의 위장 기업도 있어서 여느 때처럼 다툼이 있었고……. 그 일에 이케다가 관여해서 자신이 정리할 테니까 맡겨달라고……. 그래서 우리 두목이 이케다를 여기로 불렀는데 그놈은 평소와 다르게 양복 같은 걸 입고 왔었지요."

"그래서?"

"거액의 중개료를 요구해와서 우리 두목이 지금 장난해, 방해하면 용서 안 해, 하며 몹시 꾸짖었습니다."

"그래서? 깨끗이 물러날 놈도 아니잖아. 조건 교섭은 없었나?"

"그건 두목한테 물어보세요. 잔금 이야기는 부모와 자식 사이에도 안 하니까요. 무엇보다 나는 이케다 같은 놈과 얽히고 싶지 않아요. 그런 약물중독 미친개하고는. 와타라세강 사건은 이케다 짓이지요? 10년 전에도 이번에도. 그 밖에도 몇 명은 더 죽였을 겁니다. 경찰은 뭐 하고 있는 걸까요?"

아라이가 불길하다는 듯이 내뱉었다.

"그렇게 말하지 마. 나도 이케다를 놓친 것에 책임감을 느끼고 있으니까. 그래서 이렇게 경찰을 퇴직한 후에도 이케다를 쫓고 있지."

"예, 그런 겁니까? 다시 경찰에 임용된 거라고 생각했었는데요."

"나는 그냥 전 형사야. 재임용도 아니고."

다키모토가 말하자 아라이는 뭔가 생각에 잠긴 듯한 동작을

181

하며 "그렇다면 조금은 협조하겠습니다"라고 나직이 말했다.

"저랑 의형제를 맺은 사람이 형을 살고 나와서 이 생활에서 손을 씻으려고 결심했을 때 다키모토 씨가 신원보증인이 되어 주셨잖아요."

"아아, 시게 말이군. 지금도 연하장을 보내준다네."

"그걸 저는 늘 은혜로 생각하고 있습니다."

"하하하. 그럼 부탁해. 알고 싶은 것은 이케다의 소식이야. 누군가한테 제거당한 거라면 그거라도 괜찮아. 인과응보니까."

아라이가 소파에 기대고 담배를 꺼냈다. 조직원이 재빨리 다가와 불을 붙인다. 그는 입에서 연기를 내뿜으며 이야기를 계속했다.

"저번에 우리한테 찾아왔을 때 이케다 그놈이 말한 것인데요. 머지않아 중남미를 통해 마약이 들어오는데 그 중개료로 거금이 들어온다며 과시했습니다."

"그게 정말이야?"

"어디까지 믿어야 좋을지 모릅니다만, 거래 상대는 도쿄의 폭력단이고 1억 엔은 틀림없다고 했습니다. 내가 들은 건 거기까지입니다. 두목도 진지하게 상대하는 것 같지는 않았습니다. 우리한테도 사달라고 해서 우린 마약은 금지라고 대답했습니다. 중남미계의 불량 그룹을 조사하는 것이 빠르지 않을까요? 이케다의 수하 같은 놈들이니까요."

"물론이지. 그쪽도 조사해야지."

"다키모토 씨, 이케다가 행방불명이라는 것은 진짜입니까?"

"모르지. 자네가 정보를 주었으니까 나도 말하자면, 고도회가 이케다를 붙잡아 감금하고 있었어."

다키모토가 지금까지의 경위를 순서에 따라 이야기한다. 자신이 이케다의 감금 현장을 발견하고 고도회와 거래를 한 것도 숨기지 않고 전했다. 아라이는 믿을 수 없다는 얼굴로 듣고 있었다.

"대단하네요, 다키모토 씨. 우리 조직의 고문(顧問)이 되어주지 않겠습니까?"

"바보 같은 소리 집어치워. 어떻게 됐든 이케다가 지상에서 사라져만 준다면 나도 이의는 없어. 자네는 어떻게 생각해?"

"그거야 제거되었겠지요."

"역시 그런가?"

"동료가 살해당했는데 물러나는 야쿠자는 없습니다. 고도회 계열의 간토 북부 흥업이라면 알고 있습니다. 회장의 동생 회사잖아요? 그곳은 공장에 큰 소각로가 있어 재로 만들어버리면 증거도 남지 않습니다."

"아하, 그렇군, 이케다는 재가 된 건가?"

다키모토는 머릿속으로 상상하자 등줄기가 서늘해졌다. 한편으로는 그런 수가 있었구나, 하고 감탄했다.

"뭐, 무슨 이야기가 들어오면 다키모토 씨께 알려드리지요."

"그래, 부탁하네."

뒷골목 세계의 보증을 얻어 더한층 이케다의 죽음을 믿게 되었다. 10년 전의 연쇄 살인 사건을 입건하고 사형에 처하는 일은 이번에도 하지 못했다. 그게 원통하냐고 스스로에게 묻는다. 아니, 그렇지는 않다. 무엇보다 지금은 마음이 가볍다.

사무소를 나와 차로 돌아갔다. 차 안에서 히라노에게 전화를 걸었다. 마에바시역 근처에서 후쿠다 사장이 납치당한 건에 대한 수사 진척 상황을 묻자 "왜건의 차량 번호를 조사해보니 도난 차량이었습니다"라는 대답이 돌아왔다.

"그 도난 차량은 세단인데 번호판을 바꿔 달았습니다. 그래서 충분히 범죄 사용이 의심됩니다. 분명 납치당한 걸 테지요."

"그런가? 후쿠다 사장의 안부만은 확실히 하고 싶군. 살해당해 묻혔다면 편히 눈을 감을 수 없지."

"군마현 경찰본부의 조직범죄 대책반을 소개할 테니 한번 들르지 않겠습니까? 중남미계의 불량 그룹에 대해 정보를 제공해주기를 바라고 있어서요. 그쪽은 그쪽대로 S(수사 협력자)를 갖고 있고 좋은 정보 교환이 될 것 같습니다."

"그래, 나야 더 이상 바랄 게 없지. 오늘 밤이라도 괜찮네."

"이케다는 발견될 것 같습니까?"

히라노가 조심스럽게 물었다.

"튄 거 아냐? 여기저기 폭력단에 쫓기고 있는 것 같고. 뭐 두 번 다시 돌아오지 않는다면 된 거지. 나도 현 바깥까지 쫓을 생각은 없고."

"그렇습니까……?"

히라노가 뭔가 눈치챈 듯이 대답했다.

"그런데 별건으로 체포한 계절노동자는 어떤가? 불었나?"

다키모토가 걱정하고 있던 것을 물었다.

"아뇨, 계속 묵비권을 행사하고 있습니다. 정말 뻔뻔한 놈인지 발뺌도 하지 않고 그저 입을 다물고 있는 것 같습니다."

"증거는 모였나?"

"자세히는 말할 수 없지만 상황증거가 차례로 나오고 있습니다. 심증이 확실해서 아마 자백을 받지 못하더라도 본건으로 체포하고 기소할 수 있지 않을까……."

"흐음, 나는 그렇게 생각하지 않네. 검찰은 언제나 인색하거든."

"알고 있습니다. 그래서 더더욱 물증을……."

"히라노, 자네는 어떻게 생각하고 있나? 그 계절노동자가 진범인가?"

다키모토가 묻자 잠시 뜸을 들이더니 히라노가 대답했다.

"이번 두 건은 그런 듯하고……. 다만 10년 전의 사건은 이케다라고 믿고 있습니다."

"그거야 그렇지. 그놈 외에는 없어."

다키모토는 자신을 타이르는 듯이 말했다. 이번 두 건의 살인이 모방 범죄라면 그래도 좋다. 이케다가 아니라면 10년 전에 놓쳤던 일에 대한 속죄 의식도 엷어진다.

"선배님, 이제 슬슬 댁으로 들어가시는 게 어떻겠습니까?"

히라노가 말했다.

"아아, 그래야지. 하지만 후쿠다 사장의 납치 사건이 확실해질 때까지는 있겠네. 그것도 이케다를 그냥 내버려둔 결과야."

"선배님, 뭔가 어투가 온화하네요. 무슨 일 있습니까?"

"뭐야, 온화하면 안 되는 건가?" 다키모토는 그만 쓴웃음을 지었다.

"아뇨, 해결되면 한잔하러 가시지요?"

"어, 그래, 가자고 불러주게."

전화를 끊자 마음이 더욱 가벼워졌다. 이렇게 상쾌한 기분은 몇 년 만일까? 다키모토는 일단 차에서 내려 등을 펴고 심호흡을 했다.

*

지난 며칠 동안 요시다 아키나는 혼이 나간 빈껍데기 같았다. 가게에서는 명랑하게 행동하지만, 그 이외의 시간은 거의 아파트에 틀어박혀 있다. 빨래방에 가는 것도 귀찮아서 빨랫감이 산더미처럼 쌓여 있다. 집에서 먹는 밥은 냉동식품이거나 시켜 먹는 음식이다. 온 방에 커튼을 친 상태다.

아키나의 머릿속에는 가리야에 대한 생각뿐이다. 어쩌면 나는 세상을 떠들썩하게 한 연쇄 살인 사건의 소용돌이 속에 있는지도 모른다. 그 생각을 하면 머리가 혼란스럽고 그다음 생각을 할 수 없게 된다. 아직도 현실이라고 여겨지지 않는다.

어제는 오타 동부 경찰서의 후지카와가 가게 문을 열기 전에 혼자 '리오'로 찾아와 가리야에 대해 꼬치꼬치 캐묻고 갔다. 형사가 너무나도 연달아 드나들어 이제 익숙해졌다.

"마담한테는 딱한 얘기지만 가리야가 진범이야. 목숨을 구했다고 생각하고 수사에 협조해주지 않겠나?"

후지카와는 아키나에게 동정적이었다. 그 말투에서는 서른 살 여자가 잠깐 연애했던 상대가 하필이면 살인 사건의 용의자였다는 것에 대한 연민도 느껴졌다.

"뭐든지 괜찮아. 마음에 걸리는 언동을 했다거나 이해할 수 없는 행동을 보였다거나."

"아무것도 없어요. 후지카와 씨한테 거짓말을 해봐야 무슨 소용 있겠어요."

아키나는 조용히 대답했다. 가리야의 억울함을 믿고 있지만, 설령 살인범이었다고 해도 상관없다는 마음이 들었다. 어차피 내 인생에 좋은 일 같은 건 없다. 그렇게 생각하자 모든 것이 아무래도 좋았다.

"고무가 코팅된 목장갑, 비닐 끈, 마스킹 테이프, 두툼한 긴 양말. 사건에 사용된 물건이야. 뭔가 마음에 짚이는 건 없어?"

"없어요."

아키나가 고개를 가로젓자 후지카와는 잠시 생각에 잠긴 후

"또 오지"라고 말했다.

"이야기를 하다 보면 의외로 생각나기도 하거든. 형사의 탐문은 관계자의 기억을 떠올리게 하는 일이야."

후지카와는 초조해하는 모습이었다. 적어도 여유가 있는 것처럼은 보이지 않았다.

아키나는 수사가 뜻대로 안 되어 어려움에 빠진 걸까 생각했다. 그렇다면 조금 안심이 된다. 사실 따위는 알고 싶지도 않다.

후지카와가 돌아가고 나서 라디오를 들으며 안주로 낼 조림을 만드는 동안 문득 생각난 것이 있었다. 10년 전의 일이다.

와타라세강 하천부지에서 첫 번째로 젊은 여자의 목 졸린 사체가 발견되어 도치기현 일대가 시끄러워졌을 때다. 그 무렵 아키나가 일했던 술집에 그 지역 신문기자가 손님으로 와서 사건의 뒷이야기를 자세히 해주었다. 호스티스들이 흥미진진해하며 더 알고 싶어 해서 젊은 남자 기자는 우쭐한 마음에 아직 기사로 나가지 않은 살해 수법까지 알려주었다. 피해자는 전라였다는 것, 비닐 끈으로 뒤로 묶였고 입은 초록색 마스킹 테이프로 막혀 있었다는 것―. 그때 가게에 가리야도 있었던 게 아니었을까. 말이 없고 덩치가 크고 젊은 손님이 카운터석에서 귀를 기울여 가만히 듣고 있었다―. 연쇄적으로 그 광경이 떠올랐다. 그렇다, 가리야였다. 가리야는 자신이 한 범행에 대한 수사가 어디까지 진행되었는지 궁금하여 듣고 있었던 것일까. 기억이 잘못되지 않았다면 그 며칠 후 하천부지에서 두 번째 희생자가 전라 사체로 발견되었다.

설마, 지나친 생각이다. 내 머리가 이상해진 것이다. 예기치 않게 소용돌이 속에 내던져져 혼란스러운 것이다. 그가 살인자일 리가 없다.

그래서 어제저녁에는 일하는 중에도 생각에만 빠져 있었다. 계산을 틀려 가게에 손해도 끼쳤다. 정말이지 마음이 딴 데 가 있었다.

이날은 점심때쯤 일어나 한동안 침대에서 꾸물거리고 있었는데 커튼 틈으로 들어오는 햇빛이 너무 강렬하여 포기하고 일어나서는 커튼을 열었다. 하늘을 올려다보니 구름이 무척 높다. 가을 기미는 보이지도 않을 만큼 더운데 하늘만은 앞서가고 있는 것 같다. 아키나는 숨을 한 번 크게 내쉬고 빨래방에 가기로 했다. 슬슬 입을 옷이 떨어졌다.

바구니 두 개에 빨랫감을 넣고 양손에 하나씩 들었다. 화장도 하지 않은 채 샌들을 신고 아파트를 나선다. 큰길에서 인기척을 느끼고 얼굴을 들자 〈주오신문〉의 지노 기자였다.

"안녕하세요." 지노가 조심스럽게 말을 걸어왔다.

"혹시 저를 감시하고 있어요?"

아키나가 조그맣게 콧방귀를 뀌며 물었다.

"죄송합니다. 다시 이야기를 들을 수 있을까 해서……. 폐가 될 줄은 압니다만."

"아뇨, 별로. 다만 참 잘하네 싶어서요."

"일이니까요."

"상사의 명령인 거군요?"

"아니요. 제 의사입니다. 신문기자는 어느 정도 개인의 재량에 맡기거든요…….."

"흐음. 〈주오신문〉은 일류 언론이니, 좋은 대학을 나왔을 거 아네요."

"아니, 그 정도는…….."

"겸손하지 않아도 돼요. 나는 시골에서 물장사하는 사람이니까요. 일류 사회에는 익숙하지 않아서 당신 같은 사람은 딴 세상 사람이에요."

"아뇨…….."

"그런데 뭘 물어보고 싶어요? 지금 빨래방에 가는데, 거기서라도 괜찮다면 얘기할게요."

아키나는 바구니 두 개 중 하나를 들어요, 하는 의미로 지노에게 내밀었다. 지노가 받아 든다. 나란히 걷기 시작했다.

"전국 주간지 신문기자는 2년이나 3년이면 이동하죠?" 아키나가 물었다.

"그렇습니다. 입사하고 처음에는 교토 지국에 배정되었고, 그다음이 마에바시 지국입니다. 여기가 끝나면 아마 도쿄 본사로 갈 겁니다."

"좋겠네요. 해외 지국도 있죠? 뭐랄까, 영화나 드라마 세계

같네요. 나는 평생 이 지역에 있으니까 세계가 좁아서 지겨워져요."

"좋은 곳이잖아요. 군마, 좋아해요."

"아뇨, 입에 발린 소리는 안 해도 돼요. 여름은 엄청나게 덥지, 살인 사건이 일어나지."

아키나가 자학적으로 말한다. 요전번 성가신 어머니 일도 있고 해서 지금은 진심으로 동네를 떠날 생각을 하고 있다. 아직 서른두 살. 다시 시작할 수 있는 나이다.

빨래방에 도착해서 빨랫감을 기계에 넣고 의자에 앉았다. 지노도 앉는다.

"요시다 씨한테 형사가 몇 번 찾아왔을 거라고 생각하는데요." 곧바로 지노가 물었다.

"네, 어제저녁에도 왔어요."

"뭘 묻던가요?"

"아하, 그게 알고 싶은 거구나."

아키나는 납득했다. 내 얘기를 해봐야 아무 도움도 안 된다.

"죄송합니다. 이번은 경찰이 철저한 비밀 수사를 해서 거의 정보를 얻을 수 없어서요. 그래서 탐문 내용으로 수사 상황을 알아보려고 취재하는 겁니다."

"흐음, 힘들겠네요. 하지만 기대하실 만한 건 없었어요. 가리야 씨와 사귀면서 고무가 코팅된 목장갑이나 두툼한 긴 양말을 본 적이 있느냐, 어제저녁은 그런 걸 물어보더군요."

아키나가 말하자 지노가 메모를 했다.

"그건 사체 유기 현장의 유류물인가요?"

"글쎄요, 그걸 저한테 물어봐야."

아키나는 한동안 지노가 묻는 대로 자신이 알고 있는 범위 내에서 대답했다. 호스티스 이외의 젊은 여자와 이야기를 나누는 것은 어딘가 신선해서 잠시나마 시름이 잊히는 것 같았다. 2년 정도 후면 도쿄로 떠날 상대라서 조심할 필요도 없다.

"저기, 경찰은 수사가 막힌 상황인가요?" 아키나가 물었다.

"아키나 씨한테는 그렇게 보이세요?"

"자세한 것은 모르지만 체포한 후에도 형사가 탐문을 하러 다니는 것은 증거가 없기 때문 아니에요? 뭔가 수상한 행동은 하지 않았느냐, 이제 와서 그런 걸 물으러 오니까요."

"그러네요. 저도 그렇게 생각해요. 적어도 자백은 받지 못한 것이겠지요."

지노가 뭔가 생각에 잠긴다. 그리고 한참을 말없이 있다가 "어쩌면 가리야 용의자는 석방될지도 모르겠네요"라고 말했다.

"무슨 뜻이에요?"

아키나가 되물었다. 지노의 말을 제대로 이해할 수가 없다.

"체포한 안건은 경미한 죄라서 검찰은 불기소나 기소유예 처분을 하는 게 보통이에요. 구속할 수 있는 것은 최장 23일이고, 그때까지 본건으로 체포 영장을 받지 못하면 석방해야 하거든요."

192

"아, 그렇구나. 뭐가 뭔지 잘 모르겠지만."

아키나는 설명을 들어도 이해할 수 없었다. 검찰이 뭔지도 모른다. 다만 석방이라는 말을 듣고 마음이 스르르 가벼워졌다. 억울한 죄라면 더욱 기쁠 것이다.

"저희는 지검도 취재 중인데 좀 엄중한 분위기예요. 지검 부장이 신중한 사람인 모양이라, 결정적인 물증이 나오지 않는 한 기소하지 않을 가능성이 있습니다."

"그렇군요, 풀려날 가능성이 있다는 얘기네요."

"하지만 이건 흔히 있는 경우예요. 도주하게 놔둘 바에는 체포해서 본건의 자백을 이끌어내려고 하지만 뜻대로 안 되어 석방하는 거죠. 다만 석방해도 경찰은 수사를 계속하니까 무죄방면인 것은 아니에요. 아마 현 밖으로 나가지 않도록 한 뒤 매일 임의로 조사를 할 거라고 생각해요."

"석방해놓고 그럴 권리가 있는 건가요?"

"법적으로는 없습니다. 하지만 경찰은 합니다. 임의 조사라는 명목으로."

지노가 고개를 조금씩 끄덕거리며 말했다. 아키나는 모르는 세계이지만, 듣고 싶지 않은 선고가 보류된다면 환영할 만한 일이다. 지금은 모든 현실에서 도피하고 싶은 기분이니까.

"저기……." 지노가 주뼛주뼛 말했다. "지금 한 이야기는 비밀로 해주세요. 이야기를 좀 많이 했어요."

"좋아요. 어차피 이야기할 상대도 없고."

아키나는 지노가 좋아졌다. 솔직하고 풋풋하다. 그녀는 자신이 진작에 잃어버린 것을 갖고 있다.

"지노 씨, 도쿄 출신이에요?"

"네. 하치오지시에서 왔어요."

"가족은요?"

"평범한 4인 가족이에요. 아버지는 회사원이고 어머니는 전업주부, 동생은 공무원입니다."

"좋겠다, 평범해서. 나는 부모가 일찍 이혼해서 형제가 없으니까 어머니와 둘뿐이었어요. 평범한 가정이 부러워요."

"그런가요……?"

"내 어머니는 상습 좀도둑이에요. 늘 경찰서 신세를 지고 있죠. 얼마 전에도 안 좋은 일이 있었어요. 신원보증인으로 경찰서에 가서 설교를 들었어요. 비참해요. 왜 이런 부모 밑에서 태어났나 싶어서, 내 처지가 한심해져요. 정말 얼른 죽어주지 않나 생각해요."

아키나는 억지로 환하게 말했다. 지노는 어떻게 대답해야 좋을지 알 수 없는 모습으로 어색한 웃음을 짓고 있다.

"서른 넘어 생각해보니까 불행은 자석처럼 서로 끌어당기는 것 같아요. 내 주위에는 나와 비슷한 사람뿐이에요. 가리야 씨도 그래서 들러붙은 건가? 그 사람 가정도 별로 좋지 않았던 것 같고……. 미안해요. 이상한 이야기만 해서."

"아니에요."

"저기, 혹시 가리야 씨가 석방된다면 나는 어떻게 해야 좋을까요?"

어쩐지 지노와 친한 사이라도 된 것 같은 기분이 들어 아키나는 그런 것까지 의논했다.

"모르겠어요. 경찰이 어떤 감시 태세를 취할지 저도 상상이 안 돼서요."

"경찰이 24시간 감시할 수도 있다는 거예요?"

"그렇습니다. 어쩌면 호텔에 방을 잡고 거기서 매일 조사하게 될 수도 있습니다."

"그건 감금이잖아요?"

"그렇게 되지 않도록 교묘하게 하는 거지요. 확인서에 사인하게 하고 밤에는 혼자 있게 한다든가. 물론 호텔 밖에서 감시하긴 합니다만."

"흐음. 아는 형사한테 물어봐야겠네요."

"아무튼 이대로 현 밖으로 도망치지 않을까 하고……."

"그래요? 난 가리야 씨하고 어디론가 도망쳐버릴까요?"

아키나가 농담으로 말한다. 다만 입에 담았더니 그래도 좋겠다는 생각이 들었다. 다른 지역으로 떠나면 모든 것을 제로로 돌려놓을 수 있을 것 같다.

지노와는 한 시간 이상 이야기를 나눴다. 잠깐이었지만 마음이 한결 가벼워졌다.

매일 열리는 수사 회의는 한층 답답하고 무거워졌다. 간부로부터 격한 질책이 난무하고 수사관들은 말없이 받아들이고 있다. 보고할 정보가 없다는 것이 이렇게나 고통스러운 일인가하고 노지마 마사히로는 입술을 깨물며 생각했다. 두툼한 긴양말의 입수 경로를 찾아 사이타마현 북부의 생활용품점까지찾아갔지만 이렇다 할 성과를 얻지 못했고, 다른 반에서도 유력한 정보는 얻지 못했다. 남은 가리야의 구류 기간은 앞으로사흘밖에 없다.

"어떻게 해서든 목격자를 데려와. 지금까지 유력한 증거를모아 온 것에 대한 자네들의 노력은 높이 사지만, 전부 상황증거일 뿐이야. 물증 수집이 난항을 겪고 있는 지금, 결정적인 근거가 될 수 있는 것은 목격자다. 납치했든 꼬셨든 젊은 아가씨를 트럭에 태웠다면 반드시 사람들의 눈을 끌었을 거야. 포기하지 말고 탐문수사를 계속해주게."

니시무라 관리관이 하는 말에서 초조함이 느껴져 노지마는,어쩌면 검찰이 본건으로 체포하고 기소하는 일을 보류할지 모른다는 불길한 예감이 들었다. 만약 그렇게 된다면 가리야는석방된다.

회의가 끝났을 무렵 오타 동부 경찰서에서 조사관 우치다와기록 담당자 사이토가 수사본부에 모습을 드러냈다. 호출되어

온 모양으로, 그대로 다케다 형사부장, 호리베 1과장 등과 서장
실로 이동했다. 수사 지휘 회의가 열릴 것이다.

노지마는 경찰서의 식당에서 늦은 저녁을 먹었다. 늦더위에
더위를 먹은 것인지 식욕이 없었지만 억지로 돈가스 덮밥을 먹
었다. 한동안 체중을 재지 않았지만 3킬로그램은 빠진 것 같다.

잠시 후 사이토가 들어왔다. 한 손을 들어 인사하고 식권을
사서 카운터에 놓고는 테이블의 대각선 맞은편에 앉았다.

"수고하네. 어떤가, 증거반에서 뭔가 새로운 정보라도 나왔
나?"

사이토가 꺼끌꺼끌해진 턱을 쓰다듬으며 묻는다.

"아뇨, 새로운 것은 전혀 없습니다. 매일 혼나기만 합니다."

노지마가 어깨를 으쓱하며 대답했다.

"이쪽도 진전이 없어. 우치다 계장의 인내심 강한 조사에는
감탄하지만 가리야는 묵비권으로 일관할 생각인 모양이야. 무
너뜨리는 건 불가능해 보여. ……아이코, 방금 말한 것은 취소.
안 들은 것으로 해줘."

"알겠습니다. 그런데 지금까지의 수사로 쌓아온 증거를 모으
면 체포 영장 청구는 가능하지 않을까요?"

"나도 그렇게 생각해. 다만 검찰은 그렇게 생각하지 않지."

"그런 겁니까?"

노지마는 안색을 살피며 물었다. 문득 불안해졌다.

"아까 간부들이 지검으로 갔어. 거기서 협의하겠지만 우리

형사부장은 표정이 험악하더군. 겉으로는 강경해 보여도 내심으로는 조마조마할 거야. 내내 다리를 떨고 있었어. 호리베 1과장님은 격노했어. 우치다 계장한테 '아직도 무너뜨리지 못한 거야' 하며 고함을 쳤는데 나도 바늘방석이었지."

"수사1과장님은 어느 쪽이나 냉혹하네요."

"괴물이 될 수 있는 사람이 1과장이 되는 거야."

주방에서 "나왔어요"라는 목소리가 들려 사이토가 일어났다. 카운터까지 식사를 가지러 간다. 뭘 주문했는지 봤더니 메밀국수다.

"식욕이 없습니까?" 노지마가 묻는다.

"아냐, 점심때 그걸 먹었으니까 저녁은 가볍게 하려고."

사이토가 노지마가 먹고 있는 돈가스 덮밥을 턱으로 가리켰다. 다만 자세히 보면 볼은 홀쭉하고 눈 밑에는 다크서클이 생겼다. 지쳐 있는 게 분명했다.

"괜찮으면 조사실 분위기 좀 알려줄 수 있습니까?" 노지마가 물었다.

"그제쯤부터 사건에 대해서만 캐묻고 있어. 사건 당일 너는 뭘 하고 있었느냐, 트럭 짐칸을 일부러 셀프 세차장에서 세척한 이유는 뭐냐, 우리도 카드를 차례로 내밀며 격렬하게 추궁하고 있지. 다만 가리야는 동요하는 기색조차 없이 오로지 무표정으로 입을 다물고 있어."

사이토가 메밀국수를 한 입 후루룩거리고 나서 이야기를 계속한다.

"너는 재판을 받고 사형이 구형될 것이다, 네가 아무리 묵비
권을 행사한다고 해도 그것만은 피할 수 없다, 그렇다면 모든
걸 털어놓고 참회하는 것이 인간으로서의 마지막 책무가 아니
겠느냐, 짐승으로 죽을지 인간으로 죽을지 너는 어느 쪽을 택
할래. 부탁이다, 대답해주라. 네가 사람의 마음을 갖고 있다고
믿고 싶다―. 우치다 계장은 마지막에 거의 울먹였어. 어쩐지
나는 좀 자신감을 잃었다고 할까⋯⋯."

"무슨 뜻입니까?"

"나는 그렇게 열정적인 조사를 할 수 있을까 싶어서. 내가 아
직 풋내기라는 걸 절감했지. 맨몸으로 부딪치지 않으면 연쇄
살인범과는 싸울 수가 없어. 좀도둑처럼 강하게 추궁한다고 해
서 술술 부는 게 아니거든. 호리베 1과장님은 질책했지만, 우치
다 계장이 못 하면 아무도 무너뜨릴 수 없어. 나는 그렇게 생각
해."

사이토가 강한 어조로 말하고 노지마는 고개를 끄덕였다. 만
약 나였다면 어땠을까 생각했더니 정신이 아찔해지는 것 같았
다. 형사의 일에는 끝이 없다.

한동안 말없이 먹었다. 사이토가 메밀국수를 후루룩거리는
소리가 한산한 식당에 울려 퍼진다. 앞으로 사흘. 불길한 예감
만 부푼다.

이튿날, 수사본부의 아침 조례를 마친 후 수사1과의 히라노가 노지마에게 말을 걸었다. "잠깐 오게" 하며 손짓으로 불러서 회의실 구석으로 따라갔다.

"자네한테 부탁이 있네. 부장의 허가는 얻었어."

"예, 뭡니까?"

"후쿠다흥산의 후쿠다 사장이 행방불명된 거 말이야. 납치 유괴인 건 틀림없겠지? 마에바시 시내에서 일어났으니까 군마현 경찰본부의 사건이고, 이미 본부의 조직범죄 대책반이 움직이고 있어. 그래서 우리가 관여할 필요는 없지만 유감스럽게도 이케다가 얽혀 있어. 아니, 이케다가 주모자야. 게다가 이케다 본인까지 행방불명이 되었어. 후쿠다 사장은 아마 제거당했을 거야. 누가 뭐래도 이 건은 방치할 수 없어."

"예, 그래서요?"

"후쿠다흥산이 현재 사장이 없는 상태에서 어떻게 하고 있는지 알아봐. 그리고 후쿠다의 가족이 어떻게 지내는지도. 그다음에는 고도회의 움직임. 여전히 이케다를 찾아다니고 있는지, 아니면 방치하고 있는지, 상대는 폭력단이야. 거리낌 없이 해."

"알겠습니다. 그런데 왜 제가……."

"이번 수사에서 자네가 쓸 만한 남자라는 걸 알았으니까. 앞으로 조금만 더 분발해. 그러면 내가 수사1과에 추천하지."

"감사합니다."

노지마는 예상치 못한 말에 가슴이 뜨거워졌다. 형사인 이상 수사1과는 누구나 동경한다.

"우리끼리만 하는 얘긴데, 이케다는 이미 고도회에 제거당했을지도 몰라. 고도회가 이케다 수색을 하지 않는다면 그럴 확률이 크지."

"확실히 그렇긴 하네요……."

"이 건은 아무래도 다키모토 씨가 얽혀 있을 가능성이 커. 나는 그게 걱정이야. 고도회가 이케다를 죽이는 걸 다키모토 씨가 묵인한 게 아닐까 해서 ─"

"설마 다키모토 씨가……."

"아니, 다키모토 씨라면 충분히 그럴 수 있지. 그 사람은 이케다가 살해당했다고 해도 당연한 응보라고 생각할 거야. 이케다가 꼬리를 드러내지 않고 이대로 사회에 계속 남아 있는 것이 전 형사로서 용서할 수 없는 일일 거야."

"아, 예……."

노지마는 막연하기는 하지만 이해했다. 이케다에 대한 다키모토의 감정은 원한이라고 부를 만한 것이었다.

"나는 중남미계 불량 그룹을 찾아낼 거야. 납치만 했을지도 모르지만, 살인 사건과 연루되어 있어. 절대 놓칠 수 없지. 현 경찰의 의지를 걸고 감방에 처넣을 거야."

"알겠습니다."

노지마는 배에 힘을 주고 대답했다. 신뢰를 받은 것이 무엇보다 기쁘다.

곧바로 수사 차량을 타고 후쿠다흥산으로 향했다. 겉으로는 철거업으로 위장했지만 폭력단과 긴밀한 관계에 있고, 애초에 후쿠다 사장이 전 두목인 곳이다. 공장 벽면에는 아직 야쿠자 조직을 상징하는 문장(紋章)이 페인트로 그려져 있다.

조립식 사무소를 밖에서 들여다보니 전화 담당인 남자가 책상에 발을 올린 채 텔레비전을 보고 있었다. 문을 노크하고 안으로 들어간다.

"경찰이다. 잠깐 용무가 있어 왔다."

노지마가 신분을 알리자 남자의 안색이 싹 변했다.

"무슨 용무?"

노지마가 젊기 때문인지 난폭한 태도였다.

"댁의 사장한테다. 일단 행방불명 신고를 받은 이상 걱정돼서 말이야."

"경찰은 수색하고 있는 거요?"

"뜻밖의 말인데? 마지막 행적이 마에바시역 근처니까 군마현 경찰의 협력을 요청해서 수색하고 있지."

"아, 그런가? 그럼 빨리 찾아줘야지."

남자가 불손한 태도로 말했다.

"회사는 지금 누가 맡고 있지?"

"전무가 대행하고 있소. 누님은 회사 경영 같은 건 모르고 아들은 아직 고등학생이라."

"댁의 사장, 자신이 행방불명이 되면 이케다를 의심하라고

했다던데 이케다는 찾고 있나?"

"그건 당신들 일이잖소."

남자가 거친 목소리로 말했다.

"화내지는 말고. 물론 찾고 있으니까. 아, 맞다, 부인을 좀 만나고 싶은데? 뒤쪽 집에 있겠지?"

"몰라. 돌아가."

남자가 손으로 쫓는 동작을 한다. 노지마는 잠자코 남자를 응시하며 사무소를 나왔다. 부지 안쪽을 들여다보니 큼직한 일본 가옥이 있다. 여기에도 현관에 조직의 문장이 있었다.

인터폰을 누르고 "경찰입니다"라고 알리자 마흔 정도의 여성이 굳은 표정으로 나왔다.

"아시카가 북부 경찰서의 형사 노지마라고 합니다. 후쿠다 사장의 부인이시지요? 잠깐 이야기 좀. 그 후 남편으로부터 연락은 없었습니까?"

"없어요. 벌써 두 달 가까이 행방불명입니다."

"고도회는 부인에게 옵니까?"

노지마가 묻자 여자는 안색을 바꾸고 "역시 남편은 살해당한 건가요?"라고 되물었다.

"그건 좀, 저희도 알 수가 없어서……."

"고도회 회장이 이케다에 대해서는 책임을 질 테니까 나머지는 배상금으로 때워달라고 했어요. 그런 말을 해봐야……."

"배상금?"

203

의외의 말에 노지마는 깜짝 놀랐다. 노지마의 반응을 보고 여자가 '아차' 하는 표정을 짓는다.

"아무것도 아닙니다. 돌아가주세요."

여자는 눈을 맞추지 않고 현관에서 밀어내려고 했다.

"저기, 부인, 배상금이라니 무슨 뜻인가요? 어디서 나오는 돈이죠?"

"몰라요. 돌아가세요."

입씨름을 하고 있으니 사무소에서 남자가 달려와 "이봐, 당신" 하고 고함을 질렀다.

"돌아가라고 했잖아. 영장도 없으면서 함부로 남의 집에 들어오다니. 주거침입이잖아."

"화내지 좀 말고. 나는 후쿠다 사장이 걱정되어서 왔을 뿐이야. 당신들을 어떻게 할 생각은 없어."

"아무튼 돌아가."

가슴을 몇 번이나 밀어 물러선다. 노지마는 더 이상 물고 늘어져도 소용없다고 판단하여 돌아가기로 했다. 다만 수확은 있었다. 후쿠다흥산은 뭔가를 숨기고 있다는 것이다.

이어서 고도회 주변을 조사하기로 했다. 폭력단 담당도 아닌 젊은 형사가 조직 사무소에 간다 한들 들여보내줄 리가 없다. 그러므로 야쿠자가 자주 출입하는, 개인적으로 즐기러 오는 손님이 주 고객인 마작업소를 방문하자 운 좋게 아는 얼굴의 젊은 한구레(폭력단과 같은 정도의 뚜렷한 조직성은 없지만 집단으로 모여 상습적으로 불법행위를 하는 그룹 또는 그 구성원) 중 하나가 멤버를 기다리고 있었다.

"이봐, 마침 잘 만났다. 물어볼 게 좀 있거든."

노지마가 가벼운 말투로 다가간다. 한구레는 하얀 이를 보이며 "노지마 씨. 뭔가요?" 하고 붙임성 있게 응했다.

"지난 한 달 동안 고도회가 이케다를 찾아다닌 것은 알고 있지?"

"예, 알고 있는데요."

"당연히 너도 들었겠지?"

"예, 뭐, 그거야……. 나뿐만 아니라 현역 폭주족까지 붙잡고 물어봤어요. 이케다를 보면 조직에 전화하라고요."

"그래서 이케다는 봤어?"

"발견되지 않았습니까?" 한구레가 어깨를 으쓱한다. "이 지역에 있다면 숨을 수가 없지요. 야쿠자가 본격적으로 찾으면 경찰 이상이거든요."

"그럼 그 뒤는 알고 있어?"

"거기까지는 모릅니다. 혹시 제거되었습니까?"

한구레가 흥미진진하다는 태도로 물었다.

"몰라. 다만 이케다는 내내 소식불통이야."

"아이구, 저런. 그렇구나. 죽은 거면 좋을 텐데. 그 아저씨 미쳤거든요. 와타라세강 사건도 분명히 이케다가 범인일 거예요."

한구레가 이렇게 말하고는 "헤헤헤" 하며 웃는다.

그때 주방에서 가게 주인이 나왔다. "형사님, 이케다가 살아 있다는 소문이에요"라고 언짢은 얼굴로 말하며 이야기에 끼어들었다.

"그거 어디서 들었소?"

"우리 손님이 이야기합디다. 이케다는 고도회에 붙잡혀서 죽을 뻔했는데 배상금을 지불하는 조건으로 풀려났다고요. 지금은 도쿄에서 돈을 모으고 있고 ─. 뭐, 소문이지만요. 한편으로 이케다는 철거 공장의 소각로에서 태워졌다는 이야기도 있고요."

"확인 좀 해보시오. 신세 좀 집시다."

"그럼 앞길의 주차 금지 단속한 것 좀 봐줄 수 없을까요? 손님용 주차장은 네 대밖에 없고 근처 유료 주차장은 금방 차버리니까."

지금 짧은 머리에 파마를 하여 곱슬곱슬한 머리의 주인이 미간을 찌푸리며 말한다.

"알았소. 상사와 의논해보지."

"부탁합니다."

노지마는 무슨 일인가, 하고 생각했다. 이케다가 살아 있다면 고도회와 모종의 거래라도 했다는 것인가. 일단 히라노에게 보고해야 한다.

*

　노화로 인한 황반 변성이라는 눈병은 왼쪽 눈만이 아니라 오른쪽 눈에도 영향을 미쳤다. 이제 예전의 시력은 완전히 잃었고, 절반밖에 남지 않은 시야뿐이었다. 마쓰오카 요시쿠니는 실명을 각오했다. 딸을 잃은 이래 무겁게 가라앉은 자신의 일생에 내려질 마지막 일격이라고 생각하면 바동바동할 생각도 없다. 하지만 가족을 성가시게 할 것을 생각하면 역시 침울해졌다. 이제 와서 아내와의 관계를 개선하는 것도 어렵다. 남편이 실명해서 간병이 필요해졌을 때 과연 아내는 어떤 태도를 보일까. 차라리 뇌출혈로 덜컥 죽을 수 없을까 하는 생각도 든다. 다만 어디까지나 가리야의 사형 판결을 지켜보고 나서다. 지금 있는 삶의 집념은 오직 와타라세강 연쇄 살인 사건의 해결에 대한 기대로만 지탱되고 있다.

　이날 마쓰오카는 가족에게 병원에 간다고 거짓말을 하고 오타 동부 경찰서로 향했다. 아들은 차를 몰고 나가는 것에 반대했지만, 오늘은 눈 상태가 좋다는 거짓말을 하고 운전대를 잡았다. 언제까지 운전을 할 수 있을까 생각하면 마음이 무겁다.

　오타 동부 경찰서의 주차장으로 들어가 맨 끝에 차를 세우고 상황을 살폈다. 주의해 살필 점은 언론이 오지 않았는가, 뭔가 분주한 움직임은 없는가, 하는 것이다. 쌍안경으로 현관의 상황을 지켜보고 있었더니 벌써 보초를 서는 경관이 다가왔다.

차 안에 있는 사람이 누구인지 아는 모양으로 이상하게 여기는 기미는 없다. 창을 똑똑 두드려서 열자 안타까운 얼굴로 "마쓰오카 씨, 안녕하세요"라고 인사했다.

"오늘은 무슨 용무이십니까?"

"가리야에 대한 조사가 어떻게 되었나 싶어서요."

마쓰오카가 숨기지 않고 물었다. 이제 경찰을 상대로 숨길 필요가 없다.

"그 인물의 체포 여부까지 포함해서 일절 대답할 수 없습니다."

"오늘 사이토 형사는 있소?"

"그것도 대답할 수 없습니다."

경관은 냉담한 눈으로 사무적으로 말했다.

"괜찮잖아요. 딱딱한 말은 하지 말고. 나는 말이오, 줄곧 이날만을 기다려온 사람이오. 이번 수사에는 꽤나 협력했소. 특별취급까지는 바라지 않겠지만, 조금은 편의를 봐줘도 벌을 받지 않을 거요."

마쓰오카가 강한 어조로 호소했다. 경관은 그래도 표정을 무너뜨리지 않고 잠자코 고개를 가로저었다. 그리고 "몇 시간을 여기에 계셔도 소용없습니다"라고 차갑게 말하고는 가버렸다.

마쓰오카는 그 등을 지켜보며 그렇다면 사이토 형사에게 물어볼까 하고 생각했다. 벌써 보름 이상 연락하지 않았다. 가리야에 대한 조사로 바쁠 거라고 생각해 삼가왔던 것이다. 그러나 생각해보면 그가 감감무소식이었다는 것은 애초에 실례가 아닐까. 나는 피해자 유족으로서, 협력자로서 수사 상황을 알 권리가 있다.

마쓰오카는 꺼릴 줄 알면서도 사이토의 핸드폰에 전화를 했다. 신호가 세 번 울렸을 때 "예, 사이토입니다"라고 응답했다.

"마쓰오카요. 오랜만입니다. 지금 괜찮소?"

"예, 말씀하십시오."

사이토가 딱딱한 목소리로 말했다.

"내가 지금 오타 동부 경찰서의 주차장에 와 있소. 시간 있으면 잠깐 나와줄 수 있겠소?"

"예? 오타 동부 경찰서요?"

"그렇소. 어차피 당신도 여기에 있지 않소?"

"아니요, 거기가 아닙니다."

"그럼 어디 있는 거요?"

"그건 말씀드릴 수 없습니다."

"어째서요?"

"일하는 중이기 때문입니다. 형사는 있는 곳을 밝힐 수 없는 경우가 많습니다."

"그건 알지만……. 하지만 이상하지 않소? 당신은 지금 가리야를 조사하고 있는 거 아니오?"

마쓰오카가 묻자 사이토는 몇 초간 침묵한 후 "혹시 그건 〈주오신문〉의 지노 기자한테서 들은 정보입니까?" 하고 반문했다.

"아니, 틀렸소. 지노 씨는 관계없소."

마쓰오카는 부정했다. 애초에 가리야를 체포했다는 냄새를 맡은 것은 자기 자신이다.

"그렇습니까……?"

사이토는 이렇게 대답했지만 납득하지 못하는 것 같았다.

"아무튼 아무것도 대답할 수 없습니다. 가리야라는 인물에 대해서도 노코멘트입니다."

"참 고약한 대답이군. 가리야를 체포한 지 벌써 3주가 지나지 않았소? 아직도 뉴스가 되지 않았다는 것은 조사에서 자백을 받아내지 못했다는 것 아니겠소?"

"경찰 사정을 잘 아시네요. 몇 번이고 거듭 말씀드리겠습니다. 수사에 관한 것을 민간인에게 알려줄 수는 없습니다. 더는 전화하지 말아주십시오. 이만 끊겠습니다."

사이토가 억지로 전화를 끊었다.

"뭐야, 이 무례한 놈 같으니라고."

마쓰오카는 스마트폰에 대고 중얼거렸다. 자, 이제 어떻게 할까. 사이토가 대답하지 않으니 더한층 알고 싶어졌다. 가리야에 대한 조사는 어떻게 된 걸까―. 잠깐 생각하고 나서 지노 기자에게 전화를 하기로 했다. 그녀라면 조사 상황을 알고 있을지도 모른다.

지노도 금방 전화를 받았다. 사이토와 마찬가지로 딱딱한 목소리였다.

"마쓰오카입니다. 일하는 중에 미안하오. 꼭 알고 싶은 것이 있어서 전화했소. 군마현 경찰이 체포한 가리야 말인데, 어떻게 되었을까요? 실은 지금 오타 동부 경찰서 앞에 있소만 경찰서 사람한테 물어봐도 모른다고만 하고, 사이토 형사한테 전화로 물어도 대답해줄 수 없다고 하고 말이오."

"사이토 형사한테 전화로 물어보셨어요?"

지노가 놀라며 물었다.

"그렇소. 사이토 형사가 가리야 건은 〈주오신문〉의 지노 기자한테 들었느냐고 묻습디다. 그래서 내가 지노 기자와는 관계없다고 말해두었으니까 그 점은 안심하시오."

"아, 네……."

"그런데 어떻게 되고 있을까요? 무슨 정보 없소?"

마쓰오카가 계속해서 묻자 지노는 잠시 입을 다물었다.

"뭐든지 좋으니까 가르쳐주시오. 나는 사건 당사자요. 당사자를 무시하는 건 도저히 납득할 수가 없소."

마쓰오카가 물고 늘어진다. 지노라면 뭔가 알고 있을 거라고 생각했다.

"마쓰오카 씨, 가리야는 이제 오타 동부 경찰서에 없어요." 지노가 말했다.

"그래요? 그럼 어디에 있소?"

"석방되었어요."

"석방? 그게 무슨 말이오?"

211

순간적으로 머릿속이 새하얘졌다.

"가리야는 술집에서 싸운 것을 이유 삼아 별건으로 체포한 것인데, 조사 중에 리버 사안에 대한 증거가 모이지 않았고 또 자백을 받아내지 못한 모양이에요."

"리버 사안?"

"아아, 와타라세강 연쇄 살인 사건 말이에요. 경찰에서 쓰는 암호예요."

"알았소. 그런데 가리야는 지금 어디에 있소?"

"모르겠어요. 우리한테 정보는 없어요."

"그런 무책임한……." 마쓰오카는 말문이 막혔다. "살인범을 석방해서 어떡하겠다는 거요?"

"경찰은 의욕이 있었지만 검찰이 인정하지 않았던 모양이에요."

"웃기지 말라고 해. 충분히 수상하잖아."

"수상한 것만으로는 재판을 할 수 없어요. 공판을 유지하기 위해서는 물적 증거가 필요해요. 특히 리버 사안 같은 중대 사건은 재판원 재판으로 이어지기 때문에 신중해졌을 거예요."

"그런 말도 안 되는……."

마쓰오카는 말을 잃었다. 낙담을 넘어 모든 것을 빼앗긴 듯한 상실감에 휩싸였다.

"마쓰오카 씨, 냉정해지세요. 이것으로 경찰 수사가 끝난 건 아니니까요."

지노의 말이 귀를 그냥 지나친다. 마쓰오카는 전화를 끊고 차에서 내렸다. 몽유병자처럼 비틀비틀 걸어 경찰서 현관까지 간다. 보초를 서고 있던 경관이 '또야' 하는 시선을 보낸다. 그 옆을 빠져나가 안으로 들어가려고 하자 누군가 팔을 붙잡았다.

"누구를 찾아오셨습니까?"

"시끄러워!"

마쓰오카는 무심코 큰 소리를 질렀다. 점화 스위치라도 눌린 것처럼 단숨에 감정이 고조된다.

"서장 나오라고 해!"

팔을 뿌리치고 성큼성큼 경찰서 안으로 들어간다.

"이봐, 서장 어디 있어! 더 윗놈도 상관없어!"

마쓰오카가 큰 소리를 질렀다. 1층에 있던 경관이나 직원이 일제히 돌아본다. 몇 명인가는 서로 눈짓을 하며 무언으로 사정을 공유했다. 나이 지긋한 사복 차림의 남자가 카운터에서 나와 "잠깐 밖으로"라며 귀엣말을 한다.

"서장 나오라고 했잖아! 난 안 돌아가!"

흥분해서 목소리가 떨렸다. 머리로 피가 솟구쳐 제정신이 아니었다.

"이봐." 남자가 눈으로 신호를 보내자 제복 경관 몇 명이 양쪽에서 팔을 잡았다. 마쓰오카는 열심히 저항했지만, 힘으로 이길 수가 없어 그대로 건물 밖으로 끌려 나갔다. 주차장에서 다섯 명쯤 되는 경관들에게 둘러싸인다.

"마쓰오카 씨, 진정하세요."

"당신들, 가리야를 석방하다니 무슨 생각이야! 또 범인을 놓칠 작정이야!"

얼마든지 말이 터져 나왔다. 경관들은 굳은 표정으로 마쓰오카를 둘러싸고 있었다.

8장

결괴(決壞)

가리야가 석방된 소식은 취재에 나선 기자들을 깜짝 놀라게 했다. 만반의 준비를 하고 연행했을 용의자를 본건으로 체포해 기소할 수 없었다는 것이다. 지노 교코는 기자의 입장이지만 수사 관계자의 심정을 헤아리고 마음이 아팠다. 그리고 그 사건은 정말 해결될까, 하고 한 시민으로서 걱정했다.

"경찰은 머리끝까지 화가 났겠군. 지검도 어떻게든 해보려 했으면 좋았을 것을."

그날 밤 회의에서는 고사카도 경찰에 동정적이었다.

"뭐, 그렇긴 하지만 지검을 설득하지 못한 것은 결국 증거 부족이라는 거지."

우쓰노미야 지국의 나카이 캡은 의외로 냉정하다.

"담당 검사는 뭐라고 합니까?" 교코가 묻자 고사카는 어깨를 으쓱하며 "아무 말도 안 하지. 기자하고는 눈도 마주치지 않아" 하고 대답했다.

"하지만 K인 게 확실하잖아요."

"확실해도 검찰에는 검찰의 논리가 있지. 사법이란 그런 거야. 너도 익숙해져야지. 그보다 마쓰오카 씨 말이야. 네가 좀 달래줘. 또 폭주할지 몰라."

"진작부터 그러고 있어요. 오늘은 합동수사본부가 있는 기류 남부 경찰서에 쳐들어가 농성을 벌였다고 합니다."

교코가 대답했다. 부서장에게 들은 이야기로는 마쓰오카가 서장 면담을 요구했고 지금 없다고 하자, 그럼 돌아올 때까지 기다리겠다며 장시간 로비에 버티고 앉아서 이따금 발작을 일으키며 소리를 질렀기 때문에 대응하던 경찰서 직원들과 한바탕 말썽이 있었다고 한다. 마쓰오카의 입장에서 보면 가리야의 석방은 경찰의 배신 행위일 것이다. 그 이야기를 전하자 기자들의 표정이 어두워졌다.

"지노, 자네가 이야기 좀 하고 와. 아무런 설명이 없으니까 배제당한 기분이 들어 화가 나는 걸 거야. 취재할 때 도움을 많이 받았잖아. 그 정도 의리는 있어야지. 마쓰오카 씨의 심정은 이해하고도 남아. 나도 괴롭다고."

고사카의 말을 듣고 교코는 고개를 끄덕였다. 교코도 마쓰오카가 항상 걱정된다.

"그런데 석방된 K는 지금 어디 있는 거지?" 나카이가 물었다.

"니시무라 관리관이 오타 시내의 비즈니스호텔로 들어가는 것을 목격했습니다. 아마 호텔의 방 하나를 잡고 거기서 K를 에워싸고 있는 게 아닐까 싶습니다. 실제로 K의 모습은 보지 못했습니다만……."

대답한 사람은 고즈다. 가리야가 석방되었다는 뉴스가 나오자마자 니시무라 관리관의 움직임을 감시하고 있었던 것이다.

"그럼 매일 호텔에서 경찰서로 불러 임의로 조사할 생각인 건가?"

"신병은 구속할 수 없으니 그것밖에 방법이 없는 게 아닐까 싶습니다. 한동안 호텔을 감시해보겠습니다."

"그러나 강제력도 없이 조사가 가능한가?"

나카이가 혼잣말처럼 묻는다.

"일단 하기로 한 이상 끝까지 하는 거지, 경찰은. 몇 번이라도 사정사정해서 끈기에 나가떨어지도록 말이야. 경찰의 상투적인 수법이네."

고사카가 즉각 대답했다.

"그럼 우리도 당번을 정해서 호텔을 감시해야 할까?" 나카이가 말했다.

"아니, 그럴 필요는 없겠지. 이미 현장 형사들로부터 상당한 불평이 올라왔어. 더 이상 자극하고 싶지 않아. 안 그래, 지노?"

"그렇지요. 오늘 아침에도 현 경찰본부에서 호시노 공보관을 붙잡고 이야기를 들어보려고 했는데 완전히 무시당했습니다. 상당히 예민해져 있습니다."

교코가 대답했다. 실제로 본부에서도, 관할 경찰서에서도 형사에게 말을 거는 것이 꺼려지는 분위기였다. 다른 언론사 기자들도 어디까지 사실을 파악하고 있는지 모르지만, 숨을 죽이고 상황을 지켜보는 분위기다.

"그럼, 이대로 같은 상황이 계속되면 어떻게 되는 겁니까?"

젊은 고즈가 학생처럼 손을 들고 질문했다. 교코도 알고 싶었던 것이다.

"어떻게도 안 되지. 언제까지고 K를 잡아둘 수도 없는 일이니까, 자백도 없고 결정적인 증거도 나오지 않으면 풀어주게 되겠지."

고사카가 대답한다.

"연쇄 살인 용의자입니다. 괜찮은 겁니까?"

"어쩔 수 없겠지. 너도 기자라면 기억해둬. 이 녀석은 확실해, 범인이 틀림없어, 그렇게 생각해도 상대가 꼬리를 드러내지 않는 한 경찰은 아무것도 할 수 없어. 그런 예는 얼마든지 있지. 일본의 재판에서 유죄 선고율이 99퍼센트라는 건 그만큼 기소 문턱이 높다는 뜻이야."

고사카가 이렇게 말하며 크게 숨을 내쉰다. 교코는 사법의 어려움과 세상의 불합리함을 통감했다.

"아무튼 경찰의 움직임을 주시해야 해. 일부 형사는 상당히 예민해져 있는 것 같으니까 신중하게 하고. 다만 기죽지는 마. 우린 경찰의 정보원이 아니야."

고사카의 지시에 각자가 마음을 다잡았다. 이대로 용의자를 놓치게 되면 기자로서도 분하다.

회의가 끝나자 교코는 응접실로 이동하여 거기서 마쓰오카에게 전화를 했다. 어떻게 달래면 좋을까. 여러 가지로 생각하며 스마트폰으로 전화를 건다.

"늦은 시간에 죄송합니다." 교코가 한마디를 하자마자 마쓰오카는 인사도 없이 속사포처럼 말을 늘어놓기 시작했다.

"지노 씨, 이게 어떻게 된 일이오? 자백을 얻지 못했다는 것만으로 범인을 석방한다면 일본은 범죄자 천지가 되는 거 아니냔 말이오. 딱 잡아떼는 놈이 득을 보는 세상이라니, 이상하잖소?"

전화 너머로 침이 튈 것 같은 기세다.

"아뇨, 결코 경찰은 포기한 게 아닙니다."

"그럼 무슨 일이오? 가리야는 지금 자유의 몸이란 말이오. 이제 도망이라도 치면 경찰은 어떻게 할 생각인 거요?"

"아마 현 내의 어딘가에 붙잡아두고 있을 겁니다."

"붙잡아두다니, 무슨 뜻이오?"

마쓰오카가 거칠고 강한 어조로 계속 말했다. 평소의 온화한 얼굴을 알고 있는 만큼 생판 딴사람 같다.

"임의 조사는 계속하고 있다는 뜻입니다. 어딘가 민간 호텔에 있게 하고 거기서 매일 경찰로 부르고 있는 게 아닐까, 저희는 그렇게 추측 중입니다."

"어느 호텔이오?"

"그건 모릅니다. 아직 확인하지 못했습니다."

알아도 알려줄 마음은 없었다. 들이닥칠 게 뻔하다.

"아직 확인하지 못했다니, 그런 무책임한 소리를."

"아무튼 경찰은 계속 수사하고 있습니다. 그러니까 경찰서에 가서 이것저것 따지는 일은 그만두시는 게 낫지 않을까 싶습니다."

"뭐요? 혹시 경찰의 부탁을 받고 나한테 주의를 주는 거요?"

"아니요, 그렇지 않아요. 저는 마쓰오카 씨를 걱정하고 있을 뿐입니다. 눈도 아프시니 한동안 자택에서 요양하시는 게 좋을 거 같아서⋯⋯."

"거절하겠소. 경찰이 못 한다면 내가 가리야를 붙잡아 자백시키겠소."

격분한 마쓰오카의 말에 교코는 이상을 감지했다. 이제 마쓰오카는 정신적 균형을 잃은 듯하다.

마쓰오카와의 통화는 30분 이상 계속되었다. 내용의 대부분은 경찰을 향한 마쓰오카의 분노로, 교코는 오해를 풀기 위해 체포와 기소 시스템부터 사법의 실정까지 설명했다. 하지만 마쓰오카의 분노에 찬 말은 끝날 줄을 몰라 교코는 다시 병적으로 깊은 원한을 느꼈다. 상담사를 소개해야 하는 거 아닐까, 그런 것까지 생각하게 됐다.

마쓰오카와의 전화를 끝내고 이번에는 요시다 아키나에게 문자를 보냈다. 술집의 영업시간이라서 접객 중이라면 일을 방해하고 싶지 않았다. "시간이 날 때 전화 주실 수 있습니까?"라는 문자를 보냈더니 곧바로 전화가 왔다.

"한가해요. 손님은 한 팀뿐이에요. 지노 씨도 올래요?"

아키나가 밝은 목소리여서 안도했다. 폐가 되진 않은 것 같다.

"죄송해요. 아직 일이 남아 있어서 갈 수는 없어요."

"어머, 그래요? 그런데 무슨 볼일로?"

"가리야 씨가 석방되었다는 걸 요시다 씨는 알고 있어요?"

교코는 가리야의 이름에 '씨'를 붙여 말했다. 석방되면 용의자가 아니다.

"네. 알고 있어요. 본인이 전화를 해왔으니까요."

"그게 언제였어요?"

"그제인가. 석방된 날이요."

"어떤 상태였어요?"

교코는 마음이 조급해졌다. 이 정보를 얻을 수 있는 기자는 나뿐이다.

"피곤하다고 했어요. 그야 그렇겠지요. 3주가 넘게 유치장에 있었으니까요."

"그래서요?"

221

"먼저 사과를 했어요. 여행이 허사가 되어 미안하다며 취소 수수료는 자기가 지불하겠다고 했고요. 그리고 나는 결백하니까 걱정하지 말아달라고 말했어요. 전 그 말을 들었을 때 온몸에 힘이 빠져서 바로 주저앉았어요."

"만나지는 않았어요?"

"아직 만나지 않았어요. 경찰이 잡은 호텔에 연금된 상태여서 나갈 수 없다고 했어요. 그거 인권침해 아니냐고 물으니 조사를 한 형사가 사정사정해서 어쩔 수 없이 동조해주고 있는 것 같아요. 얼마 전에 지노 씨가 말했던 전개 그대로네요."

"그러네요."

역시 호텔이었다. 이것만으로도 특종이다.

"전 안심했어요. 그렇게 당당한 것은 꺼림칙할 게 없기 때문이겠지요. 만약 범인이라면 석방되자마자 서둘러 모습을 감췄을 거예요."

"그건 제가 알 수 없지만……. 그래서 가리야 씨는 앞으로 어떻게 한다고 말하던가요?"

"그건 물어보지 않았어요. 앞으로 생각하지 않을까요? 뭐랄까, 나는 마음이 풀려서 가리야 씨가 가는 곳으로 따라갈까 하는 생각도 하고 있어요."

"그런가요……."

"제가 우울해지는 원인은 대부분 이 지역에 있는 게 아닐까 싶어서……. 군마는 좋아해요. 사람도 좋고 자연도 풍부하고 말이에요. 하지만 나를 얽매는 게 너무 많아서. 특히 어머니요. 어머니와 단둘이 살아왔으니까. 고향을 떠날 수 없다고 스스로 단정하고 있었어요. 하지만 그런 체념이야말로 틀림없이 어머니가 바라는 거였을 거예요. 딸의 책임감이라는 허점을 이용한 거지요. 그래서 예를 들어 내가 홋카이도라든가 오키나와 같은, 간단히 오갈 수 없는 지역으로 이사를 가면 어머니는 어쩔 수 없이 자립하지 않을까 싶어요. 저기, 지노 씨, 어떻게 생각해요?"

"네, 어쩌면 그렇겠어요⋯⋯."

아키나의 이야기는 장황하게 이어졌다. 마쓰오카와의 전화 시간을 웃돌 만큼 한 시간 넘게 대화를 나누고 나니, 이제 친구 같은 기분이었다.

이튿날 고즈에게 전화가 왔다. 어젯밤 교코가 요시다 아키나에게서 알아낸 호텔 구금 건을 확인하려, 아침 일찍 니시무라 관리관을 본 호텔로 가서 감시 중인데 수사관들이 전혀 나타나지 않는다며, 주차장에 경찰 차량으로 보이는 차도 없다는 연락이었다.

"아침 7시부터 감시하고 있어서 출입이 없는 것만은 확실한데" 하고 고즈가 말한다.

"다른 호텔로 옮긴 거 아닐까요?" 교코가 추측했다.

"그럴까요? 생각할 수 있는 것은 별건으로 잡아들일 다른 정보를 찾아내 다시 신병을 구속했거나 아니면 K가 호텔에서 지내는 걸 거부하고 나갔거나 하는 상황인데."

"글쎄, 어떨까요? 우리가 추측해봐도 알 수 없을 거라고 생각하는데요."

"그렇지요. 나카이 캡과 의논해보지요. 아무튼 K의 소재는 현재 알 수 없다는 정보만 전합니다."

"알았습니다."

교코는 판단하기 어려웠다. 경찰이 가리야를 내버려둘 거라고는 생각되지 않지만, 설마 해서 교코는 제너럴중기의 공장 기숙사에 가보기로 했다. 돌아오지 않았다는 것만이라도 확인하고 싶다. 어쩌면 이미 퇴직했는지도 모른다.

직접 차를 운전하여 오타시의 공장 기숙사 앞으로 갔다. 완전히 익숙해진 장소다. 특별히 달라진 모습은 없었다. 경찰차도 없다.

자, 이제 어떻게 하지? 직원들을 붙잡고 캐물어야 할 것이다. 모처럼 왔으니 빈손으로 돌아갈 생각은 없다.

문손잡이에 손을 뻗을 때였다. 기숙사 문에서 작업복 차림의 덩치 큰 남자가 나왔다. 교코는 시선을 향하고 숨을 삼켰다. 가리야였다. 가리야가 평범한 발걸음으로 걸어가더니 인접한 공장의 통용문을 통해 부지 안으로 들어간다.

가리야는 직장에 복귀해 있었다 ― . 교코는 머리가 혼란스러웠다. 어떻게 된 일일까, 갑작스럽게 판단할 수는 없다.

서둘러 차를 출발하여 공장 정문으로 향했다. 복직했다면 이 문에서 트럭을 타고 나갈 것이다.

아니나 다를까 20분 후 가리야가 운전하는 그 트럭이 나타났다. 교코는 차 안에서 주위를 둘러보았다. 미행하는 경찰 차량은 없는 것 같다.

여우에게 홀린 것 같은 기분으로 고사카에게 전화를 했다. 지금 일어난 일을 순서에 따라 전했다.

"알았어. 오늘 밤이라도 호리베 1과장님한테 물어볼게. 아마 임의 조사를 받겠다는 약속을 얻어냈겠지."

고사카가 당황하지 않고 말했다.

"약속이라뇨, 도망치면 어떻게 합니까?"

"경찰도 최악의 사태를 각오하고 결심한 일이겠지. 어차피 임의야. K가 일로 복귀하겠다고 하면 막을 권리는 없어. 게다가 도망치면 범인이라고 자백하는 것이나 마찬가지니까."

"하지만 감시도 붙이지 않다니, 괜찮을까요?"

"경찰의 수는 이미 보여줬어. 미행은 의미 없어."

"아무리 그래도―"

"너도 미행 같은 건 하지 마. 이번에야말로 출입 금지를 먹을 거야."

전화를 끊고 교코는 잠시 명해 있었다. 혹시 경찰은 가리야를 무죄라고 판단한 걸까. 그런 상상까지 하게 된다. 아니, 여태 그만큼 감시해온 피의자를 간단히 포기할 리가 없다. 생각이

제대로 정리되지 않았다.

*

가리야는 계절노동 일을 하는 틈틈이 오타 동부 경찰서에서 임의 조사를 받았다. 데려오고 데려다주는 역할은 사이토 가즈마와 이토가 맡았다. 약속 시간에 기숙사 앞에 차를 세우고 기다리고 있으면 사복으로 갈아입은 가리야가 어슬렁어슬렁 모습을 드러내 "기다리셨습니다" 하고 뒷자리에 탄다. 가는 도중 차 안에서는 말이 없다. 우치다의 조사를 방해하고 싶지 않아서 사이토는 안간힘을 다해 말을 걸지 않으려고 노력했다.

경찰서에 도착하면 조사실까지 동행한 뒤, 조사관 우치다와 보조관 구보에게 배턴터치를 했다. 때로 사이토도 기록 담당자로서 동석했지만, 이제 들이댈 만한 새로운 증거도 없어 서로 노려보는 상태만 길게 계속되었다. 경찰이 보이는 태도는 한 가지, 절대 포기하지 않겠다는 압박을 계속해서 가하는 것이다.

"이봐, 가리야. 사람을 구하고 싶다고 생각하지 않아? 지금 너는 사람을 구할 수 있어. 그것은 네 안에 숨은 또 한 명의 자신을 내보내는 일이야. 네 안에 있지? 사람을 네 명이나 죽인 연쇄 살인범이. 이대로라면 너는 다섯 명째, 여섯 명째 사람을 죽이게 될 거야. 이제 싫잖아, 너도. 두 명을 죽이고 지금은 진정되었는지 모르지만 또 몇 년쯤 지나면 충동이 들 거야. 그래서 너는 또 어딘가에서 젊은 여자를 죽이겠지. 구해줘, 몇 년 후의 희생자를."

우치다의 말에 가리야는 거의 반응하지 않는다. 무표정하게 고개를 숙이고 이따금 코를 훌쩍거리거나 눈을 비비는 정도다.

"몇 번이나 물었지만 나는 꼭 알고 싶어. 올해 네가 오타루 온 것은 또 사람을 죽이기 위해서야? 3월 말에 와서 약 한 달 후에 첫 번째 살인을 벌였으니까 말이야. 이건 뭐랄까, 사람을 죽이러 왔다고밖에 생각되지 않아. 네 과거 10년의 이력을 보면 다른 지역에서 계절노동자를 했을 때는 특별히 사건을 일으키지 않았지. 그사이에는 살인 충동이 잠잠했던 건가? 그게 해명되지 않는 한 나는 너한테서 떠나지 않을 거야."

이 질문은 사이토가 기억하는 한 세 번은 했다. 그때마다 가리야는 낚시에서 찌가 움찔 움직이는 듯한 반응을 보이고 입을 다물었다. 다시 말해 가리야에게 불쾌한 이야기인 거라고 사이토는 추측했다.

"그런데 일은 멀쩡히 하고 있는 거야?"

"예." 가리야가 대답했다.

"흐음. 그야 석방되어 복직하고 싶다고 하면 회사도 거절할 수 없겠지. 술집에서 싸움을 한 정도로 해고할 수도 없고 말이야. 애초에 불기소처분이고. 뭐, 우리는 고맙지. 역시 대단한 대기업이야. 제대로 해주고 있어. 그런데 어때? 주위의 반응은?

경찰은 어디까지나 비밀리에 수사했지만, 기숙사 가택수색까지 있었으니 회사도 이것저것 의심할 거야. 그런 이야기는 안 해?"

"했습니다."

"뭐라고?"

"경찰은 와타라세강 연쇄 살인 사건 수사로 당신을 조사하고 있는 것 같은데 마음에 짚이는 게 있느냐고요."

"그야 그렇겠지. 회사로서는 간과할 수 없지. 그래서?"

"나는 무관하다고 대답했더니 알겠다고요."

"그래? 당사자가 억울하다고 하면 회사도 어쩔 도리가 없겠지. 동료들은 어때? 체포되기 전과 다름없어?"

"원래부터 별로 말을 하는 편이 아니어서요."

"흐음. 뭐, 평범하게 지내주는 것이 우리는 고맙지. 네 계약 기간은 아직 2년 반이나 남았잖아? 이제 군마와 도치기에서는 사람을 죽이지 말아줘. 다음에 살인 사건이 일어나면 우리는 해고야."

우치다가 팔짱을 끼고 가리야를 노려본다. 가리야는 눈을 치 켜뜨고 시선을 피하지 않고 받아냈다. 사이토에게는 그 순간 불꽃이 퍼지는 것처럼 보였다. 가리야의 태도에는 전혀 두려움 이 없다.

벽시계에 눈을 주자 눈 깜짝할 사이에 한 시간이 지나 있었 다. 조사는 한 번에 두 시간 정도다. 가리야가 일을 하고 있기 때문에 그 이상의 구속은 임의성을 의심받는다는 상충부의 판단이다. 그리고 야근을 하는 날에는 조사가 생략되었다. 그러므로 실질적으로 조사는 사흘에 한 번꼴이다. 그것으로 과연 가리야를 바싹 추궁할 수 있을까, 하는 마음에 사이토는 어찌할 바를 모르겠는 나날이다.

밤의 수사 회의는 점점 더 답답하고 무거워졌다. 가리야를 본건으로 체포하고 기소로 가져갈 수 없었던 것은 수사관들에게 크나큰 굴욕이어서 이제 허세조차 나오지 않는다. 간신히 긴장감을 유지해주는 건 어떻게든 범인을 자신들 손으로 잡아내겠다는 의지뿐이다.

지검이 가리야를 본건으로 체포하고 기소하지 못한다고 알려왔을 때 성난 고함이 난무했다.

"이만큼 증거가 있는데 보류한다고?" "검찰은 사건을 해결할 생각이 있는 거야?" "돌다리를 두드려도 건너지 못하는 겁쟁이들이—."

평소라면 반성을 촉구하는 호리베 1과장도 이때는 수사관들이 말하는 대로 내버려두었다. 사이토도 배알이 뒤틀려서 절반은 엉뚱한 화풀이라는 걸 알면서도 검찰을 비난했다. 특히 관료 근성에 찌든 담당 검사를 도장으로 끌고 와 세게 조르기라도 하고 싶은 심정이다.

조사관 우치다를 비난하는 목소리는 없었다. 연쇄 살인범을 자백하게 하는 것은 쉽지 않은 일이라는 것을 형사들은 이해하고 있다. 오히려 어려운 임무를 떠맡은 것에 동정적이다.

이날 밤의 수사 회의도 니시무라 관리관의 수사 지시로 시작되었다.

"여러분, 수고 많았다. 다시 한번 확인해둔다. 우리가 원하는 것은 첫째로 목격자, 둘째로 유류물 입수 경로다. 목격자 찾기는 범위를 더욱 넓힌다. 기류역 및 아시카가역을 이용하는 통근자만이 아니라 학생부터 쇼핑객까지, 요컨대 역의 모든 이용자다. 확인할 것은 4월 말부터 5월 중순까지 역 앞에서 컨테이너형 4톤 트럭을 보지 않았는가, 서른 살 전후의 덩치 큰 작업복 차림의 남자를 보지 않았는가. 이 두 가지다. 특히 야간 시간대에 집중한다. 범인은 날이 저물고 나서 목표물을 물색했을 가능성이 크다. 가리야의 근무 일정상 트럭을 자유롭게 쓸 수 있었던 시간도 알고 있다. 그것과 비교해서 탐문을 좁혀갔으면 한다. 그리고 유류물에 대해서는 등산용 또는 작업용 두툼한 긴 양말을 특정하는 것과 그 입수처다. 다케다 부장님이 지검의 부장과 이야기했을 때는, 가리야가 이 긴 양말을 입수해 증거를 얻는 것이 기소 조건이라고 했다. 원래 소지하고 있던 물건이라면 어쩔 도리가 없지만, 등산 취미라도 있는 게 아니라면 보통은 갖고 있지 않을 것이다. 가리야는 명확하게 살해하기 위한 준비를 갖추고 범행을 했다고 봐야 한다. 따라서 두툼한 긴 양말은 4월 이후에 가리야가 어딘가에서 구입했다고 추리하는 것이 타당하다. 증거반은 대상이 되는 가게를 넓혀라. 동네 철물점에서도 작업 용품이라면 팔고 있다. 그리고 재활용품점도 포함하기를."

니시무라의 지시는 매번 구체적이었다. 회의를 위한 사전 준비를 생각하면 니시무라의 업무가 얼마나 고될지 쉽게 상상이 안 되었다. 지난 일주일 사이에 더욱 야윈 느낌이다.

그리고 각 반의 보고가 이어졌지만 특별히 눈에 띄는 정보는 나오지 않았다. 사실 지역 내부에서 가능한 수사는 거의 다 했던 것이다. 이제 어디까지 넓히느냐가 관건이다.

"관리관님, 한마디 해도 되겠습니까?"

노지마가 손을 들었다.

"뭐야? 말해봐."

"긴 양말의 입수처에 대해서 말인데요, 가리야의 고향인 마쓰모토시도 조사해보고 싶습니다만. 가리야는 4월 말에 한 번 고향에 다녀왔습니다. 그때 시내에서 입수했을 가능성도 제로는 아닐 겁니다."

노지마의 발언에 사이토도 아, 그렇지, 하고 생각했다. 가리야는 수사본부가 생각하는 것 이상으로 용의주도한 남자다. 단서가 잡히지 않도록 간토 북부 지방 바깥에서 입수했을 가능성도 결코 작지 않다.

"알았다. 출장을 인정하지. 나도 찬성이다. 다만 가기 전에 예비 조사를 해둬. 등산 용품과 작업 용품을 파는 곳부터 아까 말한 재활용품점까지 전부 단기간에 돌 수 있도록 해."

"알겠습니다. 마쓰모토에는 협력자가 있으니까 어떤 가게가 상품을 골고루 갖추고 있는지 사전에 전화로 물어보겠습니다."

"아아, 그 라면집 주인이지? 쓸 수 있는 수는 다 써봐야지."

니시무라의 말투가 조금은 누그러졌다. 지금은 수사의 실마리를 발견한 것만으로 기대가 부푼다.

그날 밤 사이토는 기류 남부 경찰서의 도장에서 묵었다. 9월도 반쯤 지나 슬슬 타월 천으로 만든 이불 하나로는 추웠기 때문에 창고에서 이불을 꺼내 와 그것을 덮고 잤다. 바깥에는 비가 내렸고 기온은 20도도 안 되었다.

수사본부가 들어선 지 벌써 다섯 달째에 들어가 피로는 절정에 달해 있었다. 형사부장의 지시로 일주일에 하루는 휴식을 취하도록 일정을 짜기는 했다. 하지만 실제로 쉴 수 있는 것은 한나절 정도여서 수사관들의 피폐한 모습은 감출 수가 없다. 생활안전과나 지역과에서 모인 임시 수사관들도 잇달아 원래 부서로 돌아가고 인원 보충도 마음대로 안 되는 상태였다. 지방경찰은 규모가 작기 때문에 큰 사건의 수사가 길어지면 기능이 마비되는 것은 자명한 이치다.

그런 생각을 하며 눈을 감자 10초도 안 되어 수마(睡魔)에 이끌려 어둠 속으로 떨어졌다. 형사의 조건은 어디서든 잘 수 있어야 한다는 것이다.

누가 몸을 흔들었다. 깜짝 놀라 눈을 뜬다. 어둑한 가운데 노지마가 얼굴을 들여다보고 있었다. "이치우마 씨, 일어나세요." 속삭이는 소리로 말한다. 시간이 지났다는 감각이 없어 누웠다가 곧바로 일어난 건가, 하고 순간적으로 착각했다.

"무슨 일이야?"

머리만 일으켜 창문을 본다. 커튼 틈으로 옅은 빛이 비치고 있었다. 벌써 아침인가 싶어 숙면했다는 사실에 놀랐다.

"큰일입니다. 와타라세강에서 또 젊은 여자 사체가 발견되었습니다."

노지마가 말했다. 순간적으로 무슨 이야기인지 알 수 없었지만, 노지마의 새파래진 얼굴을 보고 정신을 차렸다. 몸을 비틀어 머리맡의 손목시계를 들고 본다. 아침 6시 50분이다.

"장소는 기류 대교 북측, 5월에 첫 사체가 발견된 장소에서 500미터쯤 떨어진 덤불 속입니다. 아침 일찍 산책 중이던 노인이 발견자이고, 조금 전 110번으로 신고했습니다. 지금 군마현 경찰본부에서 감식반과 현장자료반이 가고 있다고 합니다만, 우리가 먼저 도착하겠지요. 도치기현 경찰본부도 연락을 받고 아시카가 북부 경찰서에서 현장 보존 지원이 나온다고 합니다."

"가리야는 지금 어디 있어?" 순간적으로 그 이름이 나왔다.

"모릅니다. 그보다 출동 명령입니다. 옷 갈아입으세요."

"알았어."

사이토는 이불에서 나와 바지를 입었다. "어처구니없는 일이 일어났군." 이렇게 말하면서 무릎이 떨려 균형을 잃고 한 번 넘어졌다.

"설마 세 번째 사건이 일어날 줄은 생각지도 못했습니다."

"나도 그래. 가리야의 감시를 푼 것에 대해 의문조차 품지 않았어."

손가락도 떨렸다. 셔츠의 단추를 채우느라 몹시 고생한다. 그럭저럭 준비를 마치고 둘이서 도장을 나선다. 한산한 경찰서 부지 안을 달려 통용문에서 수사 차량에 올라타 사이렌을 울리며 출발했다. 밤새 내렸던 비는 거의 그쳐 있었다. 지나가는 사람들도 절반은 우산을 쓰지 않았다. 잠시 달리자 다른 데서도 사이렌 소리가 들려왔다. 순찰 중인 순찰차가 무전 연락을 받고 긴급 주행으로 현장에 가고 있는 것 같다.

"이건 큰 실수군. 간부의 목이 날아가겠어."

사이토가 말했다. 초조한 마음이 목구멍 안쪽에서 치밀어 오른다. 세상 사람들은 경찰은 대체 뭘 하고 있었느냐고 비난할 것이다.

"하지만 그 이상의 감시는 무리였고 상층부의 판단이 틀렸다고는 생각되지 않습니다. 비판을 받는다면 지검이 먼저겠지요."

노지마가 더 침착했다. 확실히 당황하고 있는 것은 지검도 마찬가지일 것이다.

현장까지는 10분도 걸리지 않았다. 제방을 내려가 하천부지로 차를 타고 들어갔다. 이미 두 대의 순찰차가 먼저 도착해 있고 제복을 입은 경관이 현장 보존을 위한 준비를 하고 있었다.

"수고하십니다. 수사1과의 사이토입니다. 통제선은 제방에서 내려가는 길을 막는 형태로 부탁합니다. 근처 야구장에서 고등학교 야구부의 아침 훈련이 있을 테니 오늘은 중지하게 하세요. 사체는 어디에 있죠?"

"사체는 저쪽 덤불 속에 있습니다." 제복 경관이 발돋음을 해서 가리킨다.

"신고자는요?"

"신고자가 고령이어서 순찰차 뒷좌석에서 쉬도록 했습니다."

그 말을 듣고 순찰차까지 달려가자 강아지를 무릎에 올린, 칠십대로 보이는 노인이 새파래진 얼굴로 앉아 있었다. 개가 사이토를 보고 놀라 멍멍 짖는다.

"어르신, 어르신이 신고자이시죠?"

"아, 예."

"발견한 장소까지 동행해주실 수 있겠습니까?"

"예, 그러지요."

노인이 개와 함께 차에서 내린다. 일회용 비닐 신발 커버를 준비해 노인에게도 신게 한다. 발자국을 남기지 않으려고 길가를 일렬로 걷는다. 노인의 팔에서 강아지가 소란스럽게 계속

짖고 있다.

"저 근처인데." 노인이 가리킨다. "덤불을 향해 개가 너무 짖어서 뭘까 싶어 들여다봤어요. 거, 5월에 이 근처에서 사체가 발견되었잖아요. 그게 생각나서 불길한 예감이 들었거든. 그래서 엉거주춤한 자세로 들여다봤더니⋯⋯."

노인이 그때의 일이 생각났는지 얼굴을 일그러뜨렸다.

사이토와 노지마는 노인을 그 자리에서 기다리고 있게 하고, 범인의 흔적을 밟지 않도록 조금 앞에서 우회하는 형태로 덤불을 헤치고 들어갔다. 5미터쯤 나아갔더니 여자의 하얀 다리가 보였다. 전라의 젊은 여자가 엎드린 채 쓰러져 있다. 뒤에서 노지마가 침을 삼키는 소리가 들렸다.

"돌아가자. 감식반이 도착할 때까지 기다려야지."

왔던 길을 살살 돌아 나온다. 그때 하늘에서 비가 내리기 시작했다. 하늘을 올려다보자 본격적으로 쏟아질 것 같은 두꺼운 구름이다.

"오늘 날씨는?" 사이토가 물었다.

"일기예보로는 하루 종일 내렸다 그쳤다 한답니다."

"또 흔적이 쓸려 나가겠군."

"범인은 일부러 비 오는 날을 택한 거 아닐까요?" 노지마가 말했다. 서로 얼굴을 마주 본다. "그럴지도 모르지. 회의에서 발언해." 사이토도 그런 느낌이 들었다.

차로 돌아오자 본부에서 감식반과 현장자료반이 도착한 참이었다. 전원이 험악한 표정으로 인사를 나눈다.

"이치우마. 리버 사안과 같은 수법인가?" 감식반장이 물었다.

"그런 것 같습니다. 피해자는 젊은 여성으로 전라 상태로 발견되었습니다."

"최악이군. 말이 안 나와." 얼굴을 찌푸리고 깊은 한숨을 내쉬었다.

감식반장의 지시로 반원들이 통제선 안으로 들어갔다. 그 사이에도 형사들이 속속 달려온다. 니시무라 관리관과 호리베 1과장도 현장에 나왔다. 두 사람 다 귀신 행색이다. 니시무라는 사이토를 보자마자 "이치우마, 현시점에 알고 있는 것을 말해" 라고 예리한 목소리로 말했다. 사이토가 첫 발견자로부터 들은 것과 사체의 모습만을 짧게 보고한다.

"그보다 관리관님, 가리야의 소재를 빨리 확인하는 것이 좋을 것 같은데요."

"알고 있어. 임의로 부를지 말지는 앞으로 정하겠지만, 일단 소재만은 확인해야지."

"아직 있을까요?"

"도망쳤다면 가리야가 범인이다. 그런 말이겠지?"

"그렇습니다."

그때 통제선을 치고 있던 지역과의 제복 경관이 달려왔다.

"다리 밑에 경차 한 대가 세워져 있습니다. 잠겨 있지 않아서 장갑을 끼고 열어봤는데, 차내에 남은 향수의 잔향으로 보아 여성 소유의 차가 아닌가 싶습니다."

긴장한 얼굴로 보고한다.

"알았어. 차량 번호로 소유자를 조회해봐. 문을 잠그지 않았다는 것은 어쩌면 피해자의 차일지도 모르지. 그리고 차 주위에도 통제선을 쳐."

사이토가 지시를 내린 뒤 확인하러 달려갔다. 다리 옆으로 가자 언뜻 보기에도 젊은 여자가 탈 것 같은 핑크색 경차가 버려진 고양이처럼 세워져 있다.

맨 먼저 블랙박스의 유무를 확인한다. 백미러 옆에 장난감 같은 블랙박스가 달려 있다. 장갑을 끼고 조수석 문을 열어 차 내에 최대한 닿지 않으려고 하면서 몸을 넣는다. 본체 기기의 측면을 보자 동영상 데이터를 기록하는 SD 카드가 없다. 이 자식 ─. 순간적으로 얼굴이 뜨거워진다.

사이토는 피해자의 차라고 확신했다. 그렇게 생각하고 보니 차 앞쪽에 늘어선 캐릭터 인형이 아주 애처롭다.

사이토는 지금까지와는 범행의 패턴이 다른 것에 대해 두루두루 생각했다. 여기서 습격을 당한 것일까, 아니면 범인과 함께 여기까지 타고 온 것일까. 어쨌든 범인은 처음부터 죽일 생각이었다.

그곳에 신문사 깃발을 단 차가 나타났다. 운전석을 보니 〈주오신문〉의 지노 기자였다. 정말 일을 열심히 하는 아가씨다.

"이봐, 이 앞으로는 들어오지 마요."

앞으로 나가 길을 가로막았다.

"리버 사안과 같은 수법인가요?"

지노가 운전석 창을 내리고 감식반장과 같은 것을 묻는다.

"아직 몰라요. 아무튼 물러서요. 여기에 통제선을 칠 겁니다."

사이토가 손으로 내쫓자 지노는 일단 차를 후진하여 갓길에 세우고 비옷을 걸치고 내려왔다.

"저 경차는 피해자 것입니까?"

"그것도 모르겠소. 경찰도 도착한 지 아직 얼마 안 되어서. 발표할 수 있는 것은 아무것도 없소."

사이토가 말하는 옆에서 지노는 카메라를 꺼내 경차를 찍기 시작했다.

"이봐, 다가오지 말라니까. 현장 보존이 우선이오. 발자국이 생기잖소."

그곳으로 다른 언론사도 달려왔다. 차에서 내린 기자들이 밀려든다. 사이토는 큰 소리로 다른 경관을 불러 기자들을 물러나게 했다.

달려서 하천부지로 돌아가 순찰차의 무전으로 전달받은 차량 번호를 조회하고 있는 제복 경관에게 가서 물었다.

"이봐, 조회했나?"

"예. 주소는 오타시 혼초. 소유자는 마쓰자카 에리. 야구 선수 마쓰자카 다이스케의 성과 한자가 같습니다. 이름은 그림 회(絵) 자에 마을 리(里) 자를 씁니다."

"알았네. 아마 피해자 차가 맞을 거야."

사이토는 메모를 하며 가슴이 옥죄이는 것 같았다. 이름을 듣자 사건이 더욱 생생하게 다가온다. 서둘러 니시무라에게 보고하고 지시를 청했다.

"알았어. 오타 동부 경찰서 사람을 보내지. 꼭 등록한 주소에 살고 있다고 단정할 수도 없고 말이야. 주소지는 부모 집이고 실제로는 다른 곳에 사는 경우도 있으니까."

"사체는 봤습니까?"

"그래, 봤네. 전라이지만 테이프로 손이 뒤로 묶여 있지는 않았어. 교살인데 머리에 상처도 없고. 앞서 두 건과는 다소 차이가 있더군."

"준비가 되지 않았기 때문이겠지요. 범인은 가리야입니다. 조사를 받는 와중에 대담하게 나온 거지요. 자포자기인 건지 쾌락 살인의 문이 다시 열린 건지 모르겠지만, 아무튼 경찰에 대한 도전입니다."

"단정하지 말고 냉정해져. 모방범일 가능성도 염두에 둬야지."

니시무라가 감정을 억누르며 말했다.

그때 빗발이 거세졌다. 옆에 있던 노지마가 수사 차량의 트렁크에서 비닐우산을 가져와 니시무라와 사이토에게 건넸다.

"이럴 때 비야? 서둘러 강을 뒤져야 하는데. 지금까지와 같다면 피해자의 옷이나 소지품은 강에 흘려버렸다는 얘긴데 말이야."

니시무라가 혀를 찬다. 그사이에도 수사관들이 집결하여 스무 명이 넘게 모였다. 대부분 집에서 달려온 사람들이다. 모두 한결같이 살기등등하다.

"이봐, 모두 모여봐."

니시무라가 다리 밑으로 이동해 수사관들에게 집합하라고 했다. 이끼 냄새가 나는 공간에 비를 긋는 형태로 남자들이 원을 만든다.

"앞으로 탐문수사에 들어간다. 감식반의 소견으로, 사체는 사후 여섯 시간쯤 되었다고 한다. 다시 말해 어젯밤에 살해되어 하천부지에 유기했다는 뜻이다. 따라서 어젯밤부터 오늘 아침까지의 시간대에 수상한 인물이나 하천부지에 들어간 사람이 있었는지, 다투는 목소리가 들렸는지 등을 탐문수사한다. 철수는 오후 1시. 기류 남부 경찰서. 너랑 너는 미하라초, 너와 너는 이나리초……."

니시무라가 지도를 펼치고 담당을 할당한다. 그때 감색 왜건이 나타나 다리 밑 앞에서 정차했다. 사체를 옮기기 위한 차량이다. 반대편에서는 감식반 대원 네 명이 들것을 들고 질퍽거리는 길을 걸어왔다.

수사관이 말없이 길을 연다. 머리까지 모포에 덮인 여자 사체가 눈앞을 지나갔다. 발끝이 모포에서 비어져 나와 빨간 페디큐어가 칠해진 작은 발톱이 보였다.

이게 대체 무슨 일인가. 또 죄 없는 사람이 죽었다―. 사이토의 마음속에서 슬픔과 분노가 격렬하게 소용돌이쳤다. 책임의 몇 퍼센트 정도는 자신에게도 있다고 생각했다. 가리야를 체포하고도 기소할 만한 물증을 얻을 수 없었다. 그 사실만은 부정할 수가 없다.

*

오후 1시부터 열린 임시 수사 회의는 긴장된 분위기 속에서 시작되었다. 일어서, 경례, 하고 의식을 치른 후 연단의 1과장이 매서운 얼굴로 입을 연다. 노지마 마사히로는 목구멍 안쪽에서 복받치는 초조감을 억누르며 그 말을 들었다.

"있어서는 안 될 일이 일어났다. 세 번째 살인 사건, 10년 전부터 헤아리면 다섯 번째다. 그야말로 경찰에게는 최악의 사태다. 나는 내 책임을 통감하고 있다. 왜 검찰을 설득할 수 있을 만한 증거를 모을 수 없었는가. 왜 용의자를 자백시킬 수 없었는가. 책임의 대부분이 수사 지휘를 한 나한테 있다는 것은 명백하다. 우선은 이 기분을 여러분에게 전해두고 싶다. 각자 자책하거나 후회하는 부분이 많을 거라고 생각하지만, 사건이 일어난 이상 앞으로 나아가는 것 말고는 없다. 무슨 일이 있어도 범인을 잡자. 반년이 좀 안 되는 기간 동안 살인 사건이 세 건이나 일어났는데 범인을 잡지 못한다는 건 있어서는 안 되는 일이다. 지금이야말로 형사 정신을 보여주어야 할 때다."

호리베는 한 마디 한 마디 음미하듯이 말하고는 "그럼 본부장님" 하며 마이크를 건넸다. 현 경찰본부에서 달려온 무타는 간부석을 권유받았으나 착석을 거절하고 연단 옆에 서 있었다.

"무타다. 한마디만 하고 싶어서 왔다. 나도 이번 사건에 충격을 받았다. 석방한 계절노동자가 범인이라면 검찰을 설득하지 못한 내 책임이 더욱 크다. 또 이 사안은 경찰청의 감시자가 들어와서 여러분에게 쓸데없는 압력을 가했을지도 모르겠다. 그 점은 미안하게 생각한다. 앞으로는 수사가 격식을 차리는 데 소진되지 않도록 기탄없이 의견을 교환하고 전력을 다해 범인 체포를 향해 수사를 계속했으면 한다. 나 또한 후원을 아끼지 않겠다. 이상, 방해가 되면 안 되니까 이쯤에서 실례하겠다."

"일동, 일어섯!" 니시무라 관리관이 구령을 했다.

"됐어, 됐어. 시간이 아까워."

무타는 손으로 막는 동작을 하며 비서를 앞세우고 잰걸음으로 회의실을 나갔다. 이어서 니시무라가 마이크를 잡는다.

"그럼 와타라세강 연쇄 살인 사건의 최신 사안에 대해 첫 번째 수사 회의를 개최하겠다. 먼저 피해자는 오타시 혼초 ×초메 ×번지에 사는 마쓰자카 에리, 20세로 판명되었다. 다리 밑에 세워진 경차의 번호를 조회해서 소유자를 알아냈다. 곧바로 같이 사는 부모에게 사체를 확인하게 하여 마쓰자카 에리 본인이라고 판명되었다. 바로 세 시간쯤 전에 벌어진 일로 부모는 쓰러져 울었다. 우리로서도 차마 보기 힘든 광경이었다."

니시무라가 한 번 숨을 내쉰다. 노지마도 상상하는 것만으로 가슴이 아팠다. 그렇게 쓰라린 부모와 자식의 대면을 마주하는 일이 지난 몇 달 사이에 세 건이나 일어났다.

"계속하겠다. 마쓰자카 에리 씨는 고등학교를 졸업한 후 일단 신사복 매장에 취직하였으나 1년 만에 퇴사하고 그 후에는 시내 술집에서 호스티스로서 일하고 있었다. 술집에서 쓰는 이름은 에리카, 그리고 어제까지 일했던 가게는 오타역 앞의 술집 '리오'다."

가게 이름을 듣고 수사관들이 술렁였다. 노지마는 온몸에 소름이 돋았다.

"짐작한 대로다. 피해자는 가리야가 드나들었던 술집의 호스티스다. 이에 대해서는 나중에 의견을 구하겠지만 우선 감식 결과를 보고하도록 하겠다. 감식반, 부탁합니다."

니시무라의 지명을 받고 감식반의 담당자가 보고하러 일어선다. 모니터 장치를 쓰기 때문에 창가에 있던 노지마가 서둘러 커튼을 내렸다. 그때 창문으로 아래를 내려다보자 주차장에는 수많은 우산 꽃들이 피어 있었다. 비가 내리는 가운데 언론이 모여들어 있는 것이다. 중계차도 몇 대 있었다. 중대한 뉴스가 될 것만은 명백하다.

정면의 대형 모니터에 사체 사진이 비쳤다. 감식반이 메모를 읽는다.

"그럼 먼저 피해자의 사체 사진을 확인했으면 합니다. 우선 목 부분입니다. 사인은 경부 압박에 의한 교살입니다. 목에 끈 같은 도구를 사용한 흔적은 없고, 손으로 조른 것으로 추측됩니다. 다음으로 손목입니다. 과거의 리버 사안은 모두 테이프로 손이 뒤로 묶여 있었지만 이번에는 아니었습니다. 그리고 뒤통수에 타박상 흔적도 없습니다. 아마도 급작스레 목을 조른 것이 아닐까 추측됩니다. 교살의 경우 피해자의 손톱에 저항했을 때의 피부 일부나 섬유가 남기도 하는데 그것이 없는 것으로 보아 상당한 힘으로 단숨에 졸라 기절시킨 것으로 보입니다. 그리고 목 부분에 약간이기는 하지만 섬유 조각이 발견되어 목장갑을 끼고 졸랐을 가능성이 있습니다. 지문이나 DNA를 남기지 않으려고 했을 것입니다. 사체는 전라입니다. 특별한 손상은 없고 난폭하게 당한 흔적도 없습니다. 마찬가지로 성교의 흔적도 없습니다. 발 쪽에 지면에 끌린 찰과상도 없기 때문에 짊어진 채 옮긴 듯합니다. 사법해부는 앞으로 하겠지만 현저한 구취로 보아 피해자는 알코올을 마셨을 가능성이 큽니다. 검시관에 의한 검시 도중의 보고로는 사후 여섯 시간 전후라고 합니다. 다시 말해 사건 발생 시각은 어젯밤 11시에서 다음 날 새벽 1시 사이로 추측됩니다."

사체 사진을 보고 노지마는 자책감에 시달렸다. 스무 살의 여자가 무참하게 살해당했다—. 이 희생자는 경찰이 지켜내야 했던 시민이다.

"이어서 범인의 발자국인데, 비로 인해 채취는 불가능합니다. 유일하게 경차가 버려져 있던 교각 밑에서 발자국 몇 개를 채취할 수 있었지만 그곳은 평소부터 인접한 고등학교 학생들이 다니는 길이어서 그중에서 범인의 것을 특정하는 것은 어려워 보입니다. 물론 해보기는 하겠습니다. 그리고 경차는 현재 관할 경찰서로 옮겨 지문을 채취하는 중입니다. 감정에 이틀쯤 걸릴 것 같습니다. 차내에서 유류물은 발견되지 않았지만 바닥에 진흙이 붙어 있어서 그 감정도 동시에 진행하고 있습니다. 문제는 DNA입니다. 머리카락 한 올이라도 범인의 DNA가 채취되면 단숨에 해결됩니다. 다만 이 작업에는 시간이 필요하기 때문에 지문 감정을 우선하게 될 것이라 생각합니다. 일단은 이상입니다."

"수고했어. 그럼 다음, 탐문수사에 대한 보고를 순서대로 받겠다. 사체 유기 현장에서 가까운 지역부터 시작하지. 모토주쿠초 담당인 스즈키."

니시무라의 지명을 받고 수사관이 일어난다.

"예, 보고하겠습니다. 사체 유기 현장인 동쪽 일대는 정수장이기 때문에 민가 수는 제한되어 있습니다. 한 집 한 집 찾아다녔는데 별다른 일은 없었다는 대답뿐이었습니다. 수상한 차, 수상한 사람, 여자의 비명 등의 정보는 지금까지 얻지 못했습니다. 다만 정수장과 인접한 절에 CCTV가 몇 대 설치되어 있어서 그 영상을 제출하도록 조금 전에 신청서를 팩스로 보냈습니다. 저는 이상입니다."

"알았어. 다음, 미하라초와 기요세초."

"예, 보고하겠습니다. 저희도 지금까지 수상한 인물 등의 목격 정보는 얻지 못했습니다. 특히 기요세초는 경차가 버려져 있던 기류 대교 옆으로 통하는 골목이 있어서 가구 전체를 조사했습니다. 그런데 밤중에 차가 집 앞을 지나갔을지는 모르지만, 특별히 개의치 않았던 것 같다는 증언뿐이었습니다. 다만 이곳은 5월에 사체가 유기된 현장과도 가까운지라 주민들 사이에 동요가 퍼져 있어 다들 뭔가 생각해내려는 분위기라서 내일이라도 다시 한번 돌아다녀보려고 합니다."

"알았어. 다음 도모에초와 스에히로초."

"예. 보고하겠습니다."

수사관의 보고가 이어진다. 그때 사이토가 숨을 헐떡거리며 달려왔다. 간부석에 가볍게 인사하고 노지마 옆에 앉는다.

"어떻던가요, 가리야는?" 노지마가 조그만 소리로 물었다. 니시무라는 사이토에게 곧바로 가리야의 소재를 확인하도록 명했던 것이다.

"기숙사에 있었어. 도주하지는 않았고." 사이토가 대답한다. 니시무라에게는 이미 전화로 소식을 보고해두었다.

수사관의 탐문수사 보고는 대충 끝났다. 특별히 유력한 정보는 나오지 않았다. 아직 사건 발생으로부터 한나절밖에 지나지 않은 단계라서 어쩔 수 없는 일이지만, 범인이 용의주도하다는 것은 이것만으로도 전해졌다.

"그럼 이치우마, 바로 가리야의 상황을 전해주게." 니시무라가 말했다.

"예, 보고하겠습니다. 오늘 아침 사건 발생 현장에서 우치다 계장과 둘이서 제너럴중기의 공장 기숙사로 달려갔더니 가리야는 출근 전이고 방에 있었기 때문에 불러내서 일단 붙잡았습니다. 그 자리에서 묻고 싶은 것이 있으니 지금부터 경찰서로 동행해줄 수 없느냐고 요청했더니 가리야는 일이 있다며 거절했습니다. 그래서 공장 총무부로 가서 부탁해봤습니다만, 순회 트럭의 업무 일정상 갑자기 빼는 것은 어렵다고 해서 임의동행은 포기했습니다. 오늘은 오후 5시까지 일을 한다고 하니 그 후 경찰서로 부를 예정입니다."

"감시는 하지 않아도 되나?"

"우치다 계장이 일이 끝날 때까지 기다리겠다고 가리야에게 알리고 공장 총무부에서 대기하고 있습니다. 참고로 순회 트럭은 2주 전부터 블랙박스와 GPS 장치를 달았다고 합니다. 그러므로 총무부에 있으면 현재 위치를 확인할 수 있습니다."

"알았네. 가리야가 어땠는지 전해주게."

"예. 우선 저와 우치다 계장이 기숙사로 달려갔을 때입니다. 가리야는 놀라는 것 같지는 않았습니다. 평소대로 무표정하게 '오늘은 조사를 받는 날이 아니라고 알고 있는데요'라고 말했습니다. 그래서 먼저 어제저녁은 어디에 있었느냐고 물었더니 기숙사 방에 있었다고 대답했습니다. 누군가 증언해줄 사람은 있느냐는 물음에는 혼자 있어서 없다는 대답이었습니다. 뭘 하고 있었느냐고 하니 텔레비전을 보고 있었다기에 미리 준비해 간 편성표를 들이밀며 프로그램 제목을 모두 말해달라고 했더니, 책을 읽으면서 봤기 때문에 텔레비전은 곁눈으로 봤을 뿐이라고 진술을 바꿨습니다. 우리가 여기에 왜 왔는지 모르겠냐고 하자 가리야는 고개를 가로저었습니다. 오늘 아침에 와타라세강 하천부지에서 젊은 여자 사체가 발견되었다, 네가 또 저지른 거냐고 따지고 들었더니 안색 하나 바꾸지 않고 모른다고 답했습니다."

사이토가 수첩으로 시선을 떨어뜨리고 펼쳐진 수첩에 쓰인 내용을 보고한다.

"손이나 얼굴에 긁힌 상처는 없었나?" 니시무라가 물었다.

"주의해서 관찰했지만 보이지 않았습니다."

"신발은 제출했나?"

"관리관님이 말씀하신 대로 소지하고 있는 신발을 모두 제출해달라고 하니 그럼 어떻게 나가느냐며 응하지 않았습니다."

"기숙사의 CCTV는?"

"현관홀, 엘리베이터 내부, 식당, 세탁실에 각 한 대씩. 모두 제출하라고 했습니다."

"가리야가 밤에 나가는 모습이 찍혔다면 좋겠는데……."

"그러면 좋겠지만, 새로운 살인을 저지르는 것이니까 쉽사리 증거를 남기지는 않았을 것입니다. 참고로 기숙사에는 통용문이 두 군데 있고, 거기에는 CCTV가 없습니다. 그러므로 얼마든지 CCTV를 피해 밖으로 나갈 수 있습니다."

"부근의 CCTV는?"

"그에 대해서도 수배는 마쳤습니다. 지금까지도 기숙사 주변의 CCTV 영상을 제공받았기 때문에 어렵지 않게 확보할 수 있을 거라고 생각합니다."

"가리야한테 피해자와의 관계에 대해서는 물어봤나?"

"아니요. 아침까지는 신원을 알지 못했기 때문에…… 관리관님의 전화를 받고 저희도 깜짝 놀랐습니다."

"자네는 어떻게 생각하나?"

"가리야가 범인이라는 걸 확신했습니다."

사이토가 단호히 말했다. 노지마도 같은 생각이었다. 이번 범행은 자신이 범인이라는 것을 밝히고 나온 것이나 다름없다.

"우치다 계장도 마찬가지로, 가리야는 스스로 파멸의 길을 선택한 거나 다름없다고 했습니다. 3주간이나 조사실에서 상대해온 사람으로서 상당한 충격을 받은 듯합니다."

"그런가? 그렇겠지."

니시무라가 동정하는 표정으로 목소리를 낮춘다. 노지마도 우치다의 마음을 헤아렸다. 조사실에서 바짝 추궁받은 범인이 한층 더한 범행을 저질렀다면 의협심이 있는 형사일수록 자책할 것이다.

"다른 의견이 있는 사람?"

니시무라가 묻자 도치기현 경찰인 히라노가 손을 들고 발언했다.

"범인은 가리야로 좁히는 방침입니까?"

"아니, 그럴 생각은 없다. 모방범도 포함해서 모든 가능성을 배제하지 않고, 피해자의 교우 관계도 당연히 조사한다. 통상의 살인 사건과 마찬가지로 탐문수사, 주변 수사, 증거 수집까지 진행할 생각이다. 히라노 주임은 지금도 이케다를 쫓고 있다고 들었는데, 그쪽은 뭔가 마음에 걸리는 일이라도 있나?"

"아니요, 없습니다. 이케다는 여전히 행방불명 상태입니다. 다만 일련의 리버 사안과는 수법에 차이점이 있어 다소 마음에 걸리는 것 뿐이라……."

"이에 대해 다른 의견은?" 니시무라가 물었다.

노지마는 생각하는 바가 있어 손을 들고 발언했다.

"도구 없이도 실행할 수 있다고 본 거 아닐까요? 안면이 있다면 뒤에서 갑자기 머리를 내려칠 필요 없이 다가갈 수 있을 테니까요. 피해자의 차에 타는 것도, 둘이서 와타라세강 하천부지로 가는 것도 쉽게 가능했겠지요."

"음, 그래. 그렇게 생각할 수 있지."

니시무라가 몇 번이고 고개를 끄덕인다.

"노지마 형사. 이야기가 나왔으니 묻겠는데, 범인이 가리야라고 한다면 어떻게 사체 유기 현장에서 제너럴중기의 공장 기숙사로 돌아왔을 것 같나?"

"모르겠습니다. 대충 15킬로미터쯤이니 걸어갈 수 없는 거리는 아닙니다. 다만 심야에 인적이 없는 길을 걷고 있으면 눈에 띌 테니 돌아다니는 빈 택시를 잡았다거나……."

"조심성이 많은 범인이 택시 같은 걸 이용했을 거라고 생각하나?"

"하지만 이번 범행은 계획적이라기보다 충동적인 요소가 많은 것 같아서 꼭 그렇지 않다고도 말할 수 없습니다."

"알았네. 어젯밤 현장 부근에서 영업했던 택시도 깡그리 조사해보자고."

니시무라가 메모를 한다. 그때 오타 동부 경찰서의 형사 두 명이 달려왔다.

"늦었습니다." 한 사람이 사죄한다.

"왜 이렇게 늦었어? 빨리 보고해."

"오타 동부 경찰서의 후지카와입니다. 그럼 보고하겠습니다."

중년의 형사가 웃옷을 벗고 수첩을 꺼내 보고를 시작했다.

"피해자가 술집 '리오'에 근무하는 호스티스라는 것이 드러나 곧바로 그곳 마담인 요시다 아키나 씨와 연락을 취하려고 했습니다. 그런데 몇 번을 걸어도 전화를 받지 않아서 우선 가게 오너를 찾아 마담의 주소를 알아내 직접 다녀왔습니다. 마담이 전화를 받지 않았던 것은 형사가 오전에 하는 전화는 변변한 용건이 아니라고 생각해 무시한 거라고 합니다. 그리고 마담에게 호스티스인 마쓰자카 에리 씨가 타살당한 사체로 발견되었다고 전했더니 충격으로 그 자리에 털썩 주저앉아 한동안 말을 하지 못하는 상태였습니다. 어젯밤의 상황을 알고 싶다고 했더니 협조적으로 답했습니다. 어젯밤은 가게가 한가해서 밤 11시에 젊은 호스티스를 돌려보냈다고 합니다. 피해자도 그중 한 사람이고, 그 후는 모른다는 것이었습니다. 대체로 자가용 차를 타고 술집으로 출퇴근하는데 일일이 확인하지는 않고, 차로 왔을 때는 음주 운전을 하지 않도록 늘 주의를 주고 있다고 합니다. 다만 지키지 못하는 실정이라, 만취 상태가 아니라면 못 본 척하곤 했다고 합니다. 그리고 가장 중요한 것은 가리야가 가게에 왔는지의 여부일 텐데, 석방된 이후 단 한 번도 오지 않았다고 했습니다. 거짓말을 하는 것 같지는 않습니다만 일단 진위를 확인해보겠습니다. 그리고 피해자는 마담과 나이가 열 살 이상 차이가 나서 특별히 친한 사이는 아니고, 사적으로 교제도 없었다고 합니다. '리오'에서 일하기 시작한 것은 올 1월부터이고 술장사로는 두 번째 가게라고 합니다. 전에 다녔던 가게를 1년도 지나지 않아 그만둔 것으로 보아 칠칠치 못한 성격이 아닐까 싶어 그다지 기대하지 않고 고용했지만, 무단결근하는 일은 없었던 것 같습니다. 다만 지각은 많았다고 합니다. 사실 저는 '리오'의 단골손님입니다. 피해자의 접객을 받은 적은 없지만, 얼굴은 알고 있었습니다. 그래서 개인적으로 무척 충격을 받았습니다."

후지카와가 감정을 억누르는 듯이 크게 헛기침을 했다.

"문제는 지금까지의 리버 사안 피해자의 공통점으로서 원조 교제를 마쓰자카 에리 씨가 하고 있었느냐의 여부인데, 마담에게 물었더니 그런 것은 대답하고 싶지 않다고 거부했습니다. 살해당한 종업원을 동정해서겠지요. 앞으로 사건이 크게 보도될 때 나쁜 말을 듣고 싶지 않다는 심정은 충분히 이해할 수 있습니다. 이에 대해서는 다른 호스티스를 만나 알아보겠습니다. 이전에 언뜻 '리오'에 이주 노동자를 상대로 용돈 벌이를 하는 호스티스가 있다는 얘기를 들은 적이 있습니다. 만약 피해자에 관한 얘기였다면 가리야의 목표물이 되었을 거라는 아귀는 맞습니다. 저는 이상입니다."

후지카와가 보고를 마친다. 회의 마지막에 다시 한번 호리베 1과장이 마이크를 잡았다.

"여러분, 이제 한시의 유예도 허락되지 않는다. 범인을 검거해야 한다. 그것을 위해서도 아무튼 탐문이다. 앞으로 초동수사반은 CCTV 영상의 확보와 분석을 서둘러야 한다. 범인이든 버려진 경차든 반드시 어딘가의 CCTV에 찍혔을 것이다. 그것을 연결해가면 범인의 사건 이전 행적도, 이후 행적도 알 수 있다. 그것으로 잡자. 가장 강력한 용의자는 가리야라고 봐도 좋다. 지검도 이번에는 각오를 할 것이다."

노지마는 간부들의 마음속을 헤아리고 동정심을 느꼈다. 사건이 해결되어도 누군가는 틀림없이 강제로 사직당할 것이다. 대외적으로는 경찰의 큰 실수인 것이다.

"이봐, 노지마. 마쓰모토에서 긴 양말 입수 경로를 조사한 이야기는 어떻게 됐어?"

회의실을 나서자 사이토가 물었다.

"아직입니다. 서둘러 착수하겠습니다."

"검찰은 긴 양말의 입수 경로를 알면 가리야를 기소하겠다고 했어. 이것만 파악하면 역전할 수 있는 거야."

"알겠습니다. 전력을 다해 조사하겠습니다."

계단을 내려가자 계단참에 기자들이 기다리고 있었다. 각자 노리고 있던 형사를 붙들고 사정을 들으려고 한다.

"안 돼요, 기자 양반들. 곧 서장실에서 1과장이 설명회를 열 것이니 개별 취재는 삼가주세요."

군마현 경찰인 호시노 공보관이 달려와 제지하려고 하지만, 계단은 순식간에 만원 전철처럼 되었다. 노지마는 형사과로 가는 것을 포기하고 회의실로 돌아왔다. 스마트폰을 들고 마쓰모토시의 라면집 주인 야기에게 전화를 했다. 오후 2시가 지났으므로 점심때는 지난 시간이다.

"형사님, 수고하십니다! 야기입니다!"

수화기 너머에서 힘차게 말했다.

"지금 전화 괜찮습니까?"

"괜찮습니다. 슬슬 휴식 시간이니까요."

"좀 알려주었으면 하는 것이 있어서 연락했습니다."

"알겠습니다. 뭐든지 말씀하세요. 낮 뉴스에서 봤습니다. 와타라세강에서 세 번째 사체가 발견되었다고요. 큰일이 난 것 같네요."

"그런가요? 그야 톱뉴스가 되겠지요."

노지마는 얼굴을 찡그리고 탄식했다. 경찰서 안에만 있으면 알기 힘들지만 지금 세간의 반응은 엄청난 야단법석인 모양이다.

"가리야가 저지른 겁니까? 저는 그게 아주 마음에 걸려서요."

"그건 말할 수 없습니다. 이해해주십시오."

"알겠습니다. 그럼 용건을 말씀하시지요."

"알려주었으면 하는 것은 마쓰모토 시내에서 작업용 혹은 등산용의 두툼한 긴 양말을 구입하려면 어디가 좋을까요? 상품을 골고루 많이 갖추고 있는 곳이요."

"그건 수사 때문에 물어보는 겁니까?"

"물론입니다. 사건과 관계가 있어서 묻는 겁니다."

"아주 많지요. 마쓰모토 지역은 북알프스의 입구니까요. 이시이 스포츠나 고지쓰산소, 노스페이스 같은 아웃도어 브랜드 직영점이 곳곳에 있지요. 등산을 하지 않는 저도 알고 있을 정도로요."

"그럼 간단히 입수할 수 있다는 거네요."

"물론이죠."

"가령 말이에요, 가리야가 고향에서 두툼한 긴 양말을 구입하려고 한다면 어디서 구입할 거라고 생각합니까?"

"그게 대체 무슨 말인가요?"

야기가 전화기 너머에서 의아해한다. 노지마는 몇 초 생각하고 사정을 털어놓기로 했다. 가령 정보가 샌다고 해도 사건 발생 지역과 나가노현과는 거리가 있기 때문에 지장을 초래할 가능성은 크지 않다. 게다가 야기는 신용할 수 있다.

"범인의 수법이 두툼한 긴 양말에 돌이나 모래를 넣어서 뒤통수를 구타하여 기절시키는 것이거든요. 그래서 긴 양말의 입수 경로를 조사하고 있습니다."

"아아, 그런 겁니까……?" 이번에는 야기가 몇 초간 뜸을 들였다. "저기, 형사님, 저는 지금 그 이야기를 듣고 생각난 게 있는데요."

"뭔가요?"

"폭주족 시절에 적대하는 그룹에 자갈을 넣은 방한용 양말을 무기 삼아 휘두르는 위험한 놈이 있었는데, 한번 싸움이 일어났을 때 그걸 빼앗아 역으로 냅다 후려갈긴 녀석이 있었습니다. 내가 아니라 후배인데요. 그랬더니 그놈이 한 방에 기절해서 이봐, 위험하잖아, 하며 반대로 우리가 겁이 나서 기절한 놈을 병원에 데려간 적이 있었습니다. 지금 그 일이 떠올랐습니다. 그때 가리야도 있었을 겁니다."

"그래요. 유력한 정보, 감사합니다."

노지마는 듣는 중에 소름이 돋았다. 증거라고는 할 수 없지만 관계는 있었다.

"그런데 아까 그 이야기 말인데요, 만약 가리야가 방한용 양말을 마쓰모토 시내에서 구입했다면 우리가 나온 고등학교 버스 정류장 옆에 있는 공예 용품점이 아닐까 싶습니다. 공업고등학교라서 우리 학교에 납품을 했던 곳이거든요. 우선 생각나는 것은 그 가게입니다. 대형점은 아니지만 볼트나 전기 코드처럼 업자를 상대로 하는 상품을 구비하고 있으니까요. 가게 이름은 '오노야'입니다. 뭣하면 제가 알아볼까요? 시내라면 대충 아는 사람이 있고요."

"고맙습니다. 하지만 아무것도 하지 말아주세요."

"그렇습니까? 제가 한마디만 하면, 누구 한 사람 정도는 오노야의 종업원을 아는 놈을 찾을 수 있을 겁니다."

"됐어요. 됐습니다. 정말 아무것도 하지 말아주세요. 그리고 아무쪼록 아무한테도 말하지 말아주세요. 가리야가 범인이라고 확정된 것도 아니니까요."

"걱정하지 마십시오. 저는 여기저기 떠벌리는 사람이 아니니까요."

야기는 부탁을 받아 기쁜 것인지 말이 많았다. 불량배 출신은 발이 넓은 만큼 아주 도움이 된다.

노지마는 되도록 빨리 마쓰모토로 가야겠다고 생각했다. 가리야가 4월에 귀성한 날짜는 여동생이 있는 보호시설의 방문

기록을 통해 알 수 있다. 그러므로 시점을 아주 정확하게 파악한 뒤 CCTV 영상을 확보할 수 있을 것이다. 동행자가 없다면 혼자라도 갈 것이다.

서둘러 니시무라 관리관을 만나려고 회의실을 나가 1층까지 내려갔더니, 복도는 서장실에 들어가지 못한 언론 관계자들로 몹시 혼잡했다. 아무래도 도쿄에서 상당한 수의 미디어가 달려온 모양이다.

"각 언론사에서 한 명씩만 해주세요."

호시노 공보관이 발돋움을 해서 목소리를 높이고 있다. 노지마는 다시 이 사건의 중대성을 실감했다. 수사에 임하는 형사로서 반격하지 않을 수 없다.

*

요시다 아키나는 멍한 상태였다. 에리카가 전라의 사체로 발견되었다. 그것도 와타라세강 하천부지에서. 다시 말해 일련의 연쇄 살인 사건의 세 번째 희생자가 가게의 호스티스인 스무살의 에리카였던 것이다.

정오 가까운 시각에 오타 동부 경찰서의 후지카와 형사가 아파트까지 찾아와 알려주었다. 아침부터 스마트폰이 울렸지만, 어차피 변변한 용무가 아닐 거라며 무시했더니 엄청난 일이 일어나 있었다. 서둘러 텔레비전을 틀자 뉴스 채널에서 톱뉴스로 보도 중이었다. 어디서 입수한 것인지 고등학교 졸업 앨범의 얼굴 사진이 이름 옆에 나와 있다. 갈색 머리에 눈썹이 없는 젊은 아가씨가 동그란 원 안에서 천진난만하게 웃고 있다. 아키나는 화장을 안 한 에리카를 모르기 때문에 촌티가 나는 민낯을 보니 더욱 가슴이 아팠다. 스무 살은 무서운 것을 모르고, 멋내는 것과 연애밖에 흥미가 없는 나이다. 그런 젊은 여자가 느닷없이 미래를 빼앗겼다―.

찾아온 형사는 어젯밤 에리카의 행동과 가리야가 가게에 왔는지를 물어보고 갔다. 아키나는 역시 가리야를 의심하는 건가 해서 머리가 혼란스러웠다. 석방되자마자 또 살인 사건이 벌어졌다. 그것도 에리카와 가리야에게는 호스티스와 손님이라는 접점이 있기 때문에 형사가 의심하는 것은 충분히 이해할 수 있다. 아니, 의심 정도가 아니라 단정하고 있을 것이다. 지금 가리야는 어떻게 하고 있을까? 다시 경찰에 신병이 구속되어 있는 걸까, 아니면 자유의 몸일까? 전화를 해보면 금세 알 수 있는 일인데도 지금은 그럴 용기조차 나지 않는다. 다만 집의 소파에 엎드려 있을 뿐이다.

일단 오늘은 가게를 열지 않으려고 메신저로 호스티스들에게 임시 휴업을 알렸다. 중남미 출신의 호스티스들에게는 리더 역할을 하는 새끼 마담이 있어서 그녀에게 문자를 보냈다. 그러자 몇 명에게 전화가 와서 슬픔과 충격을 서로 이야기했다. 이럴 때는 누구든 좋으니까 목소리가 듣고 싶다.

그리고 문득 생각나서 〈주오신문〉의 지노 기자에게 전화를 걸었다. 지금 스스럼없이 이야기를 나눌 수 있는 사람은 그녀뿐이다.

"네, 지노입니다."

지노는 곧바로 전화를 받았다. 주위에 사람이 있는지 목소리를 낮추었다.

"요시다입니다. 지금 얘기할 수 있어요?"

"잠깐만 기다려주세요. 경찰서 안에 있습니다. 장소를 옮길 테니까요."

잠시 짬을 두고 나서 "많이 기다렸지요?" 하는 차분한 목소리가 들려왔다.

"저는 지금 충격으로 쓰러질 것만 같아요." 아키나가 말했다.

"그럴 거예요. 조금 전에 공보과에서 피해자 발표가 있었는데 그게 '리오'의 호스티스라는 것을 알고 저도 충격을 받았습니다."

"어젯밤까지 멀쩡했던 아이가 오늘 아침 사체로 발견되다니, 믿을 수가 없어요. 우리는 평범하게 이야기를 나눴어요. 오늘밤은 한가하네, 하고 말이에요."

"죄송해요. 아무래도 제가 기자라서 묻는데요, 어젯밤 가리야 씨는 손님으로 가게에 왔습니까?"

지노가 소리를 죽여 물었다.

"아뇨, 석방된 이후로는 가게에 오지 않았어요. 만나지도 않

261

왔고요."

"그럼 가리야 씨와 오늘 연락은 했습니까?"

"아뇨, 하지 않았어요. 뭐랄까, 의심하는 건가, 하고 그 사람이 생각하는 게 싫어서요."

"마쓰자카 에리 씨와 가리야 씨에게 접점은 있습니까?"

"그냥 손님과 호스티스 관계예요. 그건 확실해요."

"미안합니다. 또 한 가지 무례한 걸 물어보겠는데요, 에리 씨는 이른바 원조교제 같은 것을 하고 있었나요?"

지노가 살피는 듯한 어조로 물었다. 역시 그녀는 기자인 것이다.

"호호호, 아까 형사님한테도 똑같은 질문을 받았어요."

"뭐라고 대답했어요?"

"그런 건 말하고 싶지 않다고 대답했어요."

"그런가요? 돌아가신 분에 대해서는 누구라도 나쁘게 말하고 싶지 않을 테니까요. 요시다 씨의 마음은 이해해요."

"하지만 지노 씨한테는 말해줄게요."

아키나가 말했다. 그녀라면 괜찮지 않을까 싶었던 것이다.

"에리카는 손님과 원조교제를 하고 있었어요. 아주 노동자인 일본계 브라질인 상대가 많았던 것 같은데 일본인 손님도 있었어요. 가리야 씨한테도 꼬리를 친 적이 있었는데 가리야 씨가 상대해주지 않았지요."

"그렇군요. 귀중한 정보, 감사합니다."

"저기, 가리야 씨는 경찰의 감시를 받고 있었죠?"

이번에는 아키나가 물었다. 몇 가지 알고 싶은 것이 있다.

"물론 받고 있었어요. 석방 후에도 임의 조사는 계속되었으니까요."

"경찰은 미행했나요? 만약 24시간 미행했다면 가리야 씨는 사건과 관계없을 거라고 생각하는데요."

"그건 확인을 하지 못했어요. 용의자를 미행하는 것을 경찰은 행동 확인이라고 하는데 도망갈 우려가 적다고 판단하면 행동 확인을 풀 때가 있거든요."

"그럼 자유롭게 돌아다녔을지도 모르겠네요?"

"그렇지요."

"흐음…… 저기, 경찰은 당황하고 있나요? 우리 집에 온 형사는 얼굴이 굳어 있던데요."

"그야 수사를 한창 진행하는 중에 또 살인 사건이 일어났으니까 형사들은 모두 얼굴이 새파래졌지요."

"그렇겠네요. 시민의 입장에서 보면 경찰은 뭘 하고 있는 거냐, 이런 걸 거고요."

아키나는 형사들을 동정했다. 가게에 오는 형사는 다들 사람 좋은 평범한 아저씨들이다.

좀 더 얘기하고 싶었지만 지노가 바쁜 것 같아 조심스러워 전화를 끊었다. 소파에 다시 엎드린다. 에리카는 얼마나 무서웠을까. 살해당하리라는 것을 알았을 때의 공포는 얼마나 심했을까. 경박한 여자였지만 나쁜 애는 아니었다. 어디에나 있는 스무 살짜리 아가씨다. 이 얼마나 끔찍한 일이란 말인가. 이 세상에 신은 있는 것일까.

가리야가 아니면 좋을 텐데……. 아키나는 가슴속으로 혼잣말을 했다. 그 점에 대해 자신이 의외로 냉정한 것에 놀랐다. 가리야에 대한 걱정은 전혀 없다. 그가 살인마라면 내가 이끌어 줄 것이다. 그런 말도 안 되는 생각을 했다.

스마트폰이 울렸다. 화면을 본다. 가리야다. 순간적으로 숨이 멎었다. 받아도 되는 것일까…… 아니, 받지 않는 선택지는 없다. 목소리를 듣고 싶고 결백을 믿고 싶기도 하다.

"네. 아키나입니다." 아키나는 숨을 삼키고 전화를 받았다.

"아, 난데……." 가리야의 분명치 않은 목소리였다. "에리카짱 일은 나도 믿을 수가 없어. 딱해서, 딱해서 말이야……. 아침 일찍 경찰이 와서 또 나를 의심했지만, 어젯밤에는 기숙사에 있었고 난 관계없어."

"응, 알고 있어."

아키나는 조금 편해졌다. 먼저 전화를 걸어온 것도 기쁘다.

*

세 번째 살인 사건은 기자인 지노 교코도 부들부들 떨게 했다. 10년 전부터 치면 다섯 명째다. 동일범이라면 한 사람이 다

264

섯 명의 여자를 살해한 것이다. 악귀의 소행이나 다름없다. 대체 어떤 정신의 소유자가 그런 짓을 할 수 있을까. 어쩌면 인간으로서 이미 망가진 것이 아닐까. 기자 경험이 얕은 교코로서는 상상도 할 수 없는 일이다.

기류 남부 경찰서의 수사본부는 살기가 등등했다. 형사들의 얼굴은 험악하여 쉽사리 접근할 수 있는 분위기가 아니다. 교코는 수사 회의를 마치고 복도로 나온 사이토에게, 주위에 기자가 없는 것을 확인하고 눈 딱 감고 말을 걸어봤다.

"지난번 그 계절노동자의 감시는 풀었던 겁니까?"

사이토는 순간적으로 안색을 바꾸고 째려보며 나왔다.

"처음에는 시내 호텔의 방을 잡고 거기에 머물게 했던 것 같은데, 본인이 거부해서 포기한 건가요? 아니면 경찰이 신병을 확보할 필요가 없다고 판단한 건가요?"

어차피 미움을 받을 거라고 생각해서 꺼리지 않고 물었다.

"호텔 이야기는 어디서 들었소?"

사이토가 걸으며 입을 열었다.

"뱀의 길은 뱀이 아는 법이니까요……."

"흐음, 다 안다는 듯이 입을 놀리기는……. 이쪽보다 검찰로 가서 이야기를 들어보는 게 어떻소? 계절노동자의 체포와 기소를 보류한 이유가 뭐냐고 말이오. 나는 그걸 다룬 기사를 읽고 싶은데."

사이토가 걷는 속도를 높이고 계단에 도착하자 나는 듯이 뛰어 내려갔다. 교코는 따라가는 것을 포기하고 1층 복도에서 고사카를 기다렸다. 고사카는 1과장의 설명회를 듣기 위해 경찰 담당 캡으로서 서장실에 들어가 있다.

그때 별로 익숙하지 않은 젊은 남자가 나타나 "〈주오신문〉인가요?" 하고 교코의 완장을 보며 말을 걸어왔다.

"네, 그렇습니다만."

"저는 〈주간 채널〉의 기자로, 사토라고 합니다. 별건체포가 되었다던 제너럴중기의 계절노동자 건에 대해 〈주오신문〉도 당연히 알고 있지요?"

태평하게 웃는 얼굴로 묻는다.

"아뇨, 모릅니다."

교코는 즉시 그렇게 대답했다.

"이름만이라도 알려주실 수 없습니까?"

"그러니까 모릅니다."

교코가 딱 거절하자 기자는 어깨를 으쓱하며 "그런가요? 그럼 실례합니다"라고 말하며 다른 기자에게 말을 걸었다.

앞으로는 보도 경쟁도 과열될 것 같다. 출판사 계열의 주간 지는 기자실에 소속되어 있지 않기 때문에 얽매이지 않는 만큼 과감한 내용을 쓴다.

잠시 기다리고 있었더니 서장실에서 각 언론사 기자들이 줄줄이 나왔다. 고사카의 모습을 보고 달려가자 복도 구석으로 손짓했다.

"너, 틈을 봐서 K를 직접 만나고 와."

고사카가 놀랄 만한 말을 했다.

"제가요?"

"너 말고 누가 가? 술집 마담하고도 친하잖아? 그 사실을 꺼내면 내쫓지는 않을 거야."

"하지만 괜찮을까요? 경찰과의 관계가 나빠지지 않을까요?"

"괜찮아. 〈NHK〉가 이미 직접 취재한 모양이야. 멍청했어. 우리 특종이라고 생각하고 있었는데 돌이킬 수 없는 자만이었어."

고사카가 얼굴을 찌푸리며 말했다.

"그랬군요. 아까는 〈주간 채널〉의 기자가 말을 걸던데요."

"왜?"

"계절노동자 이름만이라도 알려달라고요. 물론 알려주지 않았어요."

"이거 경찰도 힘들겠군. 주간지가 분탕질을 하니까 말이지."

"K보다 먼저 시노다 선생님을 만나고 싶은데요."

교코가 말했다. 세 번째 살인이 가리야의 범행이라면 어떤 심리에서였는지 꼭 전문가의 의견을 듣고 싶다.

"그 선생, 지금 뭘 하고 있지?"

"완전히 히라쓰가가에 들어가 있습니다. 겐타로와 그 모친의 상담 상대로, 매일 도쿄와 군마를 오가고 있습니다. 메일로 어디에 있는지 여쭤보니 오늘은 기류 시내에 있다고 합니다."

"알았어. 그럼 이야기를 듣고 와. 이번 범행을 K가 했다면 경찰에 대한 도전인지, 살인마 존(광대 살인마라 불리는 미국의 실제 연쇄 살인범 존 웨인 게이시를 뜻함)처럼 된 건지, 나도 의견을 듣고 싶으니까."

고사카가 한숨을 한 번 내쉬고 나서 충혈된 눈으로 말했다.

"하지만 범인은 용서할 수가 없어. 나는 경찰 담당 기자가 된 지 오래되었지만 이렇게 처참한 사건은 처음이야. 무슨 일이 있어도 전모를 밝혀내자고. 그게 신문의 사명이야."

"네."

교코도 다시 마음을 다잡았다. 이십대 여자로서 도망치고 싶은 마음도 있지만 신문기자이므로 극복할 수밖에 없다.

시노다는 겐타로와 함께 기류 시내의 호텔에 있었다. 겐타로는 시노다를 완전히 믿는 듯한 모습으로, 정신적으로도 안정되어 보였다. 이야기를 듣고 싶다고 말하여 최상층 레스토랑으로 장소를 옮겼다. 커피를 주문하고 테이블에 마주 앉았다.

"지노 씨보다 먼저 형사가 왔었어요." 시노다가 말했다. "어젯밤 겐타로의 알리바이를 조사하고 싶다고 하더군요."

"그런가요? 아직도 피의자인 거네요. 그래서요?"

"어젯밤에는 호텔에 있었지요. 다만 방까지 같은 건 아니고, 나는 밤에 내 방에서 원고를 쓰니까 다 아는 건 아니라고 대답했더니 돌아갑디다. 하지만 경찰은 아마 엘리베이터와 입구의

CCTV 영상을 조사하겠지요. 의심이 풀리는 거라면 그것도 좋은 일이지만요."

"오늘 아침 와타라세강에서 또 젊은 여성의 사체가 발견된 사건에 대해서 어느 정도까지 알고 있나요?"

"텔레비전 뉴스에서 보도했던 범위까지요. 다른 정보가 있으면 알려주시오."

시노다의 요구로 교코는 현시점에 알고 있는 것을 말해주었다. 사체는 전라 상태였지만 손이 뒤로 묶이지 않았고 뒷머리에 상처도 없다. 또한 피해자의 차가 사체 유기 현장 바로 옆에서 발견되었고 이전의 두 범행과 수법상 몇 가지 차이점이 있다.

"동일범이라고 생각합니까?" 교코가 물었다.

"모르겠네요. 일련의 흐름에서 보면 동일범으로 생각하는 것이 타당하겠지만, 심증일 수밖에 없지요."

"K가 범인이라면 왜 석방 직후에 세 번째 범행을 벌였을 거라고 생각해요? 경찰이 격분하여 더더욱 자신에 대한 수사가 격렬해질 거라는 걸 잘 알고 있을 텐데 말이에요."

"더 이상 벗어날 수 없다고 생각한 거 아닐까요?"

시노다가 커피 잔에 입을 대고 묘한 말을 한다.

"그건 무슨 뜻입니까?"

"내면의 살인 충동이 다음에 또 언제 나타날지 알 수가 없는 악마를 마음속에 계속 키우고 있을 바에는 차라리 모든 것을 끝내도 좋다는 거지요. 다시 말해 파멸을 선택한 거지요."

"파멸을 선택한 거라고요……?"

교코는 그 말을 마음속으로 반추했다. 확실히 자신에게 가장 큰 혐의가 향한다는 것을 아는 상태에서 사건을 일으켰다면 그건 파멸을 택한 것일 수밖에 없다.

"체포되고 기소되어 재판으로 간다면 아무튼 사형이니까요. 물론 자백할 것으로 생각하기 힘들지만, 경찰에 진술서를 한 장도 쓰지 못하게 한 채 사형선고를 받는다는 것, 그건 그것대로 연쇄 살인범의 미학이지요. 과거의 사례를 봐도 자백은 잘 없습니다. 목표물의 목을 조른 이상 완전한 확신범이니까 참회도 하지 않지요."

"미학을 위한 거라면 수수께끼를 남긴 채 자살할 수도 있습니까?"

"대량 살인은 목적을 달성한 후에 자살하는 경우가 많지만, 연쇄 살인이라면 우선 자살은 없습니다. 범행 동기가 자존심의 충족이라서 스스로 목숨을 끊을 이유가 없지요."

"자존심의 충족이라는 것은……."

"매춘부나 노숙자를 노린 연쇄 살인에서 흔히 보이는, 왜곡된 우월감과 정의감. 그래서 죄책감이 없습니다."

"아, 그렇군요."

교코가 고개를 끄덕인다. 시노다의 의견은 여전히 단정적이지만 설득력이 있었다.

"선생님, 실은 상사가 K를 직접 취재하라고 하는데, 뭘 물으면 좋을까요?"

"뭐요? 만나러 가요?" 시노다가 미간을 찌푸렸다.

"네. 다른 언론사가 이미 직접 인터뷰한 것 같아서 우리도 하라고…….'

"어차피 자신은 무관하다고 항변할 뿐이겠지요. 의미가 없지 않은가요."

"피의자의 살아 있는 목소리를 듣는 것도 기자의 일이니까요."

"흐음, 그럼 조심해요. 파멸을 택했을지도 모르는 사람이니까요."

시노다가 교코를 보며 말했다.

"뭐, K가 범인일 때의 이야기지만."

이렇게 덧붙였지만 교코는 등줄기가 서늘했다.

그때 두 남자가 나타났다. "선생님" 하고 시노다에게 말을 건다. 오전 중에 왔다는 형사인 모양이었다. "잠깐 할 이야기가" 하며 시노다를 레스토랑 밖으로 데리고 나간다. 무슨 일이 생긴 건지 의아해하며 자리에서 기다리고 있으니 20분 후에 돌아왔다.

"무슨 일이 있었나요?" 교코가 묻는다.

"겐타로가 호텔의 CCTV에 찍혔대요. 어젯밤 11시 넘어서 자신의 BMW를 타고 나갔다네요. 돌아온 것은 약 세 시간 후고요."

시노다가 언짢은 얼굴로 대답했다.

"그래서 형사님과 함께 겐타로의 방으로 가서 어디에 갔었느냐고 물었는데 자기는 모른다고 끝까지 우겨서……. 뭐, 다른 인격이 나와서 행동했다면 당사자는 기억하지 못하겠지만……. 그런데 형사님이 겐타로의 스마트폰을 제출해주지 않겠느냐길래 그건 가족의 허락을 구하지 않으면 힘들 거라고 하자 일단 돌아간 참이에요."

"어제 나갔던 건 우연 아닐까요? 원래 밤중에 차를 몰고 돌아다니는 일이 많았던 것 같고요."

교코가 주뼛주뼛 말했다.

"모르겠어요. 형사님은 오늘 신발만이라도 제출해주면 좋겠다고 했어요. 사체 유기 현장과 같은 흙이 묻어 있을지도 모른다는 추리인 것 같은데."

"제출했나요?"

"예. 제가 겐타로를 설득해서요. 거부할 이유가 없으니까요. 의심이 풀린다면 그게 더 나을 거고."

"겐타로는 무관할까요?"

교코가 묻는다. 시노다는 숨을 한 번 들이쉬고 나서 "솔직히 모르겠어요"라고 진지한 얼굴로 고개를 가로저었다.

*

세 번째 사체 유기 사건은 다키모토 세이지를 혼란스럽게 했다. 합동수사본부는 별건으로 체포했던 계절노동자를 불기소 처분으로 석방했다고 한다. 마침 그 직후에 범죄가 벌어진 것이다. 히라노에게 얻은 정보로는 임의 조사를 계속 받는 걸 승낙해서 감시는 풀었다고 한다. 그 틈을 이용한 범행이었다면 범인으로 지목된 계절노동자는 너무나도 대담하고 도발적이다. 한편 모방범의 범행이라면 이야기가 너무 잘 맞아떨어지는 게 이상하다.

더욱이 다키모토의 마음을 술렁거리게 한 것은 이케다가 살아 있다는 소문이었다. 이것은 아시카가 북부 경찰서의 노지마 형사가 탐문수사를 하는 중에 얻은 정보로, 일리가 있는 이야기라 흘려들을 수가 없었다. 혈기 왕성한 젊은 야쿠자라면 모르겠지만 조직으로서 한 푼의 이득도 없는 살인을 범한다는 건 생각하기 힘들다. 후쿠다흥산이든 고도회든 돈으로 매듭지어진다면 더 이상 바랄 게 없을 것이다. 일전에 사노시의 폭력단 사무소를 방문했을 때 이케다로부터 마약 중개로 1억 엔을 벌수 있으니 한몫 끼지 않겠느냐는 말을 들었다는 증언을 얻었고 신빙성도 있다.

히라노도 내버려둘 수 없다고 생각한 모양인지 조직범죄 대책반의 계장을 데리고 숙박하고 있는 호텔로 찾아왔다.

"선배님, 오랜만입니다. 이야기는 대충 들었습니다. 우리도 이번에 이케다를 끝장내버릴 각오입니다."

바싹 치켜 깎아서 각진 머리 모양에 골프로 피부가 탄 야쿠자로밖에 안 보이는 인상의, 가메다라는 이름의 계장이 단단히 마음먹은 듯 말했다.

"이봐, 가메다. 자네 의견을 듣고 싶네. 이케다는 제거된 것으로 보나? 아니면 살아 있는 것 같나?"

다키모토가 솔직한 의문을 얘기했다. 뒷골목 세계의 정보는 조직범죄 대책반 형사가 가장 빠르다.

"제거되었다면 어떤 정보든 들어왔을 겁니다. 어제부터 여기 저기 물어봤습니다만, 별 얘기가 없는 걸 보면 제거된 건 아니겠지요. 배상금으로 거래를 했다는 이야기가 더 신빙성이 있습니다. 그래서 저는 살아 있는 쪽에 걸겠습니다."

"그런가? 그럼 좋다가 말았군. 나는 이케다가 제거되었다면 그대로 손대지 않으려고 했는데 말이야."

"아이, 참, 선배님. 안 되지요, 전 형사가. 아무튼 이케다가 살아 있다면 돈을 마련하려고 중남미계 불량 그룹을 써서 마약을 뿌리겠지요. 이번에야말로 모조리 잡아들이겠습니다."

"점찍은 놈들은 있나?"

"물론 있습니다. 오타와 아시카가 일대에서 활동하는 그룹으로, 이주 노동자나 호스티스를 상대로 장사를 하고 있습니다. 몇 번 검거했는데 멤버가 빠르게 바뀌고 해외로 도망치기 일쑤라서 근절하지 못하고 있습니다."

"그런가? 그럼 자네들은 중남미계 그룹을 조사해주게. 이케다가 돈을 마련하고 있다는 이야기가 사실이라면 조만간 접촉하겠지. 그리고 히라노, 와타라세강의 세 번째 사건은 대체 어떻게 된 거야? 나는 그게 마음에 걸려 미치겠더군. 수사본부는 어떻게 된 거야?"

다키모토가 히라노에게 물었다.

"세 번째 사건은 가리야라는 계절노동자가 진범이라는 의견이 대부분입니다. 그래서 간부들은 파랗게 질렸습니다. 경찰청 사건인 만큼 몇 명쯤은 목이 날아가는 게 불가피한 것 같습니다."

"모방범일 가능성은 없는 거야? 이케다라면 경찰의 코를 납작하게 해주고 싶다는 이유만으로 사람을 죽일 수 있다고 생각하는데."

"아니, 그건 글쎄요. 아무리 그래도……."

히라노가 팔짱을 끼고 끙끙거린다. 다키모토도 지나친 생각이길 바라지만 의심을 지울 수가 없었다. 그것은 오랫동안 이케다를 상대해오며 생긴 마음속 응어리 같은 것이다.

"세 번째 피해자까지 나왔으니 정말 힘들겠군. 은퇴한 나도 세상에 얼굴을 들 수 없을 것 같으니까 말이야."

다키모토는 얼굴을 일그러뜨리며 말했다. 그 소식을 들었을 때 맨 먼저 뇌리를 스친 것은 10년 전 피해자의 유족인 마쓰오카였다. 지금은 진심으로 동정하고 있다.

"그렇지요. 언론도 비판 일색이고, 주간지까지 가세했기 때문에 앞으로 상당히 두드려 맞겠지요."

"검찰은 어떤가? 새파랗게 질렸나?"

"모르겠습니다. 다만 요전 세 번째 사건은 담당 검사가 현장에 나왔던 모양입니다."

"계절노동자는 조사하고 있나?"

"아니요. 이번 검사한테는 어렵겠지요. 저한테 하라고도 하지 않습니다."

히라노가 냉담하게 말했다. 연쇄 살인범 용의자의 자백을 받아내는 조사는 웬만큼 노련한 형사가 아니면 할 수 없다. 검사에게는 그럴 시간도 없다.

"그런데 후쿠다 사장 납치 건 말인데요, 군마현 경찰은 실행범을 거의 좁힌 것 같습니다. 선배님이 전에 찾아낸 호세라는 남자와 그의 동료들입니다. 임의로 연행해도 묵비권을 행사하거나 해외로 도망치면 끝이기 때문에 차량 번호판 도난을 근거로 별건으로 체포하려고 한창 그 증거를 찾고 있는 중입니다. 아마 오늘내일 중에는 연행하겠지요."

히라노가 또 한 가지 현안에 대해 말했다.

"이봐, 히라노. 나도 그 정보를 받을 수 있을까? 발생지는 군마현 경찰의 관할 내이지만 피해자는 도치기현 사람이고 불량그룹도 도치기현에 있잖아."

가메다가 몸을 내밀고 말했다. 조직범죄 대책반은 의욕이 충만한 것 같다. 이케다를 검거하면 여러 가지 일이 매듭지어질 것이다.

"물론 정보는 공유하지. 그쪽 부장님도 이 일을 계기로 두 현에 걸친 마약 밀매 경로를 근절하려는 생각이야."

서로 의사를 확인하고 논의를 끝냈다.

"그런데 선배님, 집요해서 죄송합니다만, 이제 댁으로 들어가시는 게 어떻겠습니까? 나머지는 저희가 할 테니까요."

히라노가 위로하는 눈으로 말했다.

"이봐, 또 그 얘기야? 걸림돌 취급은 하지 말게. 자네들한테 폐는 끼치지 않을 테니까."

"아뇨, 그게 아니라 몸의 안전을 지키시라는 의미에서……. 곧 중남미계 불량 그룹이 연행되면 이번에는 그들의 원한을 살 겁니다. 저는 그게 걱정돼서……."

"저도 그렇습니다. 선배님, 잠시 이걸 손목에 차고 계십시오."

가메다가 디지털 손목시계를 가방에서 꺼냈다.

"애플워치라는 것인데요, GPS가 부착되어 위치를 알 수 있는 손목시계입니다. 하루에 한 번 충전해서 사용하십시오."

"뭐야, 나를 감시하에 두겠다는 건가?"

"만일의 경우를 생각해서입니다. 부탁드립니다. 사용해주세요."

가메다가 고개를 숙이자 완전히 성글어진 정수리가 훤히 드러났다.

다키모토는 어쩔 수 없이 따르기로 했다. 애플워치는 새까만 액정 화면에 하얀 숫자가 무기질적으로 나타나는 디자인이라,

노인에게는 어울리지 않은 것이었다. 하지만 전 부하들의 마음 씀씀이에 기뻤다.

밤이 되어 히라노에게서 전화가 왔다. 군마현 경찰본부 마에바시 지국이 중남미계 불량 그룹 세 명을 절도 혐의로 체포했다는 소식이었다.

"드디어 움직였습니다. 후쿠다 사장의 납치 건으로 입건할 수 있다면 이케다도 체포 영장이 나올 겁니다. 그렇게 되면 마약 밀매를 할 상황이 아니게 되어 돈을 마련하지 못할 테니 고도회도 잠자코 있지 않겠지요. 이케다는 또 쫓기는 몸이 됩니다."

"알았네. 무슨 수를 쓰더라도 이케다의 소재를 알아내자고. 나도 협조하지. 이번에야말로 숨통을 끊어놔."

"하지만 선배님. 이케다가 제거되었을지도 모르니까 냉정하게 진행해야 할 겁니다."

히라노가 경계했다.

"알았다니까. 차라리 이케다가 제거된 편이 나아. 조사를 해봤자 진술서 하나 받을 수 없어. 재판으로 가도 100퍼센트 부인할 거고. 그런 놈하고 법률로 상종하는 일은 없어. 누군가 제거해주면 좋겠다고 계속 생각해왔으니까."

다키모토가 속마음을 토로했다.

"가메다는 의욕이 충만하니까 녀석한테도 볼만한 장면을 만들어주세요. 후쿠다 살해 건은 우리가 끝내겠습니다."

278

"그래, 꼭 그렇게 해주게."

전화를 끊자 다키모토는 밤거리로 나갔다. 이세초에서 이케다의 여자가 하는 술집 '아케미'다. 이케다의 체포 영장을 받을 수 있을 것 같다는 말을 듣고 한잔하고 싶었던 것이다. 내친김에 여자의 모습도 봐두고 싶다.

문을 열고 안으로 들어가자 가게 안에 손님은 아무도 없었다. "어서 오세요." 마담 아케미가 얼굴을 향한다. 다키모토를 본 순간 볼 끝에 희미한 경련이 일었다. 다키모토는 반사적으로 걸음을 멈추고 아케미의 표정을 응시했다.

"어머, 다키모토 씨. 마시러 온 거 아니에요? 아니면 일?"

아케미가 부자연스럽게 환한 목소리로 말하며 곧 시선을 돌린다.

"이케다는 돌아온 건가?"

다키모토가 말했다. 형사의 감이다.

"어머, 지겨워. 무슨 얘기예요?"

"당신, 방금 나를 보고 표정이 바뀌었잖아."

"또 경찰인가 했을 뿐이에요. 몇 번이고, 몇 번이고 찾아와서 이제 지긋지긋하거든요."

아케미가 입을 삐죽 내밀며 말한다. 하지만 지금까지 다키모토를 대해온 모습을 생각하면 오늘 밤의 태도에는 위화감이 느껴졌다.

"이케다는 살아 있나? 그렇지. 여기에 온 건가? 아니면 전화

279

라도 온 건가?"

"몰라요. 돌아가주세요."

"그렇게 말하지 마. 손님으로 마시러 온 거니까. 맥주 정도는
내와야지."

다키모토는 개의치 않고 카운터석에 앉았다. 아케미는 마지
못해 맥주를 꺼내 뚜껑을 따고 잔에 따랐다. 문득 가게 안쪽을
본다. 어둑한 통용문 옆에 계단이 있는 것을 처음으로 알았다.

"이 가게, 2층도 있나?"

"있어요. 창고로 써요. 아주 옛날에 공창 지대였던 무렵에 지
어진 건물이니까요."

"흐음."

다키모토가 엉거주춤 일어나 안쪽을 들여다본다. 아케미의
안색이 변했다.

"누가 있는 건가?" 작은 소리로 물었다.

"아무도 없어요. 있을 리 없잖아요." 아케미가 초조한 기색으
로 부정한다.

다키모토는 귀를 기울였다. 위층에 확실히 인기척이 있다.

"솔직히 말해. 지켜줄 테니까."

몸을 내밀고 속삭였다. 그때 가게 앞에 차가 멈추는 소리가
났다. 탁탁, 하고 차 문이 닫히는 소리. 그리고 여러 명의 신발
소리. 가게 문이 열리고 젊은 남자들이 가게 안으로 우르르 밀
어닥쳤다.

"아아, 안 돼요. 그만둬요!"

아케미가 비명을 지른다. 얼핏 보아 중남미계의 남자들이었다. 뭔가가 시야를 가렸다. 그것이 모포라는 걸 깨달은 것은 상반신이 싸였을 때였다. 몸이 의자에서 넘어지며 누군가 바닥에 깔고 앉는다. 목소리가 나오지 않는다. "저기, 그만하라니까요!" 아케미의 목소리가 모포 너머로 들린다. 맞서기에는 한둘이 아닌 듯해 다키모토는 저항을 포기했다. 여기서 체력을 소모하는 것은 득책이 아니고 부상도 피할 수 없다. 탁탁 계단을 내려오는 발소리가 들렸다.

"저기, 당신. 그만둬요!" 아케미가 말했다. 역시 이케다가 있었던 건가―.

"이봐, 차에 실어." 이케다의 목소리였다.

다키모토는 남자들에게 들려 가게 밖으로 옮겨졌다. 차 문을 밀어서 여는 소리가 들렸다. 왜건에 실려진 것 같다. 살해당하는 건가. 분명 살해당할 것이다. 그게 아니라면 납치할 리가 없지. 스스로 자문자답한다.

"이봐, 다키모토. 너는 어디까지 나를 방해해야 직성이 풀리는 거야? 바보 같은 놈. 참견하지 않으면 조용한 노후를 보냈을 텐데 말이야. 뻔뻔하게 내 여자 가게로 찾아온 것이 마지막이다. 산으로 끌고 가서 묻어줄게. 각오해. 하하하하."

이케다가 흥분한 건가. 목소리를 떨며 웃었다. 마약을 했다는 걸 목소리만 들어도 단번에 알 수 있었다.

"나를 화나게 하면 어떻게 되는지 가르쳐주지. 넌 죽는 거야. 하하하하."

모포의 천 너머로 이케다의 웃음소리가 들려온다. 자, 이제 어떻게 하지? 호락호락 죽임을 당할 수는 없다. 뭔가 증거를 남기지 않으면 안 된다. 흔들리는 차 안에서 다키모토는 열심히 생각했다.

*

세 번째 희생자가 나온 것에 마쓰오카 요시쿠니는 온몸이 떨릴 만큼 분노가 치밀어올랐다. 가리야를 석방한 직후 벌어진 범행에 대체 경찰은 어떻게 책임을 질 생각인 걸까.

마쓰오카는 완전히 평정심을 잃고 집 안을 우왕좌왕했다. 이제 서장을 상대로는 해결되지 않는다. 현 경찰의 수뇌 아니면 현 지사에게 면회를 요청하고 강력하게 항의할 필요가 있다. 그런 생각에 빠져 있으니 아들 다쿠야가 의외의 말을 했다.

"경찰을 용서할 수가 없어. 여태 아버지가 한 일은 틀리지 않았어요."

상기된 얼굴로 분노의 감정을 드러낸다.

"경찰한테 맡기면 된다고 했던 말 취소할게요. 형사도 결국 공무원이에요. 위에서 내려오는 명령을 거스를 수 없는 거지요."

다쿠야가 자신의 주장을 바꾼 것은 오늘 발매된 주간지 기사를 읽었기 때문이다. 특종을 연발하는 것으로 유명한 주간지에서, 별건으로 체포한 피의자를 증거 불충분으로 석방한 직후 세 번째 사건이 벌어졌다는 사실을 폭로한 것이다.

"상공 조합에서 야간에 순찰하는 자경단을 만들었는데 저는 임원이라서 참가할 거예요. 내일 기류 남부 경찰서의 지역과에 가서 활동 신고를 할 건데, 뭐라도 한마디쯤 빈정거려주고 싶은 정도예요."

"그래? 그럼 나도 가지."

"잠깐만. 당신은 그만둬."

옆에서 듣고 있던 아내 가즈코가 즉각 만류했다. 아내가 반대하는 태도는 변하지 않았다.

"이제 충분하니까 당신은 집에 있어. 그 계절노동자가 살인범이라면 당신도 위험하잖아."

"올 테면 오라고 해. 나는 죽는 것 따위 무섭지 않아."

마쓰오카가 가슴을 펴고 말을 되받는다. 강한 체하는 것이 아니라 진심으로 그랬다. 눈병도 있고 미래에 희망을 가질 수도 없으니 무서운 것이 없다.

마쓰오카는 점점 더 가만히 있기가 어려웠다. 살인마가 들판에 풀려난 것이다. 아무런 규제도 없이 아무렇지 않게 거리를 걷고 있다—. 마쓰오카는 그 후의 상황을 알고 싶어 지노 기자에게 전화를 했다. 내친김에 주간지 보도에 대한 의견도 듣고 싶다. 그러자 지노는 드물게도 강한 어조로 "그 기사는 완전한 인권침해입니다" 하며 기염을 토했다.

"신문이라면 절대 쓸 수 없고, 쓸 생각도 없었을 겁니다. 본건으로 입건하기 어려워서 석방된 사람을, 수상하다는 이유만으로 개인을 특정할 수 있는 정보까지 포함해 쓰다니 그 주간지는 정말 지나치게 난폭합니다. 현 경찰의 공보관은 무척 화를 냈고, 경찰청도 마찬가지겠지요. 저희 기자실에서도 그건 너무했다고 비난하는 분위기입니다."

"하지만 사실을 쓴 것 아닌가? 검찰이 본건으로 기소하는 것을 주저해서 경찰은 따르지 않을 수 없었다고 말이오."

"그건 중요하지 않아요. 문제는 피의자 단계에 지나지 않은 사람을 범인인 것처럼 쓴 것입니다. 명예훼손으로 소송을 당하면 〈주간 채널〉은 지겠지요. 어차피 고소하지 않을 거라고 얕잡아 보고 쓴 것입니다."

지노는 주간지가 비열하다는 듯한 말투였다. 같은 언론이라서 대항하는 마음도 있겠지만, 가리야를 변호하듯 말하는 것에는 한마디 해주고 싶었다.

"하지만 가리야는 범인이잖소. 왜 배려를 해야 하는 거요?"

"범인이 맞는지 아닌지 지금은 모릅니다. 어디까지나 피의자입니다."

"그런……."

"국가권력이나 대기업이 상대가 아닌 한, 신문이 한 개인을 심판하는 일은 없습니다. 과거의 교훈을 통해 저희는 항상 억울한 죄를 뒤집어쓸 가능성을 생각하며 기사를 쓰고 있습니다."

"잠깐만요. 지노 씨, 가리야가 억울한 죄를 뒤집어썼다고? 당신, 가리야가 범인이 아니라고 생각하는 거요?"

"그런 말이 아닙니다. 신문은 분명한 사실을 전하는 것이 일이고, 억측 기사는 쓸 수 없습니다."

"또 그런 겉만 번드르르한 말을……"

마쓰오카는 발끈했다. 지노가 이런 말을 할 거라고는 상상도 못 했다.

"그런데 가리야는 지금 어디에 있는 거요? 경찰은 24시간 감시하고 있겠지?"

마쓰오카는 감정을 억누르고 물었다.

"모릅니다. 다만 임의 조사에는 응하고 있는 것 같습니다."

"임의라니, 도주라도 하면 어떻게 하려고?"

"임의성이 의심되는 수사는 불가능합니다. 옛날에는 조사실에서 장시간 심문을 해서 억지로 자백을 받아내는 일도 있었던 것 같습니다만, 지금은 어렵습니다. 위법한 수사로 얻은 진술이나 증거는 재판에서 채택되지 않습니다. 전에도 말씀드렸지만, 재판원 재판 제도가 생겨 더욱 엄격해졌습니다. 경찰은 항상 재판을 염두한 채 수사하고 있습니다. 검찰도 마찬가지입니다."

"당신, 경찰 편이오?"

"그런 게 아니라 법률을 말하는 겁니다. 의심만으로 처벌해서는 안 된다는 게 법률상 원칙입니다."

지노가 교사 같은 어조로 말한다. 마쓰오카는 안에서 분노가 부글부글 끓어올랐다. 지노는 결국 도쿄 출신의 엘리트 기자인 것이다. 이론을 우선하고 정은 간단히 내쳐버린다. 그것이 지성이라고 착각하고 있다.

"마쓰오카 씨, 진정하세요. 경찰은 반드시 범인을 잡을 겁니다. 그걸 믿어보세요."

마쓰오카는 무심코 언성을 높일 뻔했다. 잡지 못해서 또 희생자가 나온 것 아닌가.

지노와의 전화는 30분 이상 이어졌다. 불만이라면 얼마든지 있다. 하지만 전화를 계속하는 동안, 저번에 가리야의 석방 소식을 접했을 때도 지노와 오랫동안 전화로 이야기했던 일이 떠올랐다. 아무런 득도 되지 않는 노인을 상대해주었으니 그녀가 성실하다는 것만은 틀림없다며 고마워했다. 사실 마음을 털어놓을 상대는 지노 기자밖에 없다.

전화를 끊자 마쓰오카 안에는 초조함만 남았다. 경찰은 가리야를 체포할 만한 증거를 확보하지 못한 것이다. 그렇다면 현 밖으로 쫓아내 그것으로 막을 내리려고 하는 게 아닐까. 설마 싶었지만 한번 솟아난 의심은 서서히 부풀어 윤곽을 형성해갔다.

마쓰오카는 제너럴중기의 공장 기숙사로 가기로 했다. 경찰이 방치한다면 직접 가리야를 감시할 생각이었다. 미행이 들켜도 상관없다. 그때는 이름을 대고 나서면 된다.

집을 나설 때 아내가 우울한 얼굴로 지켜보았다. 이런 나날이 언제까지 계속될까 하는 것이 아내의 솔직한 심정일 것이다. 마쓰오카는 충분히 이해할 수 있었다. 나는 성가신 가족인 것이다. 범인이 잡히기만 하면 상공 조합의 연례행사인 아타미 여행에 부부 동반으로 참가할 생각이다. 여태 10년은 딸의 애도가 끝나지 않았다는 이유로 빠졌다. 그렇지만 아내가 나와 함께 가고 싶은지는 의문이다.

나날이 악화하는 눈의 증상을 억지로 머리 구석으로 밀어내고 마쓰오카는 운전대를 잡았다. 슬슬 날이 저물 때라, 시야가 몹시 어둡게 느껴진다. 운전은 한층 신중해지고 앞으로 구부린 자세여서 곧바로 어깨가 뻐근했다. 내가 지금 뭘 하고 있는 건가, 자조하는 마음이 솟아난다. 환갑이 지나면 보통 한가하게 지내는 법이다. 마쓰오카는 절실히 범인이 체포되기를 바랐다. 만약 이번에도 놓치게 된다면 내 인생은 영원히 해방되지 못할 것이다. 이런 하루하루에 스스로도 진절머리가 난다.

평소의 경로를 달려 기숙사 앞에 도착하자 먼저 온 손님이 있었다. 경찰차다. 어떻게 된 일인가. 석방하고 나서도 감시했던 것인가. 아니면 세 번째 사건이 일어나 서둘러 감시를 재개

한 것인가.

운전석을 보니 사이토 형사였다. 그렇다면 묻지 않을 수 없다. 마쓰오카는 차를 세우고 경찰차로 다가갔다. 사이토는 마쓰오카를 보자 '또야' 하는 얼굴로 운전석 창을 내리고 말했다.

"안녕하세요. 오늘은 무슨 용건이십니까?" 벌써부터 냉담한 어조다.

"당신들, 큰 실수를 저질렀어. 사표는 안 쓰나?"

"무슨 뜻입니까?"

"아무도 책임을 지지 않는다는 건 있을 수 없는 일이잖아."

싸움을 걸 생각은 없지만, 얼굴을 보자 참을 수가 없었다.

"물론 누군가 책임을 질 겁니다. 하지만 그것은 사건을 해결하고 나서입니다."

"해결이나 하겠어?"

"물론 해결할 겁니다."

"흥, 말뿐인 주제에."

"마쓰오카 씨, 이제 좀 봐주세요. 수사 방해로 체포할 수도 있어요."

"어, 그렇게 해줘."

그때 사이토의 시선이 뒤쪽으로 옮겨 갔다. 마쓰오카도 그를 따라 돌아보자 공장 통용문으로 가리야가 나온 참이었다. 깜짝 놀라 가만히 서 있었다.

조수석에서 다른 형사가 내렸다. "좀 비켜주세요." 마쓰오카를 밀어내고 뒷좌석 문을 연다. 가리야는 모든 걸 알고 있다는 듯이 자연스러운 동작으로 차에 탔다. 지노 기자가 말했던 임의 조사인 걸까.

전에 술집에서 봤지만 나란히 섰을 때의 가리야는 생각보다 훨씬 덩치가 큰 남자였다. 여자를 목 졸라 죽이는 것은 손쉬웠을 것이다. 이 남자가 내 딸을 죽였다ㅡ.

"이봐, 당신. 내가 누구인지 알아?" 무심코 입에서 말이 튀어나왔다.

"그러지 마세요. 차, 출발합니다. 위험해요." 사이토가 말했다.

"이봐, 나는 네가 10년 전에 죽인 아가씨의 아버지다. 놓치지 않을 거야. 네가 사형을 당하지 않으면 내가 죽여줄게."

수사 차량이 출발한다. 마쓰오카도 뒤따라 출발하며 차체를 탕탕 내리쳤다. "놓치지 않을 거야!" 크게 소리친다. 일을 마치고 돌아가는 공장 직원들이 기이한 눈으로 마쓰오카를 보고 있었다.

*

수사본부는 몇 차례나 거듭된 혼란에 빠져 있었다. 세 번째 범행이 일어난 것으로 보이는 시각, 히라쓰카 겐타로가 자신의 차로 기류 시내를 주행했다는 사실이 밝혀졌다. 게다가 그 차 번호가 사체 유기 현장 근처의 N 시스템에 포착된 것이다. 이

사실에 모두 의심암귀가 되었다. 사이토 가즈마도 예기치 못한 사태에 잠시 사고가 정지될 정도였다.

"우연인가? 아니면 사건과 관계가 있는 건가? 어느 쪽이야?"

수사 회의에서 니시무라 관리관이 하늘을 향해 묻는 것처럼 말했다.

"겐타로를 임의로 부를 수 없습니까? 시내 호텔에 머물고 있다고 합니다만." 수사관 중 한 명이 건의했다.

"지금은 히라쓰카가의 고문 변호사가 달라붙어 있어. 스마트폰 제출과 본인 출두를 요청했지만 일관되게 거부하고 있지."

"부모는 어떻습니까?"

"어머니는 집에 틀어박혀 있고, 현 의회 의원인 아버지는 주간지 기사를 읽고 갑자기 강경해진 모양이야. 어째서 자기 아들을 의심하는 거냐, 명예훼손으로 고소하겠다며 으르대고 있지. 뭐, 퍼포먼스겠지만."

"제출한 신발은 어떻게 되었나?"

이어서 호리베 1과장이 물었다.

"변호사가 반납을 요구해서 돌려주었는데 그 전에 미량의 흙과 자갈을 채취했습니다. 제공에 관해 겐타로 본인이 동의한다는 서명을 받았기 때문에 증거로서는 문제없습니다. 현재 사체 유기 현장인 하천부지의 흙과 일치하는지 감정 중입니다. 앞으로 하루만 기다려주십시오."

감식반 대원이 대답한다.

"만약 일치할 경우 우리는 어떻게 생각하면 되겠나?"

호리베의 물음에 수사관들은 입을 다물었다. "이치우마. 자네가 무슨 말 좀 해보게." 회의가 중단되지 않도록 공백을 메우려는 것처럼 사이토를 지명했다.

"그 경우에는 겐타로가 모방범일 가능성이 있습니다."

사이토는 이렇게 대답했으나 자신도 반신반의했다. 그렇게 가냘픈 겐타로가 여자를 목 졸라 죽이고 사체를 들고 하천부지까지 옮기는 모습을 상상할 수 없었다. 게다가 피해자의 차가 다리 옆에 버려져 있어 범인과 동승하여 현장까지 갔을 가능성이 크다는 견해와 앞뒤가 맞지 않는다.

"하지만 원래 심야에 정처 없이 돌아다녔던 사람이잖아. 우연히 현장 근처를 주행했을 뿐인 거 아냐?"

다른 의견이 나온다.

"그러니까 가능성의 문제입니다. 이미 확보한 부근의 CCTV 영상을 오늘 안에 다시 한번 체크하겠습니다만, 겐타로의 BMW가 찍혔다면 주행한 경로를 확인해서 피의자로 볼 수 있을지를 판단할 수 있지 않을까……."

"겐타로는 해리성 정체 장애를 앓고 있어. 다른 인격이 운전하는 일도 있을 수 있나?"

"그걸 저한테 물으셔도 어쩔 도리가 없습니다."

사이토는 이렇게 대답하고 어깨를 으쓱했다. 수사본부 전체에는 겐타로를 멀리하고자 하는 분위기가 있다. 틀림없이 정신

291

감정을 거쳐야 할 거라고 생각하면 마음이 무거워지기 때문일 것이다.

"아무튼 CCTV 영상의 분석을 서둘러. 범인이 어떻게 사체 유기 현장에서 떠났는지에 관해, 가리야가 피해자 차에 동승하고 있었다면 걸어서 가거나 훔친 자전거를 이용하는 방법 외에는 생각할 수가 없다. 택시도 가능성은 있지만, 오늘 시점으로 현 내 택시 회사에 그날 심야에 가리야로 보이는 남성을 태운 운행 기록은 없다. 또 제너럴중기의 순회 트럭도 늘 다니는 길을 달렸고 수상한 점은 없다. 남은 건 탐문수사다. 목격자가 없을 리가 없다. 반드시 있을 거라고 믿고 찾아내라. 다들 굳센 의지를 갖고, 겁내지 마라."

니시무라가 마지막에 불량 고등학생 같은 격한 말을 한다. 한 번 축소한 수사본부이지만 세 번째 범행이 발생하여 다시 확대했다. 군마·도치기 두 현에서 다섯 명씩 모였는데 지방 사건으로서는 유례를 찾아볼 수 없는 규모다. 그만큼 모두 동요하고 있다. 전국에서 주목받고 있다는 것은, 투지가 솟아나게 하는 한편 어딘가 움츠러드는 자신과 싸울 수밖에 없게 한다. 사이토도 그런 심경이었다.

수사 회의가 끝나자 회의실 작업대에 컴퓨터가 늘어서고, CCTV 영상 분석 작업으로 넘어갔다. 이미 피해자의 차에 관한 수사는 시작됐지만, 거기에 겐타로의 차가 더해진 것이다. 지명을 받은 사람은 사이토를 비롯한 이십대와 삼십대 수사관들로, 밤샘 근무는 불가피했다. 도치기현 경찰인 노지마는 내일 아침 일찍 마쓰모토로 출장을 가야 해서 이 자리에 없다.

"이미 첫 번째, 두 번째 범행이 일어났을 때 제공받았던 것과 같은 곳의 CCTV 영상이다. 야간이라 그다지 해상도가 좋진 않지만, 실루엣으로 차종은 특정할 수 있다. 겐타로의 차는 BMW 3시리즈의 이전 모델로 색상은 실버, 번호는 '군마331 데 54××'다."

니시무라가 지시를 내린다. 화이트보드에 사체 유기 현장 부근의 커다란 백지도를 붙이고 CCTV의 위치를 붉은색 자석으로 표시했다. CCTV에는 각각 알파벳 기호를 붙였다.

시작한 지 10분 만에 곧 BMW가 망에 걸렸다. 찾아낸 사람은 이토다.

"CCTV F에서 BMW로 보이는 차량 발견. 시각은 23시 46분, 장소는 현도 3호선, 신사복 매장의 주차장 영상입니다. 방향은 동쪽에서 서쪽으로 향하고 있습니다."

"어디, 어디?"

전원이 들여다본다. 전조등이 CCTV를 비추고 있어 보기 힘들지만 실루엣은 비슷하다.

"좋아, BMW로 일단 인정한다. 그럼 다음. 미야마에초의 건설사 CCTV G를 띄워봐."

니시무라가 지시를 내린다. 디스크를 컴퓨터에 넣고 동영상을 불러온다. 시간순으로 분류되어 시각을 지정할 수 있기 때문에 순식간에 해당 시각을 찾아 재생한다.

"이건 각도가 좋네요. 확실히 실버 BMW입니다." 이토가 말했다. 모두가 조금 전보다 훨씬 좋은 화질로 보이는 차의 모습을 확인했다.

"알았어. BMW로 확정하자. 다음은 쇼와 거리. 하천부지로 향했다면 이 길을 달릴 거야. CCTV는 H. 정수장 주차장의 CCTV다."

일종의 컨베이어 시스템 작업처럼 영상 분석이 척척 진행된다.

"BMW, 잡았습니다. 하천부지 방향으로 나아갑니다."

또다시 전원이 들여다보았다.

"이봐, 정말이야?" 니시무라가 우울한 목소리로 묻는다. 섬뜩해진 사이토는 등골이 꿈틀거렸다. 세 번째 사건은 겐타로의 범행인 걸까? 하지만 피해자와의 접점은 아무것도 없다. 하천부지로 향할 이유도 없다.

"그 앞의 CCTV는 없습니다. 어떻게 할까요?" 사이토가 물었다.

"젠장. 기류 대교 옆에 CCTV를 설치하자고 현에 요청해두었어야 했는데. 그랬으면 한 방에 범인을 알 수 있는데 말이야."

니시무라가 후회한다. 사이토도 동감이었다. 결과론적 후회이긴 했지만 세 번째 사건이 일어날 경우를 상정하고 뭔가 수를 썼어야 했다.

"돌아오는 길도 볼까요? 같은 길을 지났을지도 모릅니다." 이
토가 말했다.

"물론이지. 당연히 체크해. 겐타로의 행적은 새벽 2시에 호텔
로 돌아갈 때까지 전부 조사해."

CCTV H의 영상을 빨리 돌린다. 이미 심야 시간대라서 차의
통행은 거의 없다. 지나가는 사람도 없다. 다만 한 소년 그룹이
자전거를 타고 지나갔다. 심야에 배회하는 걸 보면 대충 이 지
역의 불량한 애들일 것이다.

"일단 이 아이들을 알아내볼까? 이치우마, 귀찮게 해서 미안
한데 생활안전과에 이 영상을 보내서 조사하게 해줘."

"알겠습니다."

이런 대화를 주고받으며 CCTV 영상을 계속 체크했지만 겐
타로의 BMW는 그 뒤로 좀처럼 나오지 않았다.

"좋아, 방향을 바꿔보자. 기류 대교를 건너 그 앞의 패밀리 레
스토랑의 CCTV K다."

니시무라가 지시하자 다른 디스크가 재생된다. 큰 우회 도로
인 만큼 심야에도 트럭의 왕래가 많다. 신경을 집중하여 화면
을 응시한다.

"있습니다. 실버 BMW입니다."

30분쯤 CCTV를 확인했을 때 영상에 BMW가 비쳤다. 밤
12시 42분. 아까 발견된 영상에서 한 시간 가까이 지난 시각

이다.

"겐타로는 이 부근에서 뭔가를 했을까? 아니면 좀 더 멀리까지 갔다 온 걸까?"

니시무라가 의문을 입에 담았다.

"모르겠습니다. 애초에 하천부지에 갔는지조차 알 수 없습니다."

사이토가 대답한다.

우회 도로인 만큼 가로등이 밝기 때문에 차의 실버 색상을 분명히 확인할 수 있었다. 다만 공교롭게도 트럭이 빛을 막아 운전사는 보이지 않는다.

"다음, CCTV L. 직진했으면 그 앞도 지났을 거야. 거기서 확인해보자."

이어서 CCTV L의 영상을 띄운다. 빨리 돌려 추정되는 시각을 맞추자 실버 BMW가 확실히 비쳤다. 그 영상을 보고 사이토는 얼어붙고 말았다.

"조수석에 사람이 있습니다."

"뭐라고?"

니시무라가 몸을 일으키려고 하다가 의자에서 떨어져 넘어졌다.

"사람의 모습이 있었습니다. 이봐, 봤지?"

"봤습니다." 이토가 안색을 바꾸며 대답했다.

"다시 한번 재생해봐."

이토가 다이얼을 조작해 화면을 되돌렸다.

"거기다! 멈춰!"

사이토는 무심코 큰 소리를 질렀다. 전원이 몸을 내밀고 화면을 응시한다. 누군가의 목에서 꿀꺽 하는 소리가 났다. 동영상은 차를 조수석 쪽에서 찍은 측면 시점으로, 조수석에 앉은 사람이 보였다.

"겐타로의 BMW는 오른쪽에 운전대가 있지?"

"그렇습니다. 애초에 둘이 나란히 찍혔습니다."

"가리야인가……?" 계속 화면을 응시하며 니시무라가 중얼거렸다.

"얼굴은 확실히 모르겠습니다만 남자네요." 사이토가 대답한다.

"덩치가 커. 적어도 운전석의 겐타로와는 체격이 달라. 가리야일 거야. 확대해봐."

이토가 이번에는 커서를 맞추고 키를 두드렸다.

"잘 안 보여. 해상도를 높일 수는 없나?"

"당장은 어렵습니다. 기술직 공무원을 불러야 합니다. 하지만 저도 가리야라고 생각합니다. 옆얼굴의 분위기가 닮았습니다."

사이토가 말했다.

"무슨 뜻이야? 와타라세강 하천부지에서 호스티스를 살해한 가리야를 겐타로가 자신의 차로 데리러 갔다는 거야?"

"모르겠습니다."

"두 사람은 공범 관계인 걸까?"

"모르겠습니다."

"대체 어떻게 서로 알게 된 거지? 심야의 인터넷 카페에서 만났다거나 그런 건가?"

"모르겠습니다. 적어도 탐문수사에서 가리야가 누군가와 함께 있었다는 증언은 없었습니다. 또 스마트폰 분석에서도 접촉한 흔적은 발견되지 않았습니다."

잠시 침묵이 흘렀다. 사이토도 예기치 못한 전개에 생각이 앞으로 나아가지 않는다. 머리가 새하얘진다는 건 바로 이런 순간을 말한다.

"어쨌든 겐타로의 이후 행적을 쫓아. 다음은 CCTV M이다."

CCTV M의 동영상을 살펴보니 거기에도 찍혀 있었다.

"제너럴중기의 공장 기숙사까지 데려다줬다는 건가?" 니시무라가 말했다.

"그럴지도 모르겠습니다. 아니, 분명히 그럴 겁니다." 사이토가 대답한다.

"이래서 택시 회사를 조사해도 안 나온 거군."

"목격자가 없었던 것도 마찬가지입니다."

"하지만 두 사람은 어디서 알게 된 거지? 어쩌면 우연히 히치하이크라도 한 건가?"

"모르겠습니다."

사이토가 고개를 흔든다. 이제 그런 말밖에 나오지 않았다.

결국 몇몇 CCTV 영상으로 차가 오타 시내의 제너럴중기 근처까지 간 것까지는 확인할 수 있었다. 하지만 그다음은 CCTV가 설치된 곳이 없어서 검증은 거기까지였다.

"좋아, 호리베 1과장님을 부르자." 니시무라가 말했다.

"이미 밤이 늦었습니다. 내일 부르시는 게……." 사이토가 만류했다.

"난 이제 잠은 글렀어. 그러니까 1과장님도 불러야지."

니시무라가 콧구멍을 벌름거리며 당연한 권리처럼 말한다. 그 주장에는 강한 설득력이 있었다. 사이토도 잠을 잘 수 없다.

호리베가 수사본부로 온 것은 새벽 2시가 지나서였다. 뜻밖의 재난을 당한 것은 전속 운전사다. 잠을 자다 나온 것인지 머리칼이 흐트러져 있다. 호리베는 특별히 언짢아 보이지 않았다. 오히려 흥분된 표정이다.

"좋아, 어디 보여줘봐."

호리베가 가운데 의자에 앉았고 수사관들이 그를 에워쌌다. 이토가 기기를 조작해 겐타로의 BMW가 찍힌 CCTV 영상을 차례로 띄웠다. 그 차가 다시 한 시간 후에 간선도로에서 발견되었을 때 조수석에 남자가 타고 있는 모습이 보이는 영상에서 호리베가 "이건가?" 하고 몸을 앞으로 내밀었다.

"가리야로 보입니다. 전화를 드린 후에도 몇 번이나 돌려봤

299

습니다만, 옆얼굴이 분명 가리야입니다."

니시무라가 대답한다.

"증거가 될 거라고 보나?"

"아침이 되면 과학수사연구소에 해상도를 높여달라고 하겠습니다만, 어쩌면 증거가 될 수도 있지 않을까 싶습니다."

"이 두 사람은 어떻게 연락을 취한 거지?"

"핸드폰이겠지요. 그것 말고는 상상할 수가 없습니다. 다만 우연한 히치하이크였을 가능성도 있겠지만요."

"그런 편리한 얘기가 어디 있어? 전에도 만난 적이 있는지 확인해야 해."

"예. 개인적으로는 동의합니다만, 중요한 것은 증거입니다. 두 사람의 스마트폰에 통화나 문자 기록이 있으면 조사할 수 있습니다."

"좋아. 속히 겐타로를 부르세. 변호사는 내가 설득하지. 뭣하면 변호사와 시노다 선생이 입회해도 좋고."

"가리야는 어떻게 합니까?"

"계속해서 임의로 조사해. 이 영상에 대해서는 아직 말하지 않아도 돼. 증거를 모아서 단숨에 들이밀자고. 그것으로 자백을 받아내는 거야."

호리베가 일어나 니시무라의 연달아 찔렀다.

"잘했어. 정말 잘했어."

이어서 사이토와 다른 수사관들의 가슴도 순서대로 찔렀다.

"이치우마. 자네, 조사에 동석하고 있나?" 호리베가 물었다.

"우치다 계장님한테 방해가 되지 않는 범위 내에서 들어가고 있습니다."

"이걸 기회로 자네도 공부해둬. 연쇄 살인범의 자백을 받아낼 때는 사형으로 가져갈 각오가 필요해. 인간을 여럿 죽인 범인한테 개심이나 참회를 요구해도 소용없어. 그런 선택지는 이미 없으니까 말이야. 범인한테 앞으로 살아가는 것을 포기하게 만드는 거야."

"알겠습니다."

사이토는 고개를 끄덕이며 대답했지만, 그 이야기가 막연하게만 들렸다. 형사는 자백하면 사형이 확정되는 범인과 어떻게 마주해야 하는 걸까. 사이토는 그런 경험이 없다.

"검찰도 이걸로 체포를 승인할까요?" 니시무라가 물었다.

"글쎄, 그건 모르지."

호리베가 한숨을 섞어 쓸쓸하게 웃는다.

"큰 사건은 성가신 거야. 현장과는 다른 신의 목소리가 있으니까 말이지."

이어서 나온 말에 모두가 잠시 입을 다물었다.

*

나가노현 마쓰모토시에는 재임용된 베테랑 형사와 둘이서

아침 일찍 출발했다. 노지마 마사히로는 시급히 해야 하는 수사라서 혼자서도 충분하다고 했지만 상사는 그것을 인정하지 않았다. 그래서 둘이서 가는 당일치기 출장이 되었다. 중요한 증거나 증언을 얻었을 때 수사관 한 명뿐이라면 신빙성이 부족하다는 판단이었다. 노지마는 간부들이 그만큼 신경질적이 되어 있음을 느끼며 납득했다.

마쓰모토에는 지금까지와 마찬가지로 수사 차량으로 떠났다. 노지마가 운전대를 잡았고 오니시라는 이름의 환갑이 넘은 늙은 형사는 조수석에서 대량의 수사 자료 복사본을 훑어보고 있었다. 지난주까지 다른 사건을 담당하고 있다가 갑자기 수사본부에 동원된 것이다.

"이번에 이케다는 무죄인 거겠지?"

오니시는 도치기현 경찰본부의 형사로서 아무래도 그것이 마음에 걸린 모양인지 이케다에 관한 자료를 읽은 후의 감상을 말했다.

"그럴 거라고 생각합니다. 다만 철거업자 사장의 실종에는 관여한 듯해 그 건으로 어떻게든 잡아들일 생각입니다."

"다키모토 씨는 뭐라고 하던가?"

"그분은 이케다를 감방에 보내든가 이 세상에서 없애든가 둘 중 하나를 바라는 사람이니까……."

"다키모토 씨는 이케다 이야기만 나오면 사람이 변하니까 말이지. 10년 전에도 검사한테 직접 기소를 호소해서 당시 형사

302

부장을 격노하게 했지. 일을 열심히 하는 것은 인정하지만, 그때도 이미 옛날 스타일의 형사였지."

오니시가 먼 곳을 보는 눈으로 말했다. 오랜 세월 동안 같은 시간을 보냈던 만큼 생각도 복잡할 것이다.

"중요한 정보를 얻기 위해 가벼운 죄를 봐주거나 하는 일을 아무렇지 않게 했던 사람이니까. 나는 별로 좋지 않다고 생각했어."

"그랬습니까? 저는 이번에 다키모토 씨께 여러 가지를 배웠습니다."

노지마는 변호했다. 문제가 많았을지 모르지만 퇴직한 후에도 여러 업계에서 얼굴이 잘 알려져 힘이 통하는 것은 거짓말을 하지 않는 사람이었기 때문일 것이다.

가는 도중 다키모토에 관한 여러 가지 일화를 들었다. 일화가 많은 것은 형사의 훈장이다.

마쓰모토에서는 우선 야기의 라면집에 들렀다. 한 번쯤 감사 인사를 하고 싶었고 또 배를 채워둘 겸해서 찾아간 것이다. 사전에 문자로 알려두었기 때문에 야기는 만반의 준비를 해놓고 기다리고 있었다.

"'오노야'라면 제가 안내하겠습니다. 동료한테 물었더니 종업원 중에 후배의 지인이 있었습니다. 제가 있으면 이야기가 빠를 겁니다."

이제 관계자라도 된 듯한 모습으로 제안한다.

"아뇨, 됐습니다. 수사니까요. 시민을 데려갈 수는 없습니다. 게다가 이미 전화로 용건은 전해두었고요."

"그렇습니까……. 그럼 무슨 일이 있을 때는 불러주세요."

"정말 감사합니다. 여러 번 협조해주셔서. 사건이 해결되면 감사장을 드릴 수 있도록 신청해두겠습니다."

"아니, 뭘 그런 걸. 저는 시민으로서 당연한 일을 했을 뿐인데요. 그런데 가리야는 다시 신병이 구속되었습니까?"

야기는 흥미진진한 모습으로 묻는다.

"말해드릴 수 없습니다. 이런 말만 드려서 죄송합니다만."

노지마는 진지한 얼굴로 고개를 저었다.

"알겠습니다. 그럼 라면이라도 드시고 가세요. 조미된 계란도 서비스로 드릴 테니까요."

밝은 목소리로 말하고 주방으로 들어간다.

"좋군, 젊은 사람끼리는."

오니시가 쓴웃음을 섞어 말했다.

"아니, 뭐랄까, 아주 친한 척하고 나와서……."

"스스럼이 없는 것도 젊기 때문이지. 나이를 먹으면 경계심이 앞서거든. 나도 젊었을 때는 탐문수사를 하러 가는 곳마다 친절한 대접을 받았지. 자네도 늦기 전에 얼굴을 팔아. 평생의 재산이 될 거야."

"알겠습니다. 선배들을 보고 있으면 저도 그래야겠다는 생각이 듭니다. 다키모토 씨에게 민간인 협력자가 많은 것도 예사롭지 않고요."

"아, 그렇지. 나도 그것만은 인정해."

라면이 나오자 둘이서 후루룩 먹었다. 여느 때처럼 맛있었지만 오니시는 국물이 너무 진한 모양인지 대부분 남겼다. 노지마는 점원에게 보이지 않도록 오니시와 그릇을 바꿔 남은 라면을 마저 다 먹었다.

식사를 마치고 '오노야'에 가자 야기 후배의 지인이라는 종업원이 주차장에서 기다리고 있었다.

"수고하십니다! 야기 씨한테 들었습니다. 기다리고 있었습니다!"

자못 불량배처럼 보이는 젊은이가 모자를 벗고 고개를 푹 숙여 인사한다. 곧 형사가 찾아갈 거라고 야기가 말해준 것 같다. 아이고 이렇게까지, 싶으면서도 고마운 것도 사실이다. 노지마는 사건이 정리되면 자기 고향의 폭주족을 포섭해야겠다고 생각했다. 운동부와 마찬가지로 그들의 상하 관계는 평생 간다.

통용문으로 들어가 사무실로 안내되었다. 회의 테이블에는 노트북이 세팅되어 곧바로 CCTV 영상을 확인할 수 있도록 준비되어 있었다. 점장이 나와 인사한다. "보이스피싱 사기 집단입니까?"라며 멋대로 착각하는 걸 보니 수사 목적은 누설되지 않은 모양이다. 작업에 입회하는 사람은 마중 나온 종업원이다.

미리 지정해둔 날짜의 CCTV 영상을 영업 시작 때부터 시간 순으로 재생한다. 계산대 두 대를 안쪽에서 찍는 CCTV로 좁혔기에 작업은 단순하다. 노지마는 신경을 집중하고 화면을 응시했다. 휴일이어서 손님은 많지만 대형점이 아니라서 쉴 새 없이 바쁜 것은 아니다.

"그런데 야기 씨의 예전 동료인 가리야라는 사람 알아요?"

노지마가 종업원에게 물었다.

"아니요. 모릅니다. 저는 야기 씨보다 네 살 아래이고, 실은 야기 씨와도 만난 적이 없습니다. 하지만 선배의 선배라서 거역할 수 없어서요."

나이깨나 먹은 어른이 고등학생 같은 말을 한다. 이런 대화를 나누며 영상을 빨리 돌리다 보니 덩치가 큰 남자의 모습이 비쳤다. 노지마가 황급히 몸을 앞으로 내민다. "가리야다!" 반사적으로 크게 소리쳤다. 첫 번째 가게에서 빙고. 맨 마지막 순간에 행운을 거머쥔 기분이었다.

"확실해? 난 사진과 영상으로만 본 사람이라······."

오니시가 안경을 들추고 화면에 얼굴을 가까이 가져갔다.

"확실합니다. 진탕 미행한 사람이니까요. 걷는 것만 봐도 알 수 있습니다."

"알았어. 그런데 가리야는 뭘 산 거지?"

"그건 이 각도에서는······."

"계산대에 툭 놓았지? 그럼 깨지지 않고 가벼운 거야."

오니시의 의견에 그럴 거라며 고개를 끄덕이고 노지마는 동영상 촬영 시각을 봤다. '14:05:24'라고 나와 있었다.

"이날 오후 2시 5분의 계산대 데이터는 남아 있습니까?"

"물론 남아 있습니다. 뭘 샀는지도 알 수 있습니다."

종업원의 말에 노지마는 무심코 주먹을 불끈 쥐고 승리의 포즈를 취했다. 가리야가 산 것이 두툼한 긴 양말이라면 압도적인 증거가 된다.

종업원이 일단 사무실을 나가 점장을 불러왔다. 노지마가 사정을 설명하자 자신의 책상에 앉아 컴퓨터로 판매 기록을 불러왔다.

"아, 있습니다. 4월 18일, 14시 5분. 구입한 것은 총 세 개로, 방한 양말이 한 개, 목장갑이 두 개입니다."

"목장갑도요?"

노지마는 무심코 기뻐서 뛰어오를 뻔했다. 범인은 범행 때 손바닥 부분에 미끄러지지 않도록 고무가 코팅된 목장갑을 사용했다.

"품목 번호를 알 수 있으니까 물품을 직접 가져가시지요. 이봐, 이것과 이것 가져와."

종업원에게 컴퓨터 화면을 보여주고, 가게로 보내 해당 물품을 가져오도록 했다. 노지마는 가만히 있을 수가 없어 가리야로 보이는 남자의 영상을 몇 번이고 다시 보았다. 체격, 머리 모양, 동작. 보면 볼수록 가리야라고 확신했다.

"이것입니다."

그때 종업원이 물건을 가지고 돌아왔다. 어디에나 있을 듯한 두툼한 긴 양말과 고무가 코팅된 목장갑이다. 노지마는 수첩을 넘겼다. 사체 머리 상처에서 채취된 유류물은 붉은 섬유 조각이다. 눈앞의 긴 양말은 발가락 끝과 뒤꿈치 부분이 붉었다. 노지마는 손끝이 떨렸다. 이걸로 가리야를 본건으로 체포할 수 있다―.

"이건 CCTV 영상에 찍힌 남자가 산 것과 같은 물건이지요?"

노지마가 다시 한번 확인한다. "그렇습니다. 동일한 상품입니다"라는 대답을 얻었기에 증거품으로 구입하기로 했다.

"이거 정말 대단한 정보와 맞닥뜨렸군그래. 노지마, 자네의 공적이야. 나도 이 자리에 있어 기쁘네."

오니시도 흥분한 기색이었다. 얼굴이 상기된 노지마의 어깨를 탁탁 두드린다. 노지마는 복잡한 퍼즐의 마지막 조각을 발견한 기분이었다. 지금까지 수사가 난항을 겪어온 만큼 성취감은 어마어마하다.

그리고 이것으로 가리야의 범행이 계획적이라는 것도 확실해졌다. 4월 18일 시점에 사람을 죽이려고 결심한 것이다.

노지마는 점장의 허락을 얻어 CCTV 영상을, 미리 챙겨 간 디스크에 복사했다. 한시라도 이 정보를 빨리 수사 회의에서 발표하고 싶다.

증거품을 챙기고 사이토에게 전화를 걸었다. 소속된 현 경찰본부는 다르지만 이제 형 같은 존재다.

"선배님, 대성공입니다. 가리야는 이 지역의 공예 용품점에서 두툼한 긴 양말과 고무가 코팅된 목장갑을 구입했습니다. 영상도 또렷하게 남아 있습니다."

노지마가 성과가 있었음을 알린다. 사이토는 "잘했어!" 하고 고막이 찢어질 듯이 큰 목소리로 소리쳤다.

"이것으로 지검도 체포를 승인하겠지요?"

"어어, 그렇지. 게다가 여기서도 굉장한 정보가 나왔어. 세 번째 범행도 범인은 가리야가 맞아. 자세한 것은 나중에 말하지. 긴급 주행으로 마구 달려와."

사이토는 흥분한 모습으로 마구 떠들어댄다. 노지마는 시간이 아까워 상세한 내용은 묻지 않고 전화를 끊었다. 어쨌든 사태는 크게 진전되었다. 노지마는 긴급 주행 비상등을 켜고 돌아갈까, 하는 생각까지 했다.

군마현 기류 남부 경찰서의 수사본부로 돌아간 것은 오후 6시가 지나서였다. 마침 저녁 수사 회의를 앞두고 수사관들이 모여들기 시작한 무렵으로, 노지마는 거친 축하로 환영을 받았다. 특히 도치기현 경찰 쪽 선배나 상사들은 몇 번이나 쿡쿡 찌르거나 잡아 흔들었다.

"긴 양말과 목장갑은 곧바로 감식반으로 보낸다. 서둘러 감정하고 유류물과 일치하면 당장 오늘 밤이라도 본건으로 체포 영장을 청구할 거다. 노지마 형사, 수고했다. 자네의 판단이 적중했어."

눈 밑에 다크서클이 생긴 니시무라 관리관이 입가를 살짝 올리며 말했다. 노지마는 그것만으로 피로가 가셨다. 니시무라도 역시 소속을 초월한 자신의 상사다.

곧 사이토가 나타나 현재의 상황을 설명해주었다. "준비됐어? 놀라지 마." 이런 서론을 깔고 들려준 이야기는, CCTV 영상에 겐타로의 차에 동승한 가리야가 찍혔다는 것이었다. 순간적으로 그게 무슨 의미인지 이해할 수가 없었다.

"현재 겐타로를 임의로 조사하고 있어. 다만 경찰서에는 오고 싶어 하지 않기에 호텔로 수사관을 보내서 변호사를 동석시켜 조사하고 있지. 그리고 스마트폰 데이터 공개에는 응한 모양인데, 그 자리에서 통화 기록을 열람하는 것에만 한정한 모양이야. 그래서 삭제해두었다면 현 상황에서는 어쩔 도리가 없지. 우리 호리베 1과장님이 임의 제출을 요구하고 있는데 현재 교섭 중이야."

"그건 알겠습니다만, 왜 가리야와 겐타로가 사건 당일 밤에 함께 있었습니까?"

노지마가 물었다. 두 사람의 관계가 상상이 가지 않는다.

"그건 앞으로 수사해봐야지. 몇 명이 의견을 나눠봤는데 밤마다 차로 거리를 돌아다니던 겐타로가 어느 날 밤 근무를 하던 가리야와 어떤 형태로든 알게 되었고, 서로 같은 부류라는 냄새를 맡고 행동을 함께하게 되었다. 아니면 겐타로가 가리야를 따라다니게 되었다. 이런 설명이 지금은 가장 타당하다고 할 수 있는데…….”

“공범이었던 겁니까?”

무심코 목소리를 죽인다. 전혀 생각지도 못한 것이어서 노지마는 사고가 정지되었다.

“아니면 목격자였든가. 가리야의 범행을 목격하고 겐타로가 접근했을지도.”

“허어, 그런 일이…….”

뭔가 말하고 싶지만, 더 이어갈 말이 없다.

“다만 그 경우 문제는 그때의 겐타로가 본인이었는가 하는 점이야. 그 녀석 안에 들어 있는 마코토나 구루 같은 다른 인격이었다면 상당히 성가셔지는 거지.”

사이토가 못마땅한 얼굴로 말했다. 모든 일이 겪어본 적 없는 사안이다.

“그런데 가리야는 지금 뭘 하고 있습니까?”

“오늘은 준야근을 하는 날이라서 오후 5시부터 근무하고 있다고 해. 물론 감시는 붙어 있고.”

“괜찮을까요? 그놈도 수사의 손길이 뻗어 있다는 것 정도는 알고 있겠지요. 무엇보다 의심을 받는 도중 세 번째 사람을 살해했다는 것은, 갑자기 태도를 바꾸고 나온 것일지도 모릅니다.”

노지마가 걱정을 말했다. 더욱이 범행을 거듭해온 범인이 순순히 체포될 것 같지가 않다.

"그래서 자네가 마쓰모토에서 찾아온 증거가 도움이 된다는
거지. 내일은 체포 영장이 나올 거야. 그것으로 가리야를 체포
할 거고, 설령 자백이 없더라도 기소는 확실해. 이만큼 상황증
거가 모였으니까. 반드시 유죄로 몰고 갈 수 있어. 가리야는 사
형이야."

"아니, 그게 아니라 오늘 밤에 도주를 꾀할지도 모른다는 이
야기입니다. 감시는 통상적인 태세인가요?"

"그럼, 두 명이 붙어 있지."

"오늘 겐타로와 가리야가 서로 연락을 취했을 가능성은요?
형사가 왔다, 그날 밤 함께 있었던 것을 들켰다, 그렇게 가르쳐
줬다고 한다면요?"

노지마가 묻자 사이토의 표정이 변했다.

"그랬을 가능성이 없다고는 할 수 없지. 회의에서 보고하자.
아니, 지금 당장 해야지."

발길을 돌려 간부석으로 달려간다. 노지마는 흥분으로 몸이
떨렸다. 하루이틀 사이에 모든 것이 결말난다. 앞면이 나올 것
인가. 아니면 뒷면이 나올 것인가—.

*

사흘 휴업하고 가게를 열자 손님의 발길은 뚝 끊겼다. 가게

의 호스티스가 살해당했다는 현실은 너무나도 무거워 손님이 줄어드는 것은 당연한 것으로 여겨졌다. 평소에는 활달한 중남미 출신의 호스티스들도 감정 표현이 직접적인 만큼 사소한 일로 울음을 터뜨리는 형편이다.

요시다 아키나는 차라리 일시적으로 문을 닫는 편이 낫지 않을까 생각했다. 당분간 동네의 소문은 그치지 않을 것이다. 그렇다면 실내장식도 가게 이름도 바꾸고, 새로운 가게로 다시 시작하는 편이 낫다. 오너에게 그렇게 호소하자 오너는 "그럴 돈이 어디 있어?"라고 언짢아하며 호스티스 관리를 못한 것은 마담의 책임이라며 아키나를 몰아세웠다. 불합리한 오너의 반응에 슬슬 그만둘 때가 온 건가, 하고 아키나는 생각했다. 잠시 동네를 떠나는 것도 생각하고 있다. 가리야와 둘이서 도쿄든 오사카든, 아니면 더 먼 곳이든.

이날 자정이 넘어 손님이 올 것 같지 않아 호스티스를 돌려보냈다. 쓸데없어진 조림 안주를 음식물 쓰레기로 치우고는, 이제 나도 돌아갈까 하고 탈의실에서 옷을 갈아입고 있을 때 스마트폰에 문자가 왔다. 가리야의 문자였다. 지금 가도 되느냐는 내용이다. 오늘은 준야근이었던 모양이다. 이제 가게 문을 닫으니까 집으로 오라고 답장했다. 지금의 내게는 가리야와 몸을 섞는 것만이 위안이다.

새벽 1시가 지나 가리야가 찾아왔다. 바깥에 차를 세우는 소리가 들리는 것으로 보아 택시로 온 모양이다. 배고프냐고 물으니 약간 고프다고 해서 아키나는 파스타 면을 삶기로 했다. 냉장고에 베이컨과 양배추가 있으니 간단히 만들 수 있다.

"목욕은? 어차피 자고 갈 거지?"

"그럼 샤워만 할게. 걸어와서 땀이 났거든."

아키나는 가리야의 말에 아니, 하고 생각했다. 아까 차 소리는 다른 집이었던 것 같다. 태연한 척 커튼을 젖히고 바깥을 본다. 실버 스바루가 아파트 앞 도로에 세워져 있고 안에 두 남자가 있는 것이 가로등 불빛에 보였다. 경찰이라는 것을 바로 알았다. 가리야는 미행당하고 있는 것이다. 가슴속에서 우울한 기분이 고개를 쳐든다. 석방된 후에도 임의 조사를 받고 있다는 이야기는 들었지만 이런 한밤중에도 미행이 붙는다니 예사롭지 않다.

10분쯤 지나 샤워를 마치고 머리에 수건을 뒤집어쓰고 나온 가리야에게 물었다.

"저기, 경찰 조사 말이야, 아직도 매일 받고 있어?"

"응, 야근이 있는 날이 아니면. 내일도 오후 1시에 형사가 데리러 올 거야."

가리야가 안색도 바꾸지 않고 태연하게 말한다. 완전히 익숙해진 모습이다. 그것은 곧 꺼림칙한 것이 없기 때문일 것이다.

"거절할 수는 없어?"

"변호사라도 고용하면 거절할 수 있을지 모르겠지만, 한 개인이 거부하는 것은 상당히 어려워. 부탁합니다, 부탁합니다,

하며 끝까지 물고 늘어지며 둘러싼 채 놔주지 않으니까."

"지독하다. 인권침해 아냐?"

"그렇지. 하지만 스마트폰 임의 제출만은 거부하고 있어. 전에 체포되었을 때 제출했으니까 이제 된 거 아니냐고."

"흐음. 한 번은 냈었구나. 그렇다면 내가 보낸 문자도 경찰이 봤다는 거네?"

"그렇지."

"화나는데."

아키나는 발끈했다. 늘 손님으로 오는 형사들도 내가 남자에게 아양을 떤 문자를 읽었다는 말인가.

파스타를 만들어 가리야에게 내놓았다. 테이블에서 커다란 몸을 구부리고 묵묵히 먹고 있다. 그 모습을 보고 있자니 문득 물어보고 싶어졌다.

"저기, 에리카가 살해당한 일 말인데, 공장에서 화제가 되지 않았어?"

"몰라. 다들 나한테 말을 안 거니까."

"그렇구나. 그럼 아무하고도 말 안 해?"

"응. 어차피 운전이 일이고."

사건에 관한 물음에 싫어하는 기색도 없이 답하기에 아키나는 여느 때처럼 안심했다. 죄를 범하지 않았으니 당당할 수 있는 것이다. 다만 이 감정이 타당한 것인지는 모르겠다. 스스로를 납득시키고 싶어 묻고 있는 것인지도 모른다.

"저기, 홋카이도는 다음 연휴에 갈 수 있을까?"

아키나가 제안했다. 어딘가 멀리 가서, 설령 잠깐이라도 불쾌한 일을 다 잊고 싶다.

"갈 수 있지 않을까? 휴가 신청서를 내면 근무 일정을 바꿔줄 것 같은데."

"그럼 다시 일정을 짜볼게. 어차피 가게는 열어도 휴업이나 다름없는 상태고. 나는 언제든지 쉴 수 있을 거야."

"그래?"

"그럼. 손님도 안 와."

아키나가 하아 하고 한숨을 내쉰다. 정말 가게를 그만두고 싶다. 내친김에 이 동네도 떠나고 싶다.

가리야가 식사를 마친 뒤 둘이서 위스키를 마셨다. 텔레비전 심야 프로그램을 보며 소곤소곤 대화를 나눈다. 아키나에게 가리야는 마음이 맞는다기보다 마음을 쓰지 않아도 되는 상대였다. 먼저 아무것도 묻지 않기 때문에 곰이라도 키우는 듯한 감각이다.

그때 아파트 앞에 또 차가 멈추는 소리가 났다. 늦은 밤이라 쥐 죽은 듯 조용했기 때문에 남자가 작게 말하는 소리까지 들렸다. "××, 현장에 도착했습니다." 확실히 이렇게 말했다.

불길한 예감이 들어 거실 창의 커튼을 젖히고 아래를 내려다보니 경찰 차량인 듯한 차가 두 대로 늘어나 있었다. 무슨 일일까. 남자들의 검은 그림자도 보인다.

"무슨 일 있어?"

가리야가 물어서 아키나는 창밖을 가리켰다. 가리야의 표정이 어두워지더니 창가까지 걸어와 밖을 내다보았다.

"저기, 경찰 아니야?" 아키나가 말한다. 가리야는 대답하지 않았다.

"또 별건으로 체포 영장이 나왔다거나 그런 걸까? 하지만 왜 이런 시간에. 내일까지 기다리면 되는 거잖아."

불안해서 쓸데없이 더 말했다. 가리야는 입을 다문 채다.

10분쯤 지나 가리야가 "이제 자자"라고 말했다.

거실 불을 끄고 안쪽 침실로 향했다. 아래에 형사들이 있다고 생각하니 섹스를 할 기분이 들지 않았다. 가리야와 침대에 눕는다.

"저, 가리야 씨, 도망치고 싶어?" 문득 이런 말이 튀어나왔다. "도망치려면 나도 데려가. 멀리라면 어디라도 좋아."

"까짓것, 도망칠 마음도 없어." 가리야가 말했다.

"그렇지? 도망칠 이유가 없으니까. 하지만 억울하게 죄를 뒤집어쓰는 일도 가끔 있으니까."

침실의 불도 껐다. 한층 정적에 휩싸인다. 아래에서 감시하고 있는 형사들은 무슨 생각으로 가리야의 교제 상대가 사는 집의 창문을 올려다보고 있는 걸까.

"저기 말이야, 에리카가 살해당한 날 밤, 가리야 씨 비번이었지?"

아키나는 침묵이 두려워 물었다. 그리고 자신이 뭘 묻고 있는 건지 갈피를 못 잡고 횡설수설했다.

"어, 그런데."

"설마 에리카를 만나지는 않았지?"

"안 만났어."

"그렇지? 미안. 이상한 걸 물어서."

그때 집의 인터폰이 울렸다. 아키나는 소리를 지를 뻔했다.

한 번 더 울렸다. 소리가 어둠 속에서 방 구석구석으로 울려 퍼진다. 이어서 똑똑 하고 문을 노크하는 소리가 났다.

"요시다 씨. 밤늦게 죄송합니다."

낮게 말하는 소리가 들린다. 경찰인가? 그것 외에는 생각할 수 없다.

"나가지 않아도 돼." 가리야가 말했다.

"그래도……."

똑똑. 노크 소리가 그치지 않는다. 인터폰도 계속 울렸다.

"나가볼게."

"나가지 않아도 된다니까."

일어나려고 하자 가리야가 꽉 눌렀다.

"가리야 씨, 에리카를 죽이지 않은 거지?"

"어, 죽이지 않았어."

"다른 두 사람도 죽이지 않은 거지?"

"안 죽였어."

"10년 전에는?"

"안 죽였다니까."

가리야는 마치 로봇처럼 동요하는 기색도 없었다.

탁탁 하고 문을 두드리는 소리가 커졌다.

"경찰이다! 가리야, 안에 있지?"

형사들이 고함을 지르기 시작했다. 이건 예삿일이 아니다. 소음으로 아파트의 모든 사람들이 다 깰 것이다. 무슨 생각인 걸까.

똑똑. 똑똑. 부엌 창까지 두드린다.

"가리야! 도망은 못 가!"

"요시다 씨! 무사하다면 대답해주세요!"

뭐엇, 나? 아키나는 머릿속이 새하얘졌다.

침대 위에서 가리야가 말을 타는 것처럼 양쪽 다리로 아키나를 깔고 앉았다. 목에 압력이 가해진다. 두 손으로 목을 졸랐다. 열심히 버둥거리지만 곰이 덮쳐 누른 것 같아 꼼짝도 할 수 없다.

죽는구나 생각했다. 아니, 전에도 비슷한 일이 있었다. 가리야는 흥분하면 목을 조른다. 단순한 버릇이다. 그런 생각이 스친다.

의식이 급격하게 흐려졌다. 의외로 괴롭지는 않았다. 10초만 이를 악물고 참으면 다른 세상으로 갈 것이다. 그런 느낌에 잠겨 있었다.

유리가 깨지는 소리가 났다. 남자의 성난 목소리. 꿈인가 생시인가. 판단이 서지 않았다.

*

새벽 2시가 지나 요시다 아키나의 집인 아파트 201호실 불이 꺼지자 형사들 사이에 긴장감이 감돌았다. 당연히 이렇게 될 줄은 알았다. 하지만 막상 때가 되자 최악의 사태를 상정한다. 사이토 가즈마는 주저하지 않고 가리야를 체포할 것을 제안했다.

"아침까지 기다리는 것은 너무 위험합니다. 돌입합시다."

"좋아. 돌입하자."

현장 지휘관인 우치다가 그 자리에서 결단해 지시를 내렸다.

"도주를 꾀할 경우에 대비해서 둘로 나눈다. 구보는 현관에서. 이치우마는 뒤쪽으로 돌아가 베란다 밑에서 대기. 현관을 열지 못할 때는 베란다로 기어 올라가 경찰봉으로 유리창을 깨라. 아까 밖에서 봤는데 다행히 철망이 들어간 유리는 아니다. 간단히 깨질 거다."

여덟 명인 수사관들을 세 명씩 두 조로 나누고, 연락책과 무전 대기 각각 한 명을 배정했다. 전원이 범인의 도주를 대비해서 가벼운 복장이다.

사이토는 노지마와 이토를 데리고 아파트 뒤쪽으로 돌아갔다. 2층 베란다로 들어갈 경로가 보이지 않아 이토를 발판 삼아 사이토와 노지마가 베란다 난간으로 힘껏 뛰어올라 손으로 잡고 기어오른 후 유리창을 깨 자물쇠를 풀고 안으로 돌입할 계획이다. 세 명 다 장갑을 낀 채 준비하고 기다린다.

귀를 기울이니 정적 속에서 희미하게 딩동 하는 인터폰 소리가 뒤쪽에 잠복한 사이토의 귀에까지 들렸다. 5초, 10초가 흘러도 집의 불은 켜지지 않는다.

똑똑 하고 문을 두드리는 소리가 들렸다. 우치다가 가리야를 부르고 있다. 그래도 안에서는 반응이 없다.

"마담은 괜찮을까요?"

노지마가 불안한 듯한 얼굴로 물었다.

"모르지. 방의 불이 꺼지고 10분쯤 지났지? 그 전에 뭔가 벌어졌다고 생각하기는 힘들지만⋯⋯."

"농성할 가능성은 있는 것 같습니까?"

"그러진 않을 거야. 무엇보다 농성해서 가리야가 뭘 요구하겠어?"

그때 귀에 장착한 무전용 이어폰에서 지시가 들렸다.

"우치다 계장님으로부터 돌입 지시가 떨어졌다. 방 안에서 여자의 신음 소리와 다투는 듯한 소리가 들렸다. 즉시 베란다에서 돌입하라!"

세 사람이 얼굴을 마주 본다. "알겠습니다." 사이토가 휴대용 소형 무전기로 대답했다.

이토가 1층 벽에 손을 댄다. 사이토가 도움닫기를 해서 이토의 어깨에 오르고 일어서는 동시에 점프했다. 80킬로그램 가까운 체중이지만 유도 유단자라 몸이 가볍다. 2층 베란다 난간에 매달려 턱걸이로 단숨에 몸을 끌어 올렸다.

난간을 넘어 베란다 안으로 굴러 들어간다. 부엌 쪽에서 탁탁 문을 두드리는 소리가 더 크게 들렸다. 창에 손을 댄다. 자물쇠가 걸려 있었다. 사이토는 허리에서 경찰봉을 빼내 손잡이 뒤로 유리창을 깼다. 쨍그랑 하고 날카로운 소리가 울려 퍼진다. 옆집의 불이 켜졌다. 아파트 주민들이 무슨 일인가 하고 놀라 웅성인다. "경찰입니다! 밖으로 나오지 말아주세요!" 아래에서 이토가 소리쳤다.

사이토가 뚫린 창으로 손을 넣어 자물쇠를 열었다. 창문을 열고 커튼을 손으로 치우고 침실로 들어간다. "경찰이다!" 큰 소리로 외쳤다.

어둑한 가운데 남자의 커다란 그림자가 보였다. 침대에서 일어나는 참이다.

"움직이지 마! 손 들어!"

이어서 노지마도 침실로 들어온다. 손전등으로 가리야를 비춘다. 가리야가 눈이 부신 듯이 손으로 얼굴을 가린다.

"현관문 열고 와!"

사이토가 지시를 하자 노지마가 신발을 신은 채 현관으로 달려갔다. 침대를 보니 여자가 축 늘어져 있었다. 사이토는 순간적으로 핏기가 가셨다. 늦은 건가―.

다음 순간 여자가 격렬하게 기침을 하기 시작했다. 침대 위에서 뛰어오를 듯이 몸을 떨고 있다. 다행이다. 살아 있다―. 가리야는 역시 여자를 죽이려고 한 것인가. 경찰이 아파트를 둘러싸고 있다는 걸 알면서. 돌입이 30초만 늦었어도 또 희생자가 나왔을 것이다―.

현관이 열리고 무너진 둑에서 물이 쏟아지듯이 수사관들이 들어왔다.

"가리야 후미히코. 사체 유기 혐의로 체포 영장이 나왔다. 새벽 2시 10분. 영장에 의해 체포한다!"

우치다가 가리야와 대치한 채 외쳤다.

"뭔가요, 당신들?"

가리야가 차분하게 말했다. 다만 볼이 희미하게 떨리고 있고, 이마에는 땀이 흐르고 있다. 여자를 죽이는 데 실패한 이 남자는 지금 무슨 생각을 하고 있는 걸까.

"이치우마, 자네가 수갑을 채워."

우치다의 지시로 사이토가 수갑을 꺼낸다. 가리야는 전혀 저항하지 않고 두 팔을 내밀었다.

수갑을 채우고 가리야의 등을 밀어 침실을 나온다.

"괜찮습니까?"

노지마가 여자에게 말을 걸었다. 여자는 좀처럼 기침이 멈추지 않았고 끊임없이 굵은 눈물을 흘렸다.

"이봐, 구급차 불러."

우치다가 무전으로 밖의 수사관에게 지시를 내린다.

"요시다 씨, 옷 갈아입을 수 있겠어요? 아니면 누워서 구급차를 기다릴래요?"

"괜찮습니다. 제가 갈아입을게요. 그러니 침실에서 나가주세요."

여자가 기침을 하며 말했다.

"그렇게는 안 됩니다. 뒤로 돌아서 있을 테니 여기서 갈아입으세요."

"됐으니까 나가!"

여자가 돌연 히스테릭하게 소리쳤다.

"그럼 나가겠지만 문은 열어두세요. 앞으로 같이 병원에 갈 겁니다. 그다음은 경찰서. 물어보고 싶은 것이 아주 많습니다."

우치다의 말을 들으며 사이토는 가리야를 연행하여 현관을 나섰다. 복도에는 주민들이 나와서 심야의 체포 장면을 두려운 듯이 지켜보고 있다. 엘리베이터가 아니라 계단을 이용해 밖으로 나왔다. 수사 차량이 경광등을 켜고 있어 아파트 외벽이 붉게 물들어 있다.

가리야는 계속 무표정이다. 앞으로 자신이 어떻게 될지 모를 리가 없을 텐데 눈썹 하나 까딱하지 않는다. 차에 태울 때 뚝뚝 물방울이 떨어졌다. 캄캄한 하늘을 올려다보자 가로등 불빛에 바늘 같은 비가 내리는 것이 보였다.

긴급 사태로 일기예보 같은 건 신경도 쓰지 않고 있었다. 또비야. 사이토는 이렇게 생각하며 목덜미 언저리에 소름이 돋는것을 느꼈다.

가리야를 오타 동부 경찰서로 연행하고 일단 유치장에 넣은후 니시무라의 명령으로 인근 병원으로 향했다.

"요시다 아키나 옆에 붙어 있어. 언뜻 봤을 뿐이지만 목이 졸린 것 같은 붉은 흔적이 있었으니까. 사정을 들어보고 피해 신고서를 제출하게 해. 저자세로 해야 한다. 여자 마음은 모르니까. 이 마당에 와서도 범인을 비호할 가능성이 있어."

니시무라가 주의점을 말하고 얼마간 동정적으로 어두운 표정을 지었다. 사이토도 동감이었다. 여자로서 신뢰한 남자에게살해당할 뻔했다는 것은 자존심이 갈기갈기 찢기는 사건일 것이다.

노지마와 둘이서 심야 병동으로 가자 요시다는 치료실 침대에 누워 있었다. 당직 의사가 진찰을 다 마치고는 진정하면 돌아가도 된다고 했다.

"선생님, 목에 남은 붉은 흔적은 보셨습니까?" 사이토가 묻는다.

"예. 본인이 아무것도 아니라고 해서 더는 묻지 않았습니다만."

"그 외에 다친 곳은 없습니까?"

"예, 별다른 외상은 보이지 않습니다."

"바로 조사를 해도 되는 상태입니까? 사건 피해자일지도 몰라서요."

사이토가 의사에게 승낙을 구한다.

"본인만 괜찮다면요. 다만 정신 상태가 불안정한 것으로 보이니까 무리하지는 말아주세요."

"알겠습니다."

사이토와 노지마는 커튼을 열고 침대에 누워 있는 요시다와 대면했다. 간호사가 가져온 의자에 나란히 앉는다.

"뜻하지 않게 불행한 일을 겪으셨네요. 요시다 씨가 무사해서 안심했습니다. 창문을 부수어서 죄송합니다만 저희가 뛰어들지 않았다면 당신은 살해당했을 가능성이 있습니다."

몸을 앞으로 구부리고 작은 소리로 말하자 아키나는 눈을 마주치지 않고 딴 데로 돌렸다.

"가리야가 목을 졸랐던 거지요? 솔직히 말씀해주세요."

"조르지 않았어요."

아키나가 강경한 어조로 즉답했다.

"하지만 목에 붉은 흔적이 남아 있습니다. 그건 어떻게 된 겁니까?"

"기억나지 않아요."

"그런 말은 하지 마세요. 가리야는 연쇄 살인 사건의 범인입니다. 요시다 씨도 살해당했을지도 모릅니다."

"아니에요. 저는 가리야 씨를 믿어요."

아키나는 의지할 데가 없었다. 시종 눈을 마주치지 않고 몸을 돌려 사이토와 노지마에게 등을 돌렸다.

사이토는 노지마와 얼굴을 마주 본다. 지금 캐물어도 역효과만 난다고 판단했다.

"유리창 수리비는 경찰의 수사 비용에서 나갈 겁니다. 그런 것은 정확히 하니까 안심하십시오. 그리고 여성 형사를 불러 대기하게 할 테니 아침이 되면 오타 동부 경찰서로 동행해주시기 바랍니다."

아키나는 대답을 하지 않는다. 잠시 침묵이 흐른다.

사이토는 이거 시간 좀 걸리겠는걸, 하고 앞날을 걱정했다. 이 여자에게는 구출되었다는 인식이 없다. 경찰이 모든 것을 엉망으로 만들었다고 생각한다.

시계를 보니 새벽 3시가 지나고 있었다. 사이토는 일단 이 자리에서는 포기하기로 하고 살며시 일어났다.

이튿날 오전 11시부터 열릴 예정인 기자회견에는 도쿄에서 언론이 대거 몰려왔다. 합동수사본부가 설치된 기류 남부 경찰서 강당은 빈틈없이 꽉 들어찬 상태였다. 연단 중앙에는 군마와 도치기 두 현의 형사부장이 나란히 앉고 각 수사1과장이 그 옆자리를 지켰다. 직전까지 가장 위층의 도장에서 자고 있던 사이토는 복도에서 전해지는 떠들썩한 소리에 눈을 떴고, 상황을 살피러 와서 기자 무리와 카메라 대열을 보고 깜짝 놀랐다. 어떤 뉴스 프로그램에서도 톱뉴스가 될 것이다. 간부들은 모두 양복 차림이었다. 진행을 맡은 니시무라 관리관은 머리를 다듬은 흔적까지 있다.

일어나면 오타 동부 경찰서로 가라는 명령을 받았기 때문에 계단을 뛰어 내려가자 계단참에서 〈주오신문〉의 지노 기자가 기다리고 있었다. "요시다 씨를 구출했을 때의 일, 나중에 좀 들려주실 수 있습니까?" 하고 안색을 살피는 눈빛으로 말한다.

"어떻게 알고 있죠?"

사이토는 아연실색하여 물었다. 체포한 지 한나절밖에 지나지 않았다.

"지난 며칠 뭔가 움직임이 있을 줄 알고 본부장 공저 앞에서 매일 아침 지키고 있었습니다. 그래서 오늘 아침 출근하실 때 밀착 취재로……."

"하하하. 두 손 들었소. 나중에."

사이토는 메마른 웃음을 터뜨리며 길을 서둘렀다. 아마도 어둑새벽에 무타 본부장에게는 연락이 갔을 것이다. 형사 분야에서 일해온 경찰 관료의 흥분된 얼굴이 눈에 선했다.

경찰서 현관을 나갈 때까지 안면이 있는 기자들로부터 수많은 질문 공세를 받았다. 모두 하나같이 기분이 고양되어 몸이 부딪칠듯 달려왔다. "수고하십니다"라는 위로의 말도 날아들었다. 어딘가 범인이 검거된 걸 축복하는 분위기였다. 형사 입장에서 보면 기소될 때까지 싸움이 계속되기는 하지만.

잠깐 기자를 상대하고 나서 주차장으로 가니 기다리고 있던 관할 경찰서의 젊은 형사가 "제가 모시겠습니다" 하며 수사 차량의 문을 열어주었다.

"피곤하시지요? 부서장님이 이치우마 씨의 운전사를 하라는 지시를 내렸습니다."

"그래? 고맙네."

사이토는 진심으로 고마웠다. 경찰은 현장에서 뛰는 사람을 다그쳐도 마지막에는 서로의 노고를 위로한다.

오타 동부 경찰서에 도착하자 회의실에서 노지마와 이토가 배달 도시락을 먹고 있었다. 충분히 잔 것인지 두 사람 다 혈색이 좋다.

"'리오'의 마담은 출두했나?" 사이토가 물었다.

"아니요. 지금은 아무것도 얘기하고 싶지 않다고 해서 병원에서 자택으로 돌아간 모양입니다. 설득에는 응하지 않고 전화도 받지 않습니다." 노지마가 대답한다.

"어쩔 수 없지. 안면이 있는 형사를 보낼까?"

"그보다 군마의 형사부장이 겐타로를 부른 모양입니다. 이제 곧 변호사와 함께 올 겁니다."

노지마가 젓가락을 기세 좋게 흔들며 말했다.

"이야, 용케 응했군그래."

사이토는 의외라고 생각했다. 히라쓰카가는 지금까지 시종일관 경찰에 비협조적이었다.

"오늘 아침 일찍 가리야의 스마트폰의 착신 기록을 조사했더니 겐타로의 핸드폰 번호가 있었습니다. 세 번째 범행이 있었던 것으로 보이는 날만은 서로 여러 번 연락을 취했습니다. 그 것을 변호사에게 은밀히 전했더니 출두에 응했습니다. 그런 게 나온 이상 거부하는 건 오히려 불리해지기 때문이겠지요."

이토가 흰 쌀밥을 볼이 미어지게 입에 넣고 덧붙인다. 사이토는 소름이 돋았다. 역시 가리야와 겐타로는 관계가 있었던 것이다. 사건 당일 밤 우연히 동승했던 것이 아니다.

"두 사람이 언제 어디서 알게 된 건지, 겐타로가 사건에 어떻게 관여했는지 앞으로 해명해가야겠지만, 앞으로 여러 가지 수수께끼가 풀릴 것 같습니다. 이야, 정말 겐타로를 계속 감시한 것이 옳았네요. 저는 얼른 수사 대상에서 제외해야 한다고 생각했거든요."

노지마가 행운을 음미하듯이 말했다.

"나도 마찬가지야. 겐타로는 무관하다고 생각했어. 그런데 가리야는 어때? 조사는 이미 시작된 건가?"

"오전 10시부터 우치다 계장과 구보 보좌가 조사 중입니다. 다만 어젯밤 어둑새벽에 체포될 때부터 가리야는 한마디도 하지 않은 것 같습니다."

"완전 묵비인 거야?"

"예. 인사에도 대꾸하지 않는다고 합니다."

이 말을 듣고 사이토는 그럴 만도 하다고 생각했다. 아마 가리야는 재판에서도 완전 묵비로 일관할 생각일 것이다. 수사본부가 수집한 증거만으로 충분히 사형으로 가져갈 수 있다고 믿지만 체포한 형사로서는 자백이 없으면 뒷맛이 개운치 않다.

"가리야는 마지막까지 입을 열지 않을 생각인 걸까요?" 이토가 툭 한마디를 꺼냈다.

"이봐, 그런 얘기는 우리한테만 해. 간부들 앞에서 그런 얘기를 했다가는 곧바로 수사본부에서 제외될 거야. 털어놓게 하는 거야, 형사는."

사이토가 노려보며 나무란다. 이토는 기가 죽어 눈을 치켜뜨고 고개를 숙였다. 다만 사이토도 이토의 생각에 동감인 만큼 강하게는 말할 수 없었다. 도주도 하지 않고 침묵한 채 사형대에 서는 것이 살인마의 마지막 긍지인지도 모른다.

"그런데 겐타로는 누가 조사하지?"

"그거야 선배님이겠지요. 그래서 부른 거 아닐까요?"

도시락을 비운 두 사람이 입을 모아 말한다.

사이토는 잠깐 대답할 말을 찾지 못하고 자신에게 타이르듯이 몇 번이나 고개를 끄덕였다. 겐타로 안에서 누가 튀어나올지 모르겠지만 바라는 바다.

일단 배를 채워두기로 했다. 그러고 보니 아침부터 배가 고파 미칠 지경이었던 것이다.

종장

잔향(殘響)

  심정적으로는 가만히 놔두고 싶었으나 취재해온 상대의 아파트에서 가리야가 체포된지라 사정을 묻지 않을 수는 없다. 지노 교코는 주저하지 않고 요시다 아키나의 핸드폰에 전화를 걸었다. 받지 않을지도 모른다는 우려도 있었지만 발신음이 몇 번 울리자 본인이 받았다.

  "〈주오신문〉의 지노입니다. 힘드실 텐데 죄송해요. 지금 댁이세요?"

  안부를 묻는 것처럼 목소리의 톤을 낮춰 묻자 요시다는 가벼운 한숨을 내쉬고 나서 "그런데요"라고 우울한 목소리로 대답했다.

  "경찰 조사는 받았나요?"

"아뇨, 받지 않았어요. 전 관계없으니까요."

"제가 취재한 경찰 말로는 가리야 씨한테서 폭행을 당했다고……."

교코는 일단 '씨'를 붙여 가리야를 불렀다.

"거짓말이에요. 경찰이 지어낸 이야기예요."

아키나는 단호히 부정했다. 다만 그 어조에는 어딘가 강한 체하는 느낌이 있어 말 그대로 받아들여야 할지 교코는 판단이 서지 않았다.

"지금 찾아뵤도 될까요?"

"괜찮긴 한데 아파트 앞에 형사가 있어요."

"상관없어요. 지금 오타 시내에 있어서 10분이면 갈 수 있어요."

오전 중에 열린 경찰의 기자회견 후 고사카 캡이 "네가 마담을 만나서 불게 해봐"라고 진심인지 농담인지 알 수 없는 어조로 말을 꺼냈고, 다음과 같은 대화를 나눴다.

"K는 마담을 살해하려고 했어. 조금 전에 우쓰노미야 지국의 고즈가 인근 병원의 의사한테 알아낸 정보인데 마담의 목에는 졸린 흔적이 있었다고 해. 그러니까 가리야한테 교살당할 뻔했던 건 분명해."

"네, 그렇군요."

"마담은 K를 비호하려고 할 가능성이 있어. 나로서는 이해할 수 없는 점이지만 말이야."

"알겠습니다……."

교코는 모호하게 대답했지만 같은 여자로서 이해가 되는 부분은 있었다. 그녀는 지금 깊은 상처를 입은 것이다.

"그리고 또 한 가지. 시노다 선생님에게 전화가 왔었는데, 히라쓰카 겐타로의 조사에 입회했으면 좋겠다는 경찰의 요청이 와서 받아들이기로 했으니 일단 알려둔다는 거였어. 너한테도 전해두려고."

고사카의 말에 교코는 깜짝 놀랐다.

"히라쓰카 겐타로의 조사요? 설마 체포하는 건가요?"

"모르지. 다만 여기까지 와서 연행한다는 것은 사건에 관여했을 가능성이 있다는 거 아니겠어? 현 의회 의원인 아버지의 반대를 무릅쓴 임의동행이야."

"그렇습니까? 선생님이 우리와 연결되어 있다는 것을 알고 한 의뢰니까 경찰도 라스트 스퍼트를 하는 것이겠네요."

"나도 그렇게 생각해. 이건 우리만 아는 정보야. 신중하게 취급해."

"알겠습니다."

교코는 머리가 혼란스러웠다. 겐타로가 사건에 관여했을 가능성이 있다는 것은 어떤 뜻일까. 세 번째 사건이 일어난 날 밤 겐타로가 호텔을 빠져나가 차를 몰고 돌아다녔다는 것은 알고 있다. 다만 그 뒤는 상상해도 알 수 없다.

신참 기자가 굉장한 사건에 직면한 거로군―. 교코는 매일 남의 일처럼 중얼거리고 있다.

　차를 몰고 요시다의 아파트 앞으로 가자 경찰 차량 한 대가 세워져 있고 조수석에 젊은 여자 형사가 있었다. 교코를 보더니 차에서 내려 다가온다. 교코의 얼굴을 알고 있는 것인지 여자 형사는 "〈주오신문〉 기자님, 출두하도록 설득해줄 수 없을까요?"하고 난감한 얼굴로 말했다.

　"어떤 상황입니까?"

　"글쎄요. 오늘 아침 병원에서 귀가한 후로 내내 집에 틀어박혀 있기만 해서요. 인터폰을 눌러도 우리가 경찰인 것을 알고 나오지 않습니다. 뭔가 오기가 난 것 같습니다. 지노 기자님이시죠? 마담과 사이가 좋다고 사이토 씨한테서 들었습니다."

　여자 형사가 미소를 지으며 말한다. 범인이 체포된 덕분인지 태도에 얼마간 여유도 느껴졌다. 경찰의 입장에서 보면 큰 산은 넘은 상황일 것이다.

　"사이가 좋은 정도까지는……. 아무튼 만나고 오겠습니다. 전화로 양해는 얻었거든요."

　현관까지 가서 인터폰으로 왔다는 뜻을 알리자 집 안으로 들여보내주었다. 집은 어질러져 있고 안쪽 방을 들여다보자 깨진 창문에 골판지가 종이테이프로 붙여져 있었다.

　"경찰이 창문을 깨고 들이닥쳤다는 게 사실이군요."교코가 놀라며 말한다.

"그래요. 아까 관리 회사에서 전화가 와서는 어젯밤에 무슨 일이 있었느냐고 하더라고요. 저는 경찰의 불법 침입이니까 경찰한테 물어보라고 대답했어요. 그랬더니 뭐라고 투덜투덜하더라고요. 아, 정말, 이웃들한테 폐를 끼쳐서 이사를 가야 할지도 모르겠어요."

아키나가 코를 벌름거리며 푸념을 늘어놓았다. 슬쩍 목을 훔쳐봤더니 확실히 졸린 듯한 붉은 흔적이 있었다. 의자를 권해서 식탁에 마주 앉는다.

"무슨 일이 있었는지 말해주지 않겠어요?" 교코가 물었다.

아키나는 잠시 입을 다물고 있다가 깊은 한숨을 내쉬고는 어젯밤의 사건을 이야기했다. 손님이 오지 않아서 일찍 가게 문을 닫던 참에 가리야에게 문자가 왔다. 가게로 가도 되겠느냐는 문자였다. 이제 가게 문을 닫으니까 집으로 오라고 답장을 하고 먼저 돌아가 기다리고 있으니 새벽 1시가 지나 가리야가 걸어서 왔다. 준야근이 끝나고 아직 밥을 먹지 않았다고 해서 파스타를 만들어 대접했다―. 하나하나 순서에 따라 이야기하는 것은 누군가 털어놓을 상대가 필요했기 때문일 것이다. 다만 정작 경찰이 돌입한 중요한 대목이 되자 갑자기 말이 빨라지더니 자신도 영문을 알 수 없다고 했다.

"이미 불을 끄고 자고 있었어요. 그랬더니 딩동, 딩동 하고 인터폰이 울렸어요. 무시하고 있었더니 이번에는 똑똑, 똑똑 문을 두드렸어요. 그래도 나가보지 않았더니 마지막에는 베란다의 창이 쨍그랑 깨지고 사이토라는 몸집이 큰 형사가 들어왔어요."

"요시다 씨의 몸을 걱정해서 한 행동일 겁니다."

교코가 냉정하게 말하자 아키나는 안색을 싹 바꾸고는 "뭐예요? 당신, 경찰 편이에요?" 하고 대꾸했다.

"그런 게 아니에요. 저는 요시다 씨를 걱정해서 말하는 거예요. 가리야라는 계절노동자는 와타라세강 연쇄 살인 사건의 범인일 가능성이 아주 커요. 만약 그렇다면 요시다 씨도 살해당했을 거예요."

"만약의 이야기잖아요?"

"물론 정해진 것은 아니에요. 하지만 저번의 별건체포에서 살인 자백을 받아내지 못했기 때문에 그동안 경찰은 상당한 증거를 수집했어요. 어젯밤 체포를 단행한 것도 100퍼센트 기소할 수 있다는 판단을 내렸기 때문이겠지요. 이제 뒤집힐 일은 없을 거예요."

"무슨 증거인데요?"

"기자 입장에서 그건 알 수 없지만 CCTV 영상이거나 사체 유기 현장의 유류물이거나 목격 증언 같은 게 아닐까요……?"

교코가 재차 확인하듯이 말하자 아키나는 굳은 표정으로 잠시 입을 다물었다. 화장을 안 한 얼굴에는 피로감이 배었고 피부가 거칠어져 있었다. 같은 여자 앞이라서 완전히 갑옷을 벗고 있다. 대략 1분쯤 침묵이 이어졌다. 볼이 희미하게 굳어지더니 아키나는 "역시 안 된다니까"라고 중얼거렸다.

멀리서 공장의 사이렌이 울렸다. 낮 근무의 종업을 알리는 사이렌이다. 이제 준야근 근무조로 배턴이 넘겨진다. 그리고 날짜가 바뀌면 이번에는 야근 근무조가 교대할 차례다.

간토 북부 지방 일대는 대기업 공장을 유치한 후 24시간 계속 생산을 멈추지 않는 지역이 되었다. 그래서 해외나 다른 현에서 이주 노동자가 모여들었다. 지방색은 옅어지고 도로변에 늘어선 대형 소매점이나 체인점의 거대한 간판이 제 세상인 양 거리낌 없이 지역의 경치를 점거한다. 교코 같은 젊은 세대도 이 지역의 풍토가 사라져가는 것을 알았다. 발전과 뒤바꾸어 잃은 것이 너무 많다—.

"나는 말이에요, 그 사람을 믿고 싶었거든요."

아키나가 머리를 쓸어 올리며 말했다. 눈에는 눈물이 고여 있었다.

"좋은 일 같은 건 하나도 없고, 어쩔 도리가 없는 어머니가 딸려 있고, 앞날은 불안하고 독신인 채 나이는 먹어가고, 뭔가 리셋하고 싶었거든요. 그때 그 사람이 나타나서—. 특별히 엘리트도 부자도 아닌, 그렇기는커녕 사는 곳도 불확실한 계절노동자이지만 그런 사람이 내게는 더 마음이 편하고 좋아요. 혼자 있는 것보다는 훨씬 낫거든요. 특별히 결혼하고 싶다거나 아이를 갖고 싶다거나 하는 바람은 없어요. 어머니가 있으니까요. 남편이 될 사람과 그 가족에게 어머니를 만나게 하는 일은 상상만 해도 핏기가 가시거든요. 그래서 잠깐이라도 현실을 잊게 해준다면 그것만으로 괜찮았어요. 분에 넘치는 걸 바란 것도 아닌데 그 사람이 연쇄 살인범이었다니, 너무한 거 아니에요? 나는 인정하고 싶지 않아요. 그 사람은 절대 무죄예요. 경찰은 또 창피를 당할 거예요."

"경찰의 수사에 협조할 생각은 없어요?"

교코가 조용히 물었다.

"없어요."

아키나가 곧바로 대답했다.

"요시다 씨의 목에 붉은 흔적이 있어요. 그건 어젯밤에 가리야 씨가 목을 조른 흔적 아닌가요?"

교코가 머리를 낮추고는 눈을 치켜뜨고 묻는다. 요시다는 교코를 응시하며 천천히 고개를 가로저었다.

"아뇨. 아니에요. 관계없어요."

*

가리야가 다시 체포되자 마쓰오카 요시쿠니는 갑자기 할 일이 없어졌다. 제너럴중기의 공장 기숙사 앞에서 감시하는 일도, 경찰서로 달려가 수사 상황을 추궁하는 일도 의미를 잃게 되었다. 지금은 그저 혼이 나간 빈껍데기 같은 사람이 되어 집 거실 소파에서 하루 종일 텔레비전을 보고 있다.

뉴스 속보에 따르면 체포된 혐의는 5월에 발생한 두 건의 사체 유기 사건에 대해서이고, 군마·도치기 두 현 경찰본부의 합동수사본부는 유류물과 동일한 물품을 용의자가 범행에 앞서 마쓰모토 시내의 공예 용품점에서 구입한 사실을 밝혀냄으로써 체포를 결행하게 되었다는 것이었다. 또한 텔레비전의 시사 정보 프로그램에서는 기자회견이 중계된 후 전 형사라는 범죄 저널리스트가 스튜디오에 앉아 "두 번째 체포이기 때문에 경찰은 이번에야말로 확실한 물증을 입수했을 겁니다. 100퍼센트 확신을 갖고 체포한 것으로 보입니다"라고 해설했다. 이렇게 되면 마쓰오카도 추이를 지켜볼 수밖에 없다.

그렇지만 마쓰오카는 앞으로도 고통스러운 건 마찬가지라고 생각했다. 다음 주에 범인이 사형을 당하는 것도 아니다. 긴 공판이 있고 피고가 상고하면 재판은 더욱 길어져 몇 년이나 이어진다. 그동안 자신은 계속 뉴스를 쫓으며 법원에도 줄곧 다닐 것이다. 무엇보다 문제는 범인이 죄를 인정하고 피해자와 유족에게 사죄의 말을 하는가다. 가리야라는 그 남자가 그럴 거라고는 생각하기 힘들다. 젊은 여자를 오랜 세월에 걸쳐 다섯 명이나 살해한 살인마다. 경우에 따라서는 계속 부인하다 사형 판결이 내려질지도 모른다. 그렇다면 자신은 영원히 마음의 중심을 잃게 될 것이다. 자신이 알고 싶은 것은 진실이다. 10년 전의 그날 밤, 딸 미키는 왜 가리야의 마수에 걸리고 말았을까. 10년 전의 사건 수사에 따르면 그날 밤 딸은 만남 사이트에서 알게 된 남성과 호텔에 갔고 그 후 누군가에게 교살된 것으로 밝혀졌다. 마쓰오카로서는 도저히 받아들일 수 없는 수사 결과였다. 자신의 딸이 원조교제를 했다는 걸 인정할 생각은 추호도 없다. 딸이 죽고 세상의 의심을 받았다는 것이 지난 10년 내내 자신을 괴롭혀온 고뇌의 정체다.

그런 생각에 몹시 괴로워하고 있었더니 가게에 있던 아들이 찾아왔다.

"아버지, 지금 가게에 텔레비전 방송국 사람이 왔어요. 용의자가 체포되었다는 소식을 듣고 10년 전의 이야기를 들려주실 수 없겠느냐고 하는데 거절해도 되죠?"

우울한 얼굴로 묻는다.

"그래, 거절해. 취재에 응할 생각 없어."

마쓰오카는 거부 의사 표시를 아들에게 맡겼다.

10년 전 흥미 위주의 보도를 실컷 해대서 딸의 명예를 훼손한 것은 언론이다. 이번에도 마찬가지로 뉴스를 마구 뿌려대다 질리면 재빨리 철수할 것이다. 그게 언론인 것이다.

"눈은 어때요?" 아들이 묻는다.

"응, 괜찮아. 좀 더 쉬면 다시 일할 수 있어."

"됐어요, 무리하지 마세요. 아버지가 없어도 그럭저럭 꾸려나갈 수 있을 것 같고, 일손이 부족할 때는 미야케 씨한테 부탁하면 되고요. 그러니까 이제 은퇴하시는 게 어때요?"

"뭐야, 내가 방해가 되는 거야?"

"그건 아니지만⋯⋯. 그럼 텔레비전 방송국 사람들은 돌려보낼게요."

아들이 사라진다. 노화로 인한 황반 변성이라는 눈병에 대해서는 이제 체념하고 있었다. 왼쪽 눈의 시야는 일그러진 상태로 멈췄고, 회복할 가망도 없다. 오른쪽 눈에도 병이 퍼지고 있지만, 아직 보이긴 하니까 카메라 렌즈는 들여다볼 수 있다. 하지만 가게의 신용을 생각하면 셔터를 누르는 것은 아들에게 맡기고 자신은 사무를 보는 것이 좋을 것 같다. 나이가 든다는 것은 이런 것이다.

"여보, 뒷집의 기쿠치 씨가 귤을 가져왔어."

이번에는 아내가 차와 귤을 쟁반에 담아 내왔다.

"텔레비전 끌게."

이렇게 말하며 멋대로 스위치를 끈다.

"이봐, 2시부터 시사 정보 프로그램이 시작된단 말이야. 그걸 보려고 여기에 있는 건데."

"눈에 나쁘잖아. 안정을 취하는 게 제일이야. 게다가 매일 같은 뉴스만 되풀이하잖아. 용의자의 과거라든가 이주 노동자의 실태라든가 온갖 수단을 다 써서 시간을 때울 뿐이잖아. 해설자도 똑같은 사람들만 나오고, 용케 질리지도 않고 보고 있다니까."

아내가 거실에 앉아 귤을 까며 말을 붙였다.

"당분간은 이 뉴스가 계속되겠지만 유명 연예인들끼리 결혼이라도 하면 언론은 일제히 그쪽으로 달려들어 돌아오지 않을 테니까 당신도 그렇게 생각하고 있어."

"알고 있어. 10년 전에도 그랬으니까."

"하지만 범인을 체포하는 데 당신이 찍어둔 사진이 도움이 되었다는 것은 아직 뉴스에 안 나오네? 경찰은 발표 안 하나?"

"그건 증거 중 하나니까 아직 기밀 사항이겠지. 재판이 시작되면 밝히지 않을까?"

"감사장 정도는 줘도 좋을 텐데."

"아아, 그거라면 그쪽에서 의사를 물어본 적이 있지만 거절했어. 이제 와서 경찰이 감사장을 준다 해도, 무슨 그런 얌체 같은 생각을 하느냐고 빈정거려주고 싶을 뿐이야. 아무튼 경찰과 화해할 일은 없어. 지금도 화가 나니까."

"아니, 참…… 당신이 자주 말했던 사이토 씨라는 형사 말이야, 나는 일을 열심히 하는 좋은 사람 같던데……. 당신한테 핸드폰 번호도 알려주지 않았어? 보통은 그렇게 하지 않잖아."

"수사에 필요하니까 번호를 교환했을 뿐이야. 그 사람도 마음에 안 들어. 우리 집에 왔을 때 미키의 영정에 향을 올리는 정도쯤은 마음을 보여도 되는 거잖아. 경찰은 피해자 유족의 기분을 전혀 모른다니까."

마쓰오카가 기세 당당하게 말하자 아내는 귤을 입에 넣으며 "설마, 앞으로는 경찰서에 달려가지 않을 거지?" 하고 물었다.

"안 가. 조사 상황 정도는 물을지도 모르지만."

"그것도 그만둬."

아내가 어느 때보다 강한 어조로 말했다. 아내의 입장에서 보면 범인이 체포된 것은 드디어 안식의 날이 찾아왔다는 의미일 것이다. 입에는 담지 않지만, 딸을 살해한 범인이 잡히지 않고 있던 상황에 마음의 평정을 잃은 건 아내도 마찬가지였을 것이다. 아내는 몇 년쯤 전에 불교에 관한 책을 사들여 열심히 읽은 적이 있었다. 어딘가에 구원은 없을까 싶어 아내 나름대로 고뇌한 시기였는지도 모른다.

그렇다고는 하지만 범인을 용서할 수 없다는 마음이 지배적인 마쓰오카와는 크게 달랐던 것도 사실이다. 아내는 7주기가 지났을 무렵부터 스스로를 고무하려는 듯 활발해졌고, 주민 자치회의 임원을 맡기도 하고 행사에 참여하기도 했다. 거기에서 딸의 죽음에 대한 부부의 온도 차가 현저하게 드러났다. 아마도 남자와 여자는 죽음과 삶에 대한 생각도, 가족관도 다를 것이다. 어쩌면 자신만이 언제까지고 포기할 줄 모르는 사람인지도 모르지만. 그러나 딸의 죽음을 포기할 수 있는 부모가 있기나 할까.

마쓰오카는 문득 마음에 걸려 물어보았다.

"저기, 당신 말이야. 재판이 시작되면 당연히 방청하러 갈 거지?"

아내는 잠깐 대답할 말을 찾지 못하다가 남편을 응시하며 온화하게 말했다.

"아니, 안 갈 거야."

*

가리야는 체포된 이후 완전한 침묵으로 일관하고 있었다. 요시다 아키나의 피해 신고서를 받을 수 없어서 수감 장소를 오타 동부 경찰서에서 와타라세강 연쇄 살인 사건 합동수사본부가 있는 기류 남부 경찰서로 옮기고 조사를 시작했다. 그런데 보조관인 구보에 따르면 가리야는 일관되게 무표정하고 지금까지와 마찬가지로 우치다 조사관과 서로 노려보기만 할 뿐이라는 것이었다. 사이토 가즈마는 여러 차례 기록 담당 보조로 참관했을 때의 인상에서, 가리야가 마음을 열거나 개선의 기미를 보일 일은 없을 거라고 생각했다. 형사가 해야 할 일은 호리베 1과장이 말한 것처럼 가리야에게 사형을 받게 하는 것, 그 한 가지뿐이다.

그리고 히라쓰카 겐타로의 경우, 가리야와의 통화 기록이 본인의 스마트폰에 남아 있었기 때문에 오타 동부 경찰서에 불러 참고인으로 조사하게 되었다. 겐타로가 사건에 관여한 것에 대해서는 언론에 밝히지 않았지만, 〈주오신문〉은 뭔가 알아챈 모양인지 지노 기자가 사이토에게서 떨어지려고 하지 않는다. 1층 자판기로 캔 커피를 사러 가기만 해도 기다리고 있었다. 그렇지만 범죄심리학자 시노다에게 조사에 동석해달라고 요청한 이상, 어느 정도 정보가 누설되는 것은 어쩔 수 없는 일이라서 수사본부도 체념하고 있었다. 시노다의 도움이 없으면 겐타로 안에 있는 다른 인격은 나타나지 않기 때문이다.

기자회견이 끝나고 세 시간 후, 겐타로에 대한 조사가 오타 동부 경찰서의 소회의실에서 시작되었다. 저번과 마찬가지로 히라쓰카가의 고문 변호사도 동석했다. 변호사는 니시무라 관리관이 혐의의 이유를 순서대로 설명하자 심각한 표정으로 고개를 끄덕였고, 사건 당일 밤 겐타로의 BMW 조수석에 가리야가 동승하고 있는 CCTV 영상을 보여주자 사색이 되더니 아무 말도 하지 못했다.

"겐타로 씨를 기소하게 되면 당연히 기소 전에 정신감정을 요구할 거라고 생각합니다만, 그쪽도 냉정하게 임해주시기 바랍니다. 어쨌든 해리성 정체 장애를 가진 참고인은 우리도 경험이 없으니까요."

니시무라가 살짝 고개를 숙인다. 변호사는 니시무라를 따라 고개를 숙이고 사건 자체와 거리를 두는 것처럼 방 구석진 곳에 앉았다.

큰 테이블에 겐타로를 앉히고 그 정면에는 사이토가 앉았다. 사이토 옆에는 시노다가 앉았다. 노지마는 겐타로 옆에 앉고 이토는 영상 촬영을 담당했다.

"겐타로 씨, 사이토입니다. 알지요? 최초로 심야의 거리에서 불심검문을 했던 형사입니다. 그 이후에도 몇 번 만났는데 전부 겐타로 씨였다고 생각해도 되지요?"

사이토가 묻는다. 겐타로는 초등학생처럼 위축되어 잠자코 고개를 끄덕였다.

"그럼 첫 번째 질문입니다. 9월 18일 밤 11시가 지나 당신은 호텔에서 차를 타고 나갔는데 그건 기억하고 있습니까?"

사이토는 탁상용 달력을 테이블 중앙에 놓고 물었다. 겐타로가 몸을 앞으로 내밀고 들여다본다.

"아니요." 하고 작은 목소리로 대답했다.

"그럼 그 직전에 당신은 자신의 스마트폰으로 가리야라는 사람에게 전화를 걸었습니다. 그건 기억하죠?"

"아니요."

겐타로는 굳은 표정으로 고개를 가로저었다.

"그럼 가리야라는 사람은 모른다는 건가요?"

"예……"

간단히 믿을 수는 없지만 예상한 대답이기는 했다. 사이토는 옆의 시노다에게 "그럼 선생님, 부탁합니다" 하고 조사를 교대했다. 시노다는 이날 섬광등을 사용하지 않고 바로 다른 인격을 불렀다. 이제 겐타로와도, 다른 인격과도 확실한 관계가 구축된 듯했다. 겐타로도 시노다에게는 긴장을 푸는 듯했다.

"이봐, 마코토. 있나?"

시노다가 부르자 겐타로는 의자에 앉은 채 경련을 일으키는 것처럼 몇 번인가 몸을 앞뒤로 흔든 후 와들와들 떨더니 다음 순간 얼굴을 들었을 때는 다른 사람처럼 표정이 돌변해 있었다.

"뭐예요, 선생님? 불렀어요?"

"그래, 불렀어. 여러모로 물어보고 싶은 게 있어서 말이야. 와타라세강에서 또 사체가 발견되어 세상이 떠들썩한 것은 알고 있지?"

"아뇨, 모르는데요. 무슨 이야기죠?"

"시치미 떼지 말고. 호텔에서 사건에 관한 텔레비전 뉴스를 열심히 봤을 때 그건 겐타로가 아니라 마코토 너였잖아."

시노다가 형 같은 어조로 말했다.

"뭐야, 들킨 건가?"

마코토가 못된 장난을 했다가 꾸중을 듣는 것처럼 머리를 긁적였다.

"또 한 가지. 언제였더라, 굉장히 난폭한 인격이 나와 우리를 깜짝 놀라게 했는데 그것도 마코토, 너의 연기였지?"

"와아, 어떻게 알았어요?"

"처음부터 의심했었어. 겐타로한테 빙의한 것은 마코토 한 사람이고, 구루며 세카이 같은 인격도 마코토가 만들어낸 가상에 지나지 않은 게 아닌가 하고 말이야. 해리성 정체 장애에서 인격끼리 정보를 공유한다고 쳐도 네 지배력이 너무 도드라져 있는 것은 너무 부자연스럽거든. 너는 나와 경찰을 혼란스럽게 해서 즐긴 것에 지나지 않아. 특히 식기를 던지며 날뛴 모습은 너무 뜻밖이었어."

"그런가요? 시노다 선생님한테는 통하지 않는구나."

사이토가 옆에서 들으며 시노다에게 감탄했다. 이 선생에게도 감사장을 수여해야 할 것이다.

"잘 들어. 여기는 경찰서야. 겐타로는 의심받고 있어. 사실을 말해서 겐타로를 해방해줘. 그러지 않으면 어처구니없는 일이 벌어질 거야."

시노다가 마코토에게 본격적으로 운을 뗀다.

"어처구니없는 일이라뇨?"

"겐타로가 공범자가 된다는 뜻이야."

"그건 곤란하죠. 겐타로는 나쁜 일 같은 걸 저지를 수 있는 놈이 아니에요. 아무튼 마음이 약해서 벌레 한 마리 못 죽이는 놈이니까요."

"그럼 사실을 말해줘. 세 번째 사체 유기 사건이 일어났던 밤, 겐타로가 호텔을 빠져나가 BMW를 타고 시내를 돌아다녔다는 얘기를 듣자마자 나는 딱 감이 왔거든. 아, 이건 마코토 짓이라고 말이야."

시노다가 팔짱을 끼고 날카로운 시선으로 노려보았다. 마코토는 아랫입술을 깨물며 살짝 어깨를 으쓱한다.

"가리야를 차에 태운 것은 알고 있어. CCTV에 찍혔거든."

"그래요?"

"그럼, 경찰을 얕잡아 보지 마. 그날 밤 BMW가 어떤 경로로 달렸는지도 전부 알고 있으니까."

시노다가 말하는 옆에서 사이토는 파일에서 CCTV 영상 캡처 화면을 프린트한 것을 꺼내 겐타로가 아닌 마코토 앞으로 내밀었다. 마코토가 그것을 들여다본다. "와아, 이렇게 깨끗하게 찍히는구나." 손으로 집어 들고 눈을 동그랗게 떴다.

"원래 영상은 좀 더 조잡해. 지금은 컴퓨터로 선명하게 보정한 거지."

사이토가 설명했다.

"가리야랑 너 맞지?"

내친김에 묻는다.

"네, 맞아요. 이렇게 되면 부정할 수 없네요."

"얘기해주지 않을래? 그날 밤의 일 말이야. 그리고 가리야와는 언제부터 알았던 거야?"

사이토가 부드러운 어조로 물었다.

"거짓말은 하지 마. 거짓말을 하면 겐타로의 입장이 곤란해지니까. 친구잖아?"

시노다가 다그치며 말을 붙인다.

"친구인가? 우선 좋아하지는 않아요. 성격이 어둡기도 하고. 같은 몸을 공유할 뿐인 관계라고 생각하는데요."

"그건 됐으니까 말해봐. 처음부터 전부. 그래야 해방될 거야."

시노다가 재촉하자 마코토는 의자에 깊숙이 기대며 팔짱을 꼈다. 잠시 입을 오므린 후 천천히 이야기를 시작했다.

막 4월에 접어들 무렵이었나. 여느 때처럼 겐타로는 심야 드라이브를 나갔어요. 집을 나갈 용건은 그것밖에 없으니까요. 낮에는 방에서 게임을 하고 밤이 되면 차를 타고 돌아다니는 거지요. 나잇살이나 먹은 아들이 은둔형 외톨이라니, 부모 입장에서 보면 걱정거리겠지만 중학교 시절부터 등교 거부가 잦았으니 갑작스러운 일도 아니고……. 부모는 은행을 그만두고 집으로 돌아온 아들을 어떻게든 밖으로 내보내고자 애니메이터 전문대학에 보내려 하기도 하고 오제 지역의 임업 회사에서 더부살이를 하며 일해보라고 신신당부하기도 하고, 뭐 여러 가지 시도해보기는 했어요. 그런데도 겐타로는 전부 거부하고, 오로지 방에만 틀어박혀 있었으니까 동정의 여지는 없지 않나. 내가 부모라면 밖으로 내쫓았겠지요.

아아, 삼천포로 빠졌네요. 심야 드라이브 이야기였지. 어느 날 밤의 일이에요. 겐타로는 기류역 근처의 편의점에 들러 프라이드치킨하고 콜라를 사서 차 안에서 먹고 있었어요. 그러자 옆에 트럭이 멈췄지요. 자주 보는 트럭이었고 어느 공장의 부품 수송차라는 걸 금방 알았는데, 운전석의 남자가 좀 이상했어요. 도로를 끼고 건너편에 있는 유료 주차장을 계속 보고 있었거든요. 심야에 다니는 트럭이 시간을 때우는 일은 흔히 있지만, 대개는 운전사가 말뚝잠을 자거나 만화를 보거나 게임을 하거나 그렇잖아요. 하지만 그 남자는 유료 주차장에 출입하는 차와 사람을 계속 관찰하고 있었어요. 뭐지 싶어 겐타로는 그 남자를 관찰하기로 한 거죠. 기본적으로 미행 마니아니까요. 뭔가 목표물이 생기면 기쁘거든요.

그 남자는 매일 밤 그곳에 오는 것은 아니었어요. 사흘 연속 올 때도 있고 반대로 사흘간 모습이 보이지 않기도 하고요. 아마 공장의 근무 일정이 있을 거라고 겐타로는 추측했지요. 일단 대학은 나왔으니까요. 머리는 좋은 편이거든요.

이렇게 되자 마니아는 열성적이었지요. 트럭이 어느 공장의 것인지, 어떤 일정으로 순회를 하는지 금방 알아낸 거죠. 겐타로는 은둔형 외톨이가 아니었다면 형사가 되었어도 좋았을 거라고 생각해요. 아니, 진짜로요.

그래서 몇 번인가 그 남자를 관찰했더니 겐타로는 어떤 것을 알게 된 거죠. 아, 이 남자는 희생물이 될 여자를 물색하고 있구나 하고요. 그런 눈이었던 거죠. 죄를 짊어진 인간의 눈. 적어도 여자를 꼬시려는 목적은 아니다. 포획해서 죽이려고 한다―. 뭐, 그럼 이건 미행인 건가. 예사롭지 않다는 것은 금방 알았지요. 겐타로는 그 남자가 이상하다는 걸 느낀 거지요…… 그리고 어느 날 밤, 겐타로는 결국 목격하게 된 거죠.

황금연휴 무렵이었나. 여자가 역 앞 교차로에서 스마트폰을 만지작거리며 걸어왔어요. 아직 저녁 9시 전이었다고 생각하는데 밤에는 사람의 왕래가 거의 없으니까 주위에 사람은 없었던 것 같아요. 여자는 유료 주차장에 세워둔 차로 이제 돌아가려는 느낌이었나. 그런데 겐타로는 퍼뜩 떠올렸어요. 이 여자를 몇 번 봤다. 역 앞 교차로에서 기다리고 있으면 매번 다른 남자가 차로 데리러 오는, 원조교제를 하는 여자라는 걸―. 그러더니 그 남자가 거침없이 다가가 한두 마디를 건네고는 트럭이 세워져 있는 곳까지 같이 걸어갔지요. 그 모습을 겐타로는 주차 중인 차 뒤에서 보고 있었던 거죠. 그때 이미 한 시간 넘게 감시하고 있었으니까, 이런 건 역시 마니아 같은 면모 아닌가요?

트럭은 주차장 옆의 도로에 세워두었어요. 교통량이 거의 없는 도로라서 전혀 눈에 띄지 않지요. 그리고 CCTV는 기본적으로 요금정산기를 찍고 있으니까, 그 반대쪽에 세우면 찍힐 리도 없지요. 그런 것도 다 계산한 거겠지요.

이어서 트럭 뒤의 짐칸이 열리나 싶더니 다음 순간 여자가 그 자리에 쓰러지고 그대로 태워져 문이 닫혔어요―. 실제로는 겐타로 시야에서 짐칸 쪽이 사각지대여서 무슨 일이 일어난 건지 보이지는 않았지만요. 아무튼 덮쳐서 납치한 것은 안 거죠. 그때 겐타로는 이상하게 흥분했어요. 게임이나 애니메이션에서만 봤던 범행이 눈앞에서 벌어진 거니까요. 그 순간 자신이 중요한 목격자가 될 수 있겠다고 생각한 거죠―.

여자를 짐칸에 태운 트럭은 천천히 그 자리를 떠났어요. 그리고 겐타로는 BMW를 타고 뒤를 쫓은 거죠. 미행이 들키지 않도록 도중부터는 완전히 불을 끄고 달렸어요. 소심한 주제에 하는 짓은 대담하다니까요.

트럭이 향한 곳은 와타라세강 하천부지의 입구인 기류 대교 옆이었어요. 역에서 10분도 안 걸리는 곳이지요. 경찰서도 바로 근처고요. 나는…… 아니, 겐타로는, 그 남자가 산속으로 여자를 데려가서 범하고 참혹하게 죽이는 게 아닐까 하는 기대를 하고 있었으니까, 약간 좀 김이 빠졌다고 해야 할까요.

겐타로는 입구 바로 앞에서 차에서 내려 살금살금 다가갔지요. CCTV에 찍히지 않은 것은 그 앞에서 내렸기 때문이 아닐까요. 길 끝은 하천부지밖에 없으니까 남자를 시야에서 놓칠 일도 없을 거라 생각했던 거지요.

그런데 남자는 트럭을 세우자 짐칸을 열고 자신도 타서 뭔가를 했지요. 겐타로는 강간이라고 생각해 흥분했지만 그게 아니었어. 목을 졸라 죽였을 뿐이거든요. 뭐, 보도를 보고 알게 된 거지만요.

짐칸에 있었던 것은 10분쯤이었을까요. 아마도 음미하듯이 천천히 목을 졸라 죽였을 거예요. 남자가 짐칸에서 내렸을 때는 파란색 비닐 시트에 싼 물체를 짊어지고 있었지요. 아, 죽였나? 하천부지에 버리려는 거구나. 살해 현장을 목격한 겐타로의 흥분은 정점에 달했어요. 자신은 절대 불가능한 일을 가볍게 해치우는 남자에게 일종의 존경심을 품은 것 같아요. 동경의 눈빛이었거든요.

그때는 그걸로 끝이었어요. 겐타로는 들키지 않도록 조심히 물러나 집으로 돌아왔지요. 겐타로에게는 예감이 있었어요. 그

354

남자는 분명히 또 저지를 거다. 그것도 조만간에 ─ . 그걸 생각하면 매일 밤이 즐거워 견딜 수가 없었지요. 오랜만이었어요. 목적이 생긴 것은요. 갑자기 생기가 넘쳤지요.

겐타로의 예감대로 열흘쯤 시간 간격을 두고 그 남자는 두 번째 살인을 결행해요. 이번에는 아시카가시였어요. 수법은 첫 번째와 거의 같았지요. 막 원조교제를 끝낸 여자를 기다리고 있다가 망치 같은 것으로 머리를 일격했어요. 그리고 트럭 짐칸에 넣었지요. 거칠다고 할지 뭐라고 할지…… . 하지만 그것이 가장 빠른 방법이었겠지요. 헛된 움직임이 없다는 건 바로 그런 것이지요. 여자는 무슨 일이 벌어진 것인지도 모른 채 저세상으로 간 게 아니었을까요. 어떤 의미에서 친절하다고 할까. 아, 적절하지 못한 표현이었나요? 죄송해요.

그런데 두 번째 범행은 다른 전개를 보였지요. 웬걸, 겐타로가 그 남자한테 말을 걸었거든요. 하천부지의 어둠 속에서 "미안합니다. 봐버렸습니다"라고요 ─ .

겐타로가 어떤 캐릭터인지 정말 이해하기 어렵지요. 평소에는 불량 중학생조차 무서워하는 겁쟁이가 왜 또 살인마에게 말을 거느냐 말이에요 ─ . 아마 위해를 가하지 않을 거라는 직감이 있었던 게 아닐까요. 뭐랄까, 같은 부류라는 냄새가 났고요. 그 남자도 흠칫했지만 겐타로가 외견상 연약하니 마음먹고 한 번 비틀기만 하면 죽일 수 있는 사람 같아서 일단 상황을 본 것이겠지요. 그때 겐타로가 말한 거죠. "다음에 사람을 죽일 때는 나한테도 보여주세요"라고요. 남자는 당황했지만 겐타로가 자신의 전화번호를 스마트폰 화면으로 보여주자 잠시 생각한 후 스마트폰이 아닌 자신의 손등에 볼펜으로 메모했지요. 증거를 남기지 않으려고 그렇게 한 건가? 뭐, 그건 그쪽에 물어봐요. 그런데 그 남자는 겐타로가 자기편에 있는 사람이라는 걸 순식간에 알아본 것 같았어요. 이런 건 무슨 심리일까요? 시노다 선생님한테 해설 좀 해달라고 해야겠네요. 불쾌한 걸까, 유쾌한 걸까. 아니면 그 양쪽이 섞여 있는 건가.

그 후 겐타로는 남자의 연락을 내내 기다렸지만 통 전화가 오지 않았어요. 그거야 그렇겠지요. 자기가 벌인 일이 군마·도치기에 걸쳐 벌어진 대사건으로 전국적인 뉴스가 되어 연일 보도되니까요. 경찰의 순찰도 강화되어 그렇게 간단히 세 번째 살인을 저지를 수는 없겠지요. 애초에 그 남자가 겐타로를 상대해줄지도 모르는 일이고요. 게다가 겐타로가 밤이면 밤마다 차로 여기저기 돌아다니는 것을 경찰이 알고 겐타로까지 감시의 대상이 되기도 해서 섣불리 움직일 수 없게 되었지요. 그래서 여름 동안은 대체로 얌전히 있었던 거죠.

상황이 바뀌기 시작한 것은 남자가 별건으로 체포되고 그 후 석방되었을 때였나? 드디어 전화가 걸려 온 거죠. 오늘 밤 하겠다고요―. 이제 겐타로의 흥분은 정점에 달했지요. 그때 남자는 호텔에 연금 상태였는데 밤에는 혼자였기 때문에 빠져나가는 것은 쉬웠어요. 경찰은 완전히 범인을 그 남자로 좁히고 있어 겐타로는 거의 감시하지 않게 되었고요.

하지만 실제로는 경찰의 움직임도, 그 남자가 체포되었다가 풀려났다는 것도 겐타로는 전혀 모르는 일이었지만 말이에요. 그래서 거의 포기하고 있었을 때라서 더욱 기뻤는지도 몰라요.

장소는 기류 대교 옆. 트럭은 사용할 수 없으니까 제물이 될 여자를 불러내 여자의 차에 동승해서 현장에 가고 거기서 죽인다. 타고 간 차는 거기에 버린다. 그러니 데리러 와주라. 이런 내용이었지요. 나머지는 이미 여러분이 알고 있는 대로예요. 세 번째 살인 사건이 일어나 경찰과 세상에 큰 소동이 벌어졌지요. 설마 CCTV 영상이 그렇게 선명하게 분석될 거라고는 생각하지 못했으니까 그것만은 오산이었나? 경찰은 범인의 행적을 파악하지 못해 크게 혼란스러울 것이다, 어쩌면 남자의 혐의도 덮일지 모른다, 나는 그런 좀 안이한 생각도 했는데…….

하지만 경찰은 화가 났겠지요. 계속 임의 조사를 하는 중에 틈을 봐서 저지른 범행이니까요. 하지만 어쩔 수 없지요. 상대는 살인마니까. 평생 감시하는 건 불가능하잖아요? 언젠가 또 저질렀을 거예요.

개인적인 감상이지만, 뭐랄까, 그 남자는 이렇게 끝내고 싶어 하는 것처럼 보였어요. 세 번째 살인 사건이 일어나면 자신이 제일 먼저 의심받는다는 것을 알고서 한 거니까요. 도망칠 생각은 없는 것 같아요. 그래서 도전이지요. 재판은 어떻게 될까요? 내가 다 걱정된다니까요.

그런데 겐타로는 어떻게 되는 거죠? 방조죄 같은 걸로 처벌받는 건가? 좀 봐주세요. 병이기도 하고요. 정신감정을 받으면 죄를 물을 수 없다는 것 정도는 금방 알 것이고. 그러니까 좀 봐주세요.

마코토의 진술은 30분 이상 계속되었다. 페트병에 든 물로 목을 축이며 시노다의 질문에 적극적으로 대답했고 말도 막힘이 없었다. 마코토가 바깥 세계 사람들과 길게 이야기하는 것은 처음일지도 모른다. 어딘가 들뜬 모습인 것은 상대가 되어주니 자기 인정 욕구가 충족되었기 때문일 것이다. 그 마음의 내부는 정면에서 이야기를 들은 사이토도 상상할 수 있었다. 마코토는 재미있어하고 있다.

진술이 일단락되었을 때 시노다가 느닷없이 말했다.

"마코토, 거짓말하지 마."

팔짱을 끼고 눈을 가늘게 뜬 채 마코토를 노려본다. 평소와는 다른 강한 어조였다.

"거짓말이라니 무슨 뜻이죠?"

마코토가 의외라는 듯이 되묻는다.

"가리야와 만났을 때의 겐타로는 겐타로 본인이 아니라 마코토였어. 가리야에게 흥미를 품고 쫓아가서 범행을 목격한 것은 겐타로가 아니라 너야."

"어떻게 그걸 알 수 있죠?"

"세 번째 사체 유기 사건이 일어나기 전날 가리야의 스마트 폰에 너한테서 받은 착신 기록이 있었어. 다시 말해 연락을 취한 것은 너야."

수사본부가 사전에 전한 사실을 시노다가 알린다. 순간적으로 분위기가 긴장되었다.

"……그래요. 들킨 거구나."

마코토는 특별히 안달하는 기색도 없이 깨끗이 인정했다.

가리야의 스마트폰 사용 기록을 조사했더니 범행 전날 미등록 번호에서 착신이 있었다. 조사했더니 그것은 히라쓰카 겐타로의 핸드폰 번호였다. 수사본부는 그 사실에 술렁이며 살인교사 혐의가 있다고 하여 겐타로를 연행하기로 결정한 것이다.

"마코토, 나는 이미 경찰로부터 너의 혐의에 대한 설명을 들었어. 그래서 거짓말은 통하지 않아. 세 번째 살인은 네가 부추긴 거야."

시노다가 테이블에 손을 짚고 몸을 앞으로 내밀며 마코토의 얼굴을 들여다본다. 침묵이 10초쯤 이어졌다.

"역시 들키는구나. 어쩔 수 없지, 뭐."

마코토가 어깨를 들썩이며 대답했다.

"네, 그래요. 9월 중순이 되어 또 그 남자가 심야에 트럭을 몰고 달리는 것을 보고 내가 말을 걸었어요. 또 언제 할 거야, 하고 말이지요. 이번에는 도와줄 테니까 전화하라고요. 그랬더니 남자는 그 자리에서 핸드폰 번호를 가르쳐주었지요. 그걸 나는 오케이 사인이라고 생각해서 일정을 잡은 거죠. 반드시 달려갈 테니까 사람을 죽이는 장면을 보여달라고요."

"그런데 보긴 했어?"

지금까지 잠자코 듣고 있던 사이토가 무심코 물었다. 마코토가 흠칫하며 사이토를 본다.

"그걸 알면 어떻게 하려고요? 이 진술도 법원에 제출하면 증거로 채택될 거라고 생각해요? 애초에 검찰이 거부하지 않을까요? 대체 어떤 재판이 되겠느냐고 말이지요. 다른 인격의 진술을 법원이 어떻게 취급할까요? 누가 봐도 나는 증언 부적격자잖아요."

"네가 걱정할 일이 아니야. 살해 현장을 본 거야, 못 본 거야?"

사이토가 노기를 띤 목소리로 다시 묻자 마코토는 잠시 침묵을 지키다가 입을 열었다.

"네. 보긴 했어요."

*

모포에 싸여 왜건에 실려 간 곳은 산속의 조립식 창고였다. 손발이 묶여 거의 하루 밤낮을 바닥에 나뒹굴었다. 녹과 기름 냄새가 건물 안까지 풍기는 것으로 보아 산업폐기물 처리업자의 땅인 것 같았다. 밖이 밝아지면 어디쯤인지 대충 감으로 알 수 있겠지만, 그때까지 목숨이 붙어 있을지 장담할 수 없었다.

다키모토 세이지는 자신이 아마 곧 죽으리라고 남의 일처럼 판단하고 있었다. 이케다가 거래를 요구할 리도 없다. 납치한 이상 살해가 목적인 것이다.

다키모토는 공포심 없이 죽이려면 죽이라는 대담한 태도가 되었다. 자신의 최후가 이케다의 최후라고 생각하면 그것으로 숙원을 이루게 되어 만족한다. 이곳으로 끌려오는 도중에 다키모토는 스마트폰을 빼앗겼다. 이케다는 스마트폰을 차창으로 잡목림에 버리고는 "이제 행적은 사라졌어" 하며 득의의 미소를 지었다. 그때 다키모토는 자신의 왼손에 끼고 있는 디지털 손목시계를 생각해냈다. 과연 도움이 될지, 기계에 어두운 다키모토로서는 판단이 서지 않았다.

어쨌든 자신이 실종되면 가장 먼저 의심받는 사람은 이케다다. 설령 사체가 나오지 않더라도 경찰이 이케다를 놓칠 리는 없다.

마약을 복용하고 있는 게 분명한 이케다는 환청이 들리는 건지 하늘을 향해 의미를 알 수 없는 소리로 계속해서 크게 외쳤다. 납치하고 나서 24시간 이상 방치된 것은 이케다가 제정신이 아니었기 때문일 것이다. 10년 전의 조사에서도 자주 있었던 일이다. 마약중독자는 때로 시간이 흐르는 감각을 잃어버린다. 그사이 납치를 실행한 중남미계 불량 그룹과도 무슨 일인지 말다툼을 시작하더니 젊은 남자를 후려갈기기도 했다. 아무래도 불량 그룹은 더는 자신들을 끌어들이지 말라고 항의하는

361

듯했다. 그들의 입장에서 보면 다키모토는 이해관계가 없는 전 형사에 지나지 않고 없앨 이유도 없다.

다키모토는 계속해서 방치된 채였다. 한번은 "이봐, 소변 좀 보게 해줘"라고 말했더니 침착한 모습이 비위에 거슬렸는지 이케다는 격앙하여 근처에 있던 빈 기름통을 다키모토에게 던졌다. 불량 그룹의 리더 격인 사람이 말리러 들어와 밖으로 데리고 나가서 볼일을 보게 해주었다. 그때 다키모토는 귓가에 "여기서 이케다를 죽여. 비호해줄게"라고 속삭였지만 일본어를 이해할 수 없었던 것인지 대답은 없었다. 그리고 그때 왼손의 디지털 손목시계를 봤더니 액정 화면이 새까매진 것을 보고 배터리가 다 된 것을 알았다. 어떻게 될지 다키모토는 판단할 수가 없었다. 경찰은 위치 정보로 이곳을 찾아낼 수 있는 걸까, 아닐까.

납치된 지 이틀째 되는 날, 밖이 어스레해졌을 때 불량 그룹이 창고에 있던 삽을 들고 밖으로 나갔다. 구덩이를 파는 건가 하고 다키모토는 냉정히 보고 있었다. 물론 사체를 묻기 위한 구덩이일 것이다. 이케다는 후쿠다 사장도 틀림없이 이 근처에 묻었을 것이다. 범인이 입을 열지 않는 한 사체 발견이 가장 어려운 것은 바다에 가라앉히거나 산에 묻었을 때다.

창고에 두 사람만 남았을 때 다키모토는 이케다에게 말을 걸었다.

"이봐, 이케다. 이제 슬슬 약기운은 빠진 거야? 네가 허둥댈

362

때는 나도 무서워 견딜 수가 없거든."

"시끄러워. 닥치고 있어. 이제 넌 죽는 거야."

이케다가 피곤한 기색으로 말을 내뱉었다. 약기운이 다해간다는 징후다. 제정신이 돌아온다고 해서 풀려날 거라고는 생각하지 않지만, 광기 속에서 살해당하는 것보다는 낫다.

"죽는 거라면 말이라도 하게 해줘. 너하고는 오래 알고 지냈잖아. 말없이 헤어지는 것은 너무 쓸쓸해."

"시끄러워. 이봐, 다키모토. 너는 무서운 게 없는 거야? 납치되어 이제 곧 죽임을 당할 거야."

"그거야 무섭지. 하지만 말이야, 10년 전이라면 모르겠지만 나는 이제 환갑도 지났어. 딸은 둘 다 시집보냈고 부모님도 잘 보내드렸어. 집의 할부금도 다 갚았고, 경찰은 퇴직해서 앞으로 2년만 있으면 연금 생활이야. 책임은 다한 거지. 그래서 이제 적어도 후회는 없어. 후회가 없으면 죽는 것은 그렇게 무섭지 않아."

"너는 10년 전에도 언제 죽어도 좋다는 얼굴이었어."

"그랬던가? 그럼 그건 연기였을 거야. 현역일 때는 겁쟁이였어. 특히 네가 사회에 나와 있을 때는 언제 사건이 일어나나 무서워서 견딜 수가 없었지."

"흥, 허투루 볼 수 없는 아저씨라니까."

"저기, 이케다. 어차피 마지막이니까 저승길 선물이라 생각하고 말 좀 해줘. 먼저 후쿠다 사장 말이야. 죽인 거야?"

다키모토가 가벼운 어조로 물었다. 밖에서는 일찍 일어난 새가 울기 시작했다.

"어, 죽였어. 후쿠다 그 녀석하고는 옛날부터 인연이 있어서 말이야. 언젠가는 이렇게 되었을 거야. 몇 년인가 전에 내가 공갈죄로 검거되었을 때 그 녀석이 법정에서 검찰 측 증인으로 증언대에 섰잖아. 야쿠자로서 상종하지 못할 비열한 놈이지."

이케다가 손바닥으로 눈을 문지르며 깨끗이 자백했다. 몸 상태가 안 좋은지 혀가 잘 돌지 않았다.

"이봐, 이봐, 후쿠다는 진작에 손을 씻었어. 게다가 검찰이 요청하면 거부할 수 없잖아. 반쯤은 검찰의 협박 탓이야."

"아니, 후쿠다는 검찰과 거래를 했어. 그래서 전부 나한테 죄를 뒤집어씌웠고. 죽어 마땅한 인간이야."

"그럼 그건 알겠어. 그런데 어떻게 죽인 거야? 목을 졸랐어?"

"아니, 마약을 주사하고 의식을 잃었을 때 산에 묻었지."

"아까 그놈들한테 돕게 한 거야?"

"그래, 돈만 주면 뭐든 하거든. 편리한 놈들이야. 앞으로 당분간 자기 나라로 돌려보낼 거야."

"나한테도 마약을 주사할 생각이야?"

다키모토가 물었다.

"어떻게 했으면 좋겠는데?"

이케다가 역으로 되묻는다. 목소리가 쉬고 태엽이 끊긴 장난감처럼 힘이 없었다.

"생매장만큼은 질색이야. 마약으로 해줘."

"그래……?"

이케다가 중얼거린다. 그리고 잠시 침묵하고 나서 "알았어"라고 말했다.

밖이 점점 밝아졌다. 유리창으로 들어오는 아침 햇살이 도려낸 것처럼 벽 일부가 하얗게 빛나고 있다.

"저기, 이케다. 저승길 선물 말인데, 좀 더 주지 않을래? 10년 전의 일 말이야. 와타라세강의 살인 사건, 그건 네가 한 거지?"

다키모토가 물었다. 이케다는 대답을 하지 않고 막대기를 손에 든 채 뭔가를 쫓는 듯한 행동을 계속하고 있었다. 마약 의존 증상인 환시가 보이는 것 같다.

"대답해줘. 증거를 모을 수 없었던 것은 경찰로서 통탄할 만한 일이지만. 너라고밖에 생각할 수가 없어."

"아, 시끄러워."

"말해. 나랑 너만 알고 끝날 얘기잖아."

"그래, 나야."

이케다가 눈을 보지 않고 툭 내뱉었다.

"두 건 다?"

"아니, 한 건만. 처음에 일어난 것 말이야. 원래 죽일 생각은 없었는데 귓가에서 '죽여, 죽여'라고 누군가 속삭이잖아. 그래서 죽였어. 사람을 죽일 때는 대체로 그렇거든."

생각지도 못한 대답에 다키모토는 순간적으로 머리가 새하얘졌다.

"한 건만? 무슨 뜻이야? 두 번째는 다른 범인이었다는 말이야? 두 번째는 너한테 알리바이가 있었던 탓에 경찰은 체포를 단념했었어."

다키모토는 망연자실한 모습으로 캐묻는다.

"그건 두 건 다 동일범의 소행이라고 믿은 경찰의 실수지. 나도 놀랐어. 내가 젊은 여자를 죽이고 보름 후에 완전히 같은 수법으로 젊은 여자가 살해당했으니까 말이야. 운이 좋다고 생각했어. 누군지는 몰라도 나와 같은 부류의 인간이 동조한 거겠지. 있어, 세상에는. 다른 살인 사건을 보고 '좋아, 그렇다면 나도' 하고 생각하는 인간이. 모방범의 평계지. 누가 등을 밀어준 것 같은 기분이 들었던 거지. 범죄는 동조하게 되어 있는 거야."

"하지만 두 건의 수법은 조금도 다르지 않고 일치했어."

"경찰의 수사 정보가 샜던 거 아니야? 어쩌면 두 번째 사건의 범인이 어떤 방법으로든 조사했든가……. 뭐, 그 무렵엔 세상 전체가 정보를 다루는 것에 느슨했으니까 말이야. 언론도 마찬가지지. 그땐 기자한테 물어보면 뭐든지 가르쳐줬거든."

이케다가 이번에는 머리를 세게 마구 긁어대기 시작했다. 순식간에 피부에 피가 밴다.

다키모토는 온몸에 소름이 돋아 가만히 있을 수가 없었다. 진상을 알았으니 이를 당시의 동료들에게 전하지 못하고 죽을 수는 없다. 우리의 수사는 틀리지 않았다. 그 마음을 나누고 싶다.

"이케다, 올해 일어난 세 건의 범행도 너였던 거야?"

다키모토가 계속해서 물었다.

"아, 거 시끄럽네. 이제 곧 죽을 사람이 알아서 뭐 하려고. 어차피 당신은 이제 형사가 아니잖아."

"그러지 말고. 죽을 거니까 마지막으로 알고 싶은 거야."

"그렇군, 그건 말이지 —"

이케다가 입을 열려고 할 때 구덩이를 파러 갔던 남자들이 돌아왔다.

"이케다 씨, 끝났습니다." 한 사람이 보고한다.

"그래? 그럼 마약을 주사할 테니까 다키모토를 누르고 있어."

이케다가 지시를 내리고 일어선다. 발밑이 휘청거리고 인형극에 쓰이는 인형처럼 좌우로 비트적비트적 비틀거렸다. 이케다의 눈동자는 완전히 초점을 잃고 풀어져 있었다.

다음 순간 남자 한 사람이 삽을 치켜들었다. 다키모토는 깜짝 놀라 숨을 삼켰다. 삽 끝은 이케다의 뒤통수를 내리찍으며 퉁 하고 둔한 소리를 냈다. 이케다가 그 자리에 쓰러진다. 일격에 기절하고 꿈쩍도 하지 않는다.

남자들이 흥분한 모습으로 뭐라고 서로 말을 주고받고 있다. 싸우는 것 같지 않은 것으로 보아 합의하여 벌인 행동일 것이다. 스페인어가 다키모토의 머리 위를 어지러이 난다.

이번에는 다른 남자가 장갑을 낀 손으로 이케다의 몸을 젖혀 위를 향하게 했다. 배에 올라타 목에 손을 댄다.

"잠깐! 죽이지 마!"

다키모토가 순간적으로 소리쳤다.

"너희들은 내가 비호해줄게! 내가 이케다한테 죽을 뻔했을 때 도와준 것으로 해줄게! 약속하지! 그러니까 죽이지 마!"

다키모토는 몸을 일으키고 손발이 묶인 채 바닥을 기어 그들 사이로 끼어들었다.

남자들이 그 순간 움직임을 멈추고 서로 얼굴을 마주 본다.

"여기서 이케다를 죽이면 입을 막아야 하니까 나까지 죽이게 돼. 두 사람을 죽이면 너희는 사형이야. 일본 경찰을 얕보지 마. 해외로 도피하기 전에 공항에서 반드시 잡히게 될 거야. 나를 믿어! 무슨 일이 있어도 뒤를 봐줄 테니까!"

남자들이 움직임을 멈췄다. 다시 스페인어가 난무한다. 이번 에는 말다툼을 한다. 죽여, 아니 죽이지 마. 그런 내용으로 보였다. 남자들은 쓰러진 이케다와 다키모토를 번갈아 쳐다본다.

그때 멀리서 순찰차 사이렌 소리가 들렸다. 깜짝 놀란 남자들이 쥐 죽은 듯 조용해진다.

"이봐, 경찰이 왔어! 빨리 끈을 풀어! 괜찮아. 너희들은 내가 감싸줄게. 약속해. 이봐, 일본어 알아들어? 아미고스! 콘피아 엔 미!(Amigos! Confía en mí!)"

다키모토가 조금 알고 있는 스페인어로 소리쳤다.

"믿어도 됩니까?"

한 남자가 울 것 같은 얼굴로 묻는다. 자세히 보니 스무 살 남짓의 젊은 남자였다.

"돼! 믿어!"

사이렌 소리가 점점 가까워진다. 남자들이 서둘러 다키모토의 손발을 묶은 끈을 풀었다. 하루 반 만에 손발이 자유로워진 다키모토는 바닥에 드러누웠다. 잠시 호흡을 가다듬는다. 죽음을 각오하고 있었지만 풀려나고 보니 죽을 고비를 넘긴 것에 몸이 떨렸다. 지금은 신에게 감사해야 할 것이다. 아니, 경찰 후배들에게인가? 조금 늦기는 했지만 일을 잘했다. 자신에게는 최후의 임무가 남아 있다. 10년 전의 살인 사건으로 이케다를 피고석에 세우는 일이다.

천천히 일어나 이케다를 들여다본다. 흰자위를 드러내고 있지만 숨은 붙어 있는 것 같다. 다키모토는 하얗게 질린 남자들의 어깨를 말없이 두드렸다. 정신을 차리고 보니 온몸이 땀범벅이다.

비틀비틀 걸어 창고 밖으로 나간다. 사이렌 소리가 더욱 크게 들렸다. 두세 대는 되는 모양이다. 횡횡 소용돌이치는 소리가 산들에 울려 퍼져 방향을 알 수 없을 정도다. 다키모토는 가슴을 뒤로 젖히고 차가운 공기를 들이마셨다.

*

점심시간이 지났을 무렵 현 경찰본부 청사 지하 1층 식당으로 가자 호시노 공보관이 혼자 메밀국수를 후루룩거리고 있었다. 지노 교코는 잠깐 생각한 후 테이블 앞에 서서 "여기 앉아도 되나요?"라고 말을 걸었다.

"앉아요."

호시노가 교코를 힐끗 보고 대답했다.

"호시노 씨, 식욕이 없으신가요? 평소에는 매일 메뉴가 바뀌는 오늘의 정식을 드시던데요."

가볍게 웃으며 말했다. 교코의 식판에는 카레라이스가 담겨 있다.

"어젯밤에 마신 술이 아직 남아 있어서요. 조금 전에야 막 출근했고."

호시노가 얼굴을 찌푸리며 대답했다. 다만 기분은 좋은 것 같다.

"몇 시까지 마셨어요?"

"새벽 3시. 나는 먼저 들어갔지만 사이토 일행은 아침까지 마신 모양이오. 뭐, 술고래들이니까."

"그런가요? 뭐랄까, 형사의 술자리는 궁금하기도 하고 조금 싫기도 하고……."

"하하하. 여성 기자는 가지 않는 게 좋을 거요. 사자와 곰이 잔뜩 취해서 떠들어대는 것 같으니까, 우리 없는 동물원이지요."

호시노가 말하고는 쓴웃음을 짓는다.

"위로하는 자리였나요?"

"설마요. 무엇보다 아직 끝나지 않았어요. 앞으로 기소에 대비해서 방대한 증거 수집을 해야 하고, 용의자와 참고인 진술 조서를 받아야 하고, 나아가서는 지검과의 조정도 있지요. 뭐, 연내까지는 합동수사본부도 유지될지 모르지요. 물론 인원은 줄겠지만."

"조사는 잘 진행되고 있나요?"

"글쎄, 어떨지. 내가 공보를 할 일은 아직 없기는 한데."

"가리야는 완전히 침묵 상태라고 들었는데요."

"나는 모르오."

"히라쓰카 겐타로는 어떤가요? 지금은 임의지만 체포할 의사는 있는 건가요?"

"대답할 수 없소." 호시노가 메밀국수를 다 먹고 메밀 삶은 물을 작은 사기잔에 따랐다. "겐타로에 대해서라면 시노다 선생한테 들은 거 아니오?"

"알려주지 않아요. 경찰과 약속한 거라 자신도 비밀을 유지해야 한다면서요."

"허어, 의리 있는 선생이네요. 역시 대단한 범죄심리학자이자 카운슬러야. 의뢰인과의 신뢰 관계를 무너뜨리는 일은 하지 않는군."

"그래서 히라쓰카가 믿는 거라고 생각해요."

"그렇지요. 경찰에는 비협조적이면서 선생의 말이라면 들으

371

니까요……. 뭐, 겐타로 건은 재판이 시작되면 알겠지요. 검찰이 어떻게 다룰지, 우리도 몰라요."

호시노가 숨을 한 번 내쉬고 어깨를 으쓱한다.

"그런데 도치기현 경찰이 10년 전의 리버 사안에 대해 굉장한 정보를 찾아냈다고 얼핏 들었는데요."

교코가 물었다. 오늘 아침 회의에서 듣고 경탄했던 정보다.

"누구한테 들었어요?"

"우쓰노미야 지국의 우리 기자한테서요. 도치기현 경찰의 조직범죄 대책반이 오늘 아침 일찍 전 형사인 다키모토 씨를 산속에서 구출하고 이케다의 신병도 확보했다고 하던데요. 대대적인 범인 체포였다고 들었어요."

"그거 발표되었어요?"

"도치기현 경찰본부의 전 형사가 납치되었다가 이틀 후 무사히 구출되었다는 공보를 오전 11시에 발표했어요."

"아, 그래요?"

"기자실은 속보를 기다리고 있지만, 납치범이 이케다라면 리버 사안과 관련된 새로운 사실이 나오지 않을까 해서 모든 언론사가 술렁이고 있어요."

"그럼 노코멘트. 그쪽이 발표하지 않은 것을 우리가 말할 수는 없잖아요."

호시노가 지극히 사무적으로 말했다.

"이케다는 병원으로 이송되었다던데 부상을 당한 건가요?"

"그것도 노코멘트."

"10년 전의 범행은 역시 이케다였다는 정보도 들어왔어요."

"우리는 몰라요."

"그런가요? 뭔가 사건이 너무 복잡해서 어떻게 보도해야 좋을지……. 언제 기사를 낼지 본사와 협의 중이에요."

"발표를 기다려요. 날림 기사를 내봐야 좋은 일은 없어요."

호시노는 좀처럼 틈을 보이지 않았다. 다만 식사를 마쳐도 자리를 떠나려고 하지 않아서 잡담이라면 받아줄 것 같아 이야기를 계속했다.

"수사본부는 지금 어떤 상황인가요?"

"활기차지요. 알잖아요?"

"네, 상상은 갑니다만……."

"오셀로게임에서 귀퉁이를 차지하여 흑백의 돌을 차례로 뒤집어가는 그런 느낌이라고 해야 하나? 나도 공보과에 있기 전에는 형사부의 수사1과에 오랫동안 있어서 잘 알거든요. 마지막 한 수로 전체를 뒤집는 것은 형사에게 더할 나위 없이 행복한 일이지요."

호시노가 미소를 짓는다. 교코는 좀 더 이야기를 들을 수 있을 것 같아 마음이 조급해졌다.

"사이토 형사가 꽤나 활약을 했다고 들었습니다만……."

"맞아요. 정말 분발해줬지요. 우수한 형사입니다. 하지만 팀워크니까 혼자의 힘으로 사건이 해결되는 일은 없지요. 군마와 도치기 두 현 경찰의 합동수사본부가 만든 승리입니다."

"승리라는 것은 곧 살인으로 체포하는 날이 머지않았다고 이해해도 되겠네요."

"하하하. 지노 짱은 방심할 수 없다니까."

호시노가 '짱'을 붙여 부르며 하얀 이를 드러내고 웃었다.

"역시 가리야는 두 번째 체포니까 결정적인 물증을 얻었다는 얘기겠지요. 거기에는 겐타로가 관련되어 있고요. 우리 신문사의 고사카 캡이 얻은 정보로는 겐타로 안의 다른 인격이 사건의 목격자였다고 하던데요. 과연 지검은 그것을 증거로 채택할 것인지, 그리고 재판에서 증언대에 세울 수 있을지 ―"

교코가 과감하게 속셈을 드러낸다. 호시노의 반응을 보고 싶어서다.

"과연 고사카 데스크는 대단하네요. 기자실의 터줏대감이라는 말을 들을 만하군요. 우리 현 경찰 중에 대체 몇 명이나 고사카 씨의 정보원이 된 건지."

호시노가 여유 있는 모습으로 대답한다. 그렇다면 지금 알고 있는 게 사건의 전모는 아닐 것이다. 아직 비장의 카드가 있는 것이다. 그것을 재판 때까지 확보해두려는 걸까?

"하지만 용의자가 체포되어 다행이네요. 한 명의 시민으로서 안심했어요."

교코가 화제를 바꿔 말했다. 진심으로 한 말이었다.

"그렇게 말해주면 경찰의 노력한 보람이 있네요. 하지만 세 번째 희생자를 내고 말았지요. 그건 우리한테 아주 통탄할 만한 일이에요. 딸을 둔 사람으로서 괴로워서 견딜 수가 없지요."

"아니, 호시노 씨, 따님이 있었나요?"

교코가 놀라며 물었다.

"있지요. 아직 중학생이지만, 초등학교 6학년인 아들도 있고요."

"허어."

"아니, 애들이 없을 거라고 생각했어요?"

"그런 건 아니지만 가정 이야기는 들은 적이 없으니까요."

"그거야 일하는 중이니까요. 다들 가족이 있지요. 이치우마도 취학 전인 아이가 둘이나 되지요. 니시무라 관리관은 고등학생 아들과 딸이 있고, 호리베 1과장님은 딸 둘인데 큰딸이 벌써 시집을 갔을걸요."

"그런가요?"

"가족이 있으면 남의 일 같지 않으니까 범죄가 미워서 견딜 수가 없어요. 마쓰오카 씨의 마음도 통절하게 알지요. 이번에는 세 명의 피해자와 그 부모를 만들고 말았어요. 상상만으로 가슴이 아파요."

호시노가 입을 일자로 굳게 다물고 코로 숨을 내쉬었다.

"그런 것도 제대로 기사에 반영하겠습니다."

"예, 쓰세요. 그런데 지노 짱, 마에바시 지국에는 언제까지 있어요?"

"2년 동안 재임한다고 해도 아직 1년 반이나 남았습니다. 그 때까지 재판이 끝나면 좋겠는데 말이에요."

"어떻게 될지. 아마 길어질 거예요. 판결이 내려질 무렵에는 부장님도, 1과장님도, 지검의 담당 검사도 다 바뀌어 있겠지요. 나도 어디에 있을지 모르고요. 하지만 모두의 마음은 사건에 관여했던 그대로이니까요. 우리는 영원히 사건 관계자인 거지요."

"그렇네요……. 저는 본사로 돌아가면 사회부를 희망하려고요. 그렇게 되면 특정 분야에 속하지 않고 다양한 안건을 자유롭게 취재할 수 있는 기자가 되어 이 사건을 쫓을 수 있을지도 몰라요."

"진짜요? 사건기자가 되려는 건가요? 시집을 못 가게 될 텐데요."

"아, 그런 말은 성희롱 발언일 수 있어요."

"하하하, 그런가요? 미안, 미안."

호시노가 머리를 긁적이며 웃었다. 오랜만에 보는 태평한 웃음이었다.

"그럼 여기서 이만. 일 열심히 해주세요."

호시노가 자리에서 일어나 식판을 들고 나간다. 그 뒷모습을 지켜보며 교코는 남은 카레라이스를 재빨리 먹었다. 다 먹고는 카운터까지 가서 파르페를 추가 주문했다. 한껏 먹고 싶은 기분이다.

그날 오후, 교코는 차를 몰고 혼자 와타라세강의 첫 사체 유기 현장으로 갔다. 교각 아래에 차를 세우고 걸어서 하천부지로 내려가자 하천부지 운동장에서 가까운 고등학교 야구부가 훈련 중이어서 젊은이다운 함성이 여기저기 울려 퍼지고 있다. 스치듯 지나가는 야구부원과 여자 매니저가 차례로 "안녕하세요"라고 인사하며 고개를 숙인다. "안녕하세요." 교코도 한 사람 한 사람에게 인사를 했다. 한 모금의 청량제란 바로 이런 순간인가 싶다.

딱딱, 금속 배트가 단단한 공을 때리는 소리가 파란 하늘에 메아리친다. 바로 얼마 전에 이 하천부지가 살인 사건의 현장이었다는 것은 개의치 않는 것처럼 고등학생들은 혈기가 왕성하다. 십대는 언제나 자신에게 몰두한다. 그 모습이 어른에게 용기를 준다.

발길 가는 대로 나아가자 운동장 끝에는 미니 골프장이 있다. 지역 노인들이 미니 골프에 열중하고 있다. 여기서도 활기찬 웃음소리가 울려 퍼지고 있다. 몇 사람과는 눈이 마주쳐 서로 눈짓으로 가볍게 인사한다. 와타라세강 연쇄 살인 사건의 용의자를 체포했다는 기사가 보도되어, 안심하고 다시 모이게된 것일까. 그랬으면 좋겠다고 교코는 생각한다. 이 동네는 평화로운 일상을 되찾은 것이다.

좀 더 걸어가자 오른쪽에 덤불숲이 펼쳐져 있다. 올해 5월 초에 최초의 사체가 발견된 현장이다. 가까이에 서자 역시 섬뜩

했다. 세월이 지나도 기억은 지워지지 않는다.

그때는 현 경찰본부 기자실에서 첫 번째 소식을 듣고 불안한 마음으로 달려갔다. 살인 사건은 처음이었기 때문에 과연 감당할 수 있을까 싶어 침착하지 못했다. 그때로부터 조금은 성장한 것일까. 교코에게는 격동의 반년이었다.

그런 생각을 하며 왔던 길을 돌아가자 개를 데리고 나온 노인과 스쳐 지나갔다. 또 가볍게 인사를 나눈다. 하천부지는 아주 좋은 산책 코스다. 언젠가 자신의 집을 가진다면 강 가까운 곳이 좋다. 산책하기도 좋고, 아이를 놀게 하기에도 좋고, 흐르는 물결을 바라보는 것만으로도 마음이 편안해지는 것 같다.

걷다가 문득 뒤로 돌아보니 조금 전에 스쳐 지났던 노인이 멈춰 서서 강을 향해 두 손을 모으고 있다. 교코는 깜짝 놀랐다. 분명히 사체의 첫 번째 발견자는 개와 산책 중이던 노인이라고 했었다.

한동안 그 모습을 바라본다. 말을 걸어볼까, 잠깐 고민했지만 멋진 모습이었기에 보기만 하기로 했다.

다시 조금 걸어가다 멈춰 선다. 역시 기자라서 이야기를 듣지 않고는 돌아갈 수 없다.

"안녕하세요." 교코가 말했다.

피효로로로. 하늘에서는 솔개가 울고 있다.

리버 2

1판 1쇄 발행 2024년 11월 1일
1판 3쇄 발행 2024년 11월 29일

지은이 · 오쿠다 히데오
옮긴이 · 송태욱
펴낸이 · 주연선

(주)은행나무
04035 서울특별시 마포구 양화로11길 54
전화 · 02)3143-0651~3 | 팩스 · 02)3143-0654
신고번호 · 제 1997―000168호(1997. 12. 12)
www.ehbook.co.kr
ehbook@ehbook.co.kr

ISBN 979-11-6737-483-7 (04830)
        979-11-6737-481-3 (세트)